U0455714

〔梁〕蕭統 編　〔唐〕李善 注
黄侃　黄焯　校訂

昭明文選

黄侃黄焯批校

七

長江出版傳媒
崇文書局

文選卷第三十八

梁昭明太子撰

文林郎守太子右内率府録事參軍事崇賢館直學士臣李善注上

表下

張士然爲吴令謝詢求爲諸孫置守冢人表

庾元規讓中書令表　桓元子薦譙元彦表

殷仲文自解表

傅季友爲宋公至洛陽謁五陵表

爲宋公求加贈劉前軍表

任彦昇爲齊明帝讓宣城郡公第一表

爲范尚書讓吏部封侯表

爲蕭揚州薦士表

爲褚蓁讓代兄襲封表

爲范始興作求立太宰碑表

爲吳令謝詢求爲諸孫置守冢人表孫盛晉陽秋曰謝詢河東人終於吳令

張士然孫盛晉陽秋曰張悛字士然吳國人也元康中吳令謝詢表爲孫氏置守冢人悛爲其文詔從之晉百官名曰悛爲太子庶子

臣聞成湯革夏而封杞武王入殷而建宋尚書曰乃爾先祖成湯革夏駿命漢書酈生曰昔湯放桀封其後於杞呂氏春秋曰武王入殷立成湯之後於宋春秋征伐

則晋脩虞祀燕祭齊廟左氏傳曰晋滅虢遂襲虞滅之而修虞祀歸其職貢於王傳于曰樂毅伐齊遂下齊七十餘城置吏屬燕燕爲郡而修齊之宗廟夫一國爲一人興先賢爲後愚廢成湯夏禹賢與國後桀紂無道而失國誠仁聖所哀悼而不忍也故三王敦繼絶之德春秋貴柔服之義論語曰繼絶世柔服已見劉琨勸進表昔漢高受命追存六國凡諸絶祚一時並祀漢書曰高祖撥亂猶修祀六國又詔曰秦皇帝楚隱王魏安釐王齊愍王趙悼襄王皆絶亡後其與秦始皇帝守冢三十家趙及魏公子亡忌各五家令視其冢復亡與它事親與項羽對爭存亡逮羽之死臨哭其喪漢書灌嬰斬項羽東城漢王爲發喪哭臨而去將以佗嘗侔尊力當均勢雖功奪其成而恩與其敗且暴興疾顛禮之若舊班固漢書項羽贊曰舜重瞳子項羽又重瞳子豈其苗裔邪何其興之暴也國語單

美 別本

若加恩孫氏子孫引入祖宗語便易入

襄公曰高位寔疾顛殘戮之尸，乃以公葬，漢書曰初懷王封羽爲魯公乃以魯公禮葬羽於穀城若使羽位承前緒，世有哲王，一朝力屈，全身從命，則楚廟不隳，有後可冀。伏惟大晉應天順民，武成止戈，應天順民已見上左氏傳楚子謂潘黨曰夫文止戈爲武西戎有即序之人，京邑開吴蜀之館，書曰織皮崐崘析支渠搜西戎即叙洛陽故宫名曰馬市在城東吴蜀二主館與相連興滅加乎萬國，繼絶接于百世。論語子曰興滅國繼絶世雖三五弘道，商周稱仁，洋洋之義美，未足以喻。是以孫氏雖家失吴祚，而族蒙晉榮，子弟量才，比肩進取，懷金侯服，佩青千里，懷金已見上謝平原内史表佩青已見上求通親親表毛詩曰侯服于周天命靡常東觀漢記楊喬曰臣伏念二千石典牧千里當時受恩，多有過望。臣聞春雨潤木自榮流根鵄鴞恤功愛子及室毛詩曰鵄鴞鵄鴞既取我子無毁我室故天稱罔極之恩聖有綢繆之惠罔極已見上求通親親表毛詩曰徹彼桑土綢繆牖戶追惟吴僞武烈皇帝吴志孫堅字文臺吴郡人蓋孫武後也權既稱尊号謚堅曰武烈皇帝遭漢室之弱值亂臣之強首唱義兵先衆犯難破董卓於陽人濟神器於甄井吴志曰堅屯梁東爲卓軍所攻潰圍而出堅復合戰於陽人大破卓軍漢書音義韋昭曰神器天子璽符也吴書曰初堅入洛軍城南甄官井上每旦有五色氣舉軍驚怪莫敢汲堅命人浚探得漢傳國璽文曰受命于天既壽永昌方圓四寸上紐交五龍龍上一角缺甄音真威震群狡名顯往朝桓王才武弱冠承業吴志曰孫策字伯符堅子也權稱尊号追謚策曰長沙桓王招百越之士奮鷹揚之勢漢書曰故衡山王芮從百越之兵以佐諸侯誅暴秦詩曰維師尚父時維鷹揚西赴許都將迎幼

又華詔亡以見事之相符

主雖元勳未終然至忠已著吴志曰曹公與袁紹相距於官渡策陰謀襲許迎漢帝未發爲故吴郡太守許貢客所殺夫家積義勇之基世傳扶危之業進爲徇漢之臣退爲開吴之主而蒸嘗絕於三葉園陵殘於薪采爲采薪者所踐毀也臣竊悼之伏見吴平之初明詔追録先賢欲封其墓愚謂二君並宜應書二君堅策也故舉勞則力輸先代論德則惠存江南正刑則罪非晋寇從坐則異世已輕若列先賢之數蒙詔書之恩裁加表異以寵亡靈則人望克厭誰不曰宜二君私奴多在墓側今爲平民乞差五人蠲其徭役使四時修護頽毀掃除塋壟永以爲常

异晉書及刻本

客晉書作容

讓中書令表 諸晉書並云讓中書監此云令恐誤也

庾元規 何法盛晉書潁川庾録曰亮字元規爲中書郎肅祖欲使爲中書監上䟽肅祖納亮言封永昌公後遷司馬録尚書事薨

臣亮言臣凡庸固陋少無檢操昔以中州多故舊邦喪亂 中州爲洛陽庾氏潁川人近洛陽故云中州舊邦 隨侍先臣遠庇有道爰客逃難求食而已 何法盛晉書曰亮父琛爲會稽太守亮少隨父會稽又曰中宗爲鎮東將軍鎮建鄴論語季康子以就有道孔安國尚書序曰逃難解散 不悟徼時之福遭遇嘉運先帝龍興垂異常之顧 先帝謂中宗元帝也尚書序曰漢室龍興 既眷同國士又中之婚姻 何法盛晉書曰中宗欽亮名德故中婚姻又曰中宗娉亮妹爲皇太子妃國士婚姻已見懷舊賦 遂階親寵累忝非服弱冠濯纓沐浴玄風 孟子曰滄

晉書客作容

浪之水清兮可以濯我纓沐浴已見上求自試表注頻繁省闥出總六軍何法盛晉書曰王敦表亮爲中領軍十餘年間位超先達無勞被遇無與臣比小人祿薄福過災生止足之分臣所宜守老子曰知足不辱知止不殆而偷榮昧進日爾一日謗讟既集上塵聖朝始欲自聞而先帝登遐先帝謂元帝也登遐已見上文區區微誠竟未上達陛下踐祚聖政維新臧榮緒晉書曰明帝諱紹字道幾元帝太子也禮曰成王幼不能莅祚周公作相踐祚而治詩曰周雖舊邦其命維新宰輔賢明庶寮咸允康哉之歌實在至公康哉之歌已見景福殿賦仲長子昌言曰人主臨之以至公行之以至仁而國恩不已復以臣領中書臣領中書則示天下以私矣何者臣於陛下后之兄也王隱晉書曰明穆皇后庾氏字文君琛第二女生成帝孫盛晉陽秋曰庾亮明穆皇后之

兄也姻婭之嫌實與骨肉中表不同雖太上至公聖德無私老子曰太上下知有之河上公曰太上謂太古無名之君也無私已見上求通親親表注然世之喪道有自來矣悠悠六合皆私其姻者也人皆有私則謂天下無公矣是以前後二漢咸以抑后黨安進婚族危向使西京七族東京六姓西京七族已見西京賦東京六姓章德竇后和熹鄧后安思閻后桓思竇后順烈梁后靈思何后皆非姻黨各以平進縱不悉全決不盡敗今之盡敗更由姻昵臣歷觀庶姓在世無黨於朝無援於時植根之本輕也薄也苟無大瑕猶或見容至於外戚憑託天地勢連四時根援扶疎重矣大矣而財居權寵四海側目漢書曰列侯宗室見邪都側目而視也事有不允罪

不容誅身既招殃國爲之弊其故何邪直由婚媾之私群情之所不能免故率其所嫌而嫌之於國是以疏附則信姻進則疑疑積於百姓之心則禍成重闈之內矣此皆往代成鑒可爲寒心者也夫萬物之所不通聖賢因而不奪冒親以求一才之用未若防嫌以明公道韓詩外傳曰公道達而私門塞今以臣之才兼如此之嫌而使內處心膂音呂外揔兵權尚書穆王曰今命汝作朕股肱心膂賈逵國語注曰膂脊也以此求治未之聞也以此招禍可立待也孫卿子曰亂則危辱滅亡可立而待也雖陛下二相明其愚款二相王敦王導也王隱晉書曰王敦字處仲中宗時爲大將軍謀逆肅祖以爲丞相不受又曰王導字茂弘中宗時爲侍中肅祖即位敦平進太保不拜後爲丞相朝士

百寮頗識其情，天下之人何可門到戶說，使皆坦然耶。孝經曰：君子之教以孝，非家至而日見之。鄭玄曰：非門到戶至而見之。楚辭曰：衆不可戶說兮，孰云察予之中情。尚書序曰：坦然明白。夫富貴寵榮，臣所不能忘也；刑罰貧賤，臣所不能甘也。今恭命則愈，違命則苦，臣雖不達，何事背時違上，自貽患責耶。實仰覽殷鑒，量己知弊，毛詩曰：殷鑒不遠，在夏后之世。身不足惜，爲國取悔，是以悾悾屢陳丹款。曹大家蟬賦曰：復丹款之未足，留滯恨乎天際也。而微誠淺薄，未垂察諒，憂惶屏營，不知所厝。屏營已見上謝平原內史表。以臣今地，不可以進明矣。且違命已久，臣之罪又積矣，歸骸私門，以待刑書。漢書曰：彭宣上書乞骸骨歸鄉里。私門已見本篇注。尚書曰：哀矜折獄，明啓刑書。願陛下垂天地之鑒，察臣

之愚則雖死之日猶生之年矣

薦譙元彥表

孫盛晉陽秋曰譙秀字元彥巴西人譙周孫性清不交於俗李雄盜蜀安車徵秀秀不應躬耕山藪桓溫平蜀反役上表薦秀

桓元子 何法盛晉書曰桓溫字元子譙國人爲琅邪王文學後進位大司馬薨

臣聞太朴既虧則高尚之標顯易曰不事王侯高尚其事道喪時昏則忠貞之義彰道喪已見江淹雜體詩左氏傳荀息曰公家之利知無不爲忠也送往事居耦俱無猜貞也故有洗耳投淵以振玄邈之風洗耳許由也琴操曰堯大許由之志禪爲天子由以其不善乃臨河洗耳莊子曰舜以天下讓其友北人無擇北人無擇曰異哉后之爲人也欲以其辱行慢我吾羞見之因自投清泠之淵亦有秉心矯迹以敦在三之節國語曰晉武公伐翼殺哀侯止欒子曰苟無死矣吾令子爲上卿辭曰成聞之人生於三事之如一父生之師教

之君食之韋昭曰三君父師也是故上代之君莫不崇重斯軌所以篤俗訓民靜一流競魏書文帝令曰樹德垂聲崇化篤俗伏惟大晉應符御世應符已見上文論語比考讖曰聖王御世河龍負卷舒圖運無常通時有屯蹇神州丘墟三方圮裂神州見吳都賦注兎罝絶響於中林白駒無聞於空谷毛詩曰肅肅兎罝施于中林鄭玄曰兎罝之人能恭敬則是賢者衆多也又曰皎皎白駒在彼空谷生芻一束其人如玉斯有識之所悼心大雅之所嘆息者也劉歆移書曰有識之所歎愍阮瑀爲曹公與孫權書曰大雅之人不肯爲此陛下聖德嗣興方恢天緒何法盛晉書曰孝宗穆帝諱聃字彭子康帝崩乃即位臣昔奉役有事西土鯨鯢旣懸思宣大化何法盛晉書曰李勢盜蜀溫伐勢勢出軍戰于柞橋軍敗面縛請命鯨鯢喻李勢也鯨鯢已見上文謝朓入公山詩訪諸故老搜揚潛逸庶武

羅於羿浞之墟想王蠋音蜀於亡齊之境左氏傳魏絳曰昔后羿因夏人以代夏政弃武羅伯因熊髡尨圉而用寒浞寒浞伯明氏之讒子弟也虞羿于田以取其國家杜預曰四子皆羿之良臣也史記曰燕之初入齊聞畫邑人王蠋賢令軍中曰環畫邑三十里毋入以王蠋之故已而使人謂蠋曰齊人多高子之義吾以爲將封子萬家蠋固謝燕人曰子不聽吾引三軍而屠畫邑王蠋曰忠臣不事二君貞女不更二夫齊王不聽吾諫則退而耕於野國既破亡吾不能存今又劫之以兵爲君將是助桀爲暴也與其生無義固不如享名遂經其頸於樹枝自奮絕脰而死竊聞巴西譙秀植操貞固易曰貞固足以幹事抱德肥遯揚清渭波文子曰養生以經世抱德以終年可謂體道矣楚辭曰淈其泥而揚其波渭水已見西征賦于時皇極遘道消之會群黎蹈顛沛之艱道消顛沛已見謝平原內史表中華有顧瞻之哀幽谷無遷喬之望毛詩曰顧瞻周道中心怛兮遷喬已見劉琨荅盧諶詩凶命屢招姦威仍

逼孫盛晉陽秋曰李雄安車徵秀雄叔父驤驤子壽辟命皆不應也身寄虎吻危同朝露莊子孔子曰丘幾不免虎口哉朝露已見上求自試表而能抗節玉立誓不降辱琴操莊周歌曰避世俟道志潔如玉論語子曰不降其志不辱其身伯夷叔齊與杜門絕迹不面僞庭進免龔勝亡身之禍退無薛方詭對之譏漢書曰王莽既篡遣使者奉璽書太子師友祭酒印綬安車駟馬迎龔勝勝自知不見聽即謂門人高暉曰吾受漢室厚恩無以報今老矣旦暮入地誼豈以一身事二姓下見故主哉語畢遂不復開口飲食積十四日死時年七十九矣又曰薛方字子容王莽以安車迎方方因使者辭謝曰堯舜在上下有巢許今明主方隆唐虞之德亦猶小臣欲守箕山之節也使者以聞莽說其言不強致說音悅雖園綺之棲商洛管寧之默遼海漢書曰園公綺季當秦之世避而入商洛深山管寧遼東已見謝朓郡內登望詩博物志廉翻夢人謂巳曰余孤竹君之子遼海漂吾棺椁也方之於秀殆無以過于今西

土以爲美談西土蜀也夫旌德禮賢化道之所先崇表殊節聖喆之上務方今六合未康豺豕當路遺黎偷薄義聲弗聞漢書曰偷薄之政自是滋矣魏志崔琰書諫文帝曰盤遊滋侈義聲不聞益宜振起道義之徒以敦流遯之弊若秀蒙蒲帛之徵漢書曰武帝初即位使使者束帛加璧安車以蒲輪駕駟迎申公也足以鎮靜頹風軌訓嚚俗魏文帝令曰道薄於當年風頹於百代幽遐仰流九服知化矣周書曰乃辨九服之國

解尚書表檀道鸞晉陽秋曰桓玄僭位仲文以佐命親貴帝初反正抗表自解

殷仲文

臣聞洪波振壑川無恬鱗魏略王脩奏記曰涓流之水無洪波之勢七發曰橫暴之極魚鱉失勢顛倒偃側也驚飆拂野林無靜柯家語吾丘曰樹欲靜而風搖之何者

此用郭景純憂思詩而郭又從魚在于沼亦匪克樂之義來

非晉書　晉書有非字

佇留也

勢弱則受制於巨力質微則莫以自保於理雖可得而
言於臣寔所敢喻昔桓玄之世誠復驅迫者衆至於愚
臣罪實深矣進不能見危授命忘身殉國論語子張問士子曰見危
致命見利思義司馬遷荅任少卿書曰李陵常思奮不顧身以殉國家之急退不能辭粟首
陽拂衣高謝史記曰伯夷叔齊恥武王伐紂義不食周粟隱於首陽山遂乃宴安昏
寵叨昧僞封左傳曰宴安酖毒不可懷也錫文篡事曾無獨固曾無固守
之節亦從於衆也晉中興書曰詔加桓玄爲楚王備九錫之禮玄到姑熟朝臣勸進玄遂篡位名義
以之俱淪情節自茲無撓宜其極法以判忠邪鎮軍臣
裕鎮軍宋高祖也匡復社稷大弘善貸馮衍與田邑書曰左平山東右匡社稷老子曰
夫惟道善貸且成佇一戮於微命申三驅於大信楚辭曰蜂蛾微命力何固

用与下是以複

三驅已見東都賦既惠之以首領復引之以縶維左氏傳宋公曰若以大夫之靈得保首領以沒縶維已見上文于時皇輿否隔天人未泰用忘進退惟力是視惟力是視已見東京賦是以僶俛從事自同全人毛詩曰何有何無僶俛求之呂氏春秋曰任天下而不强此之謂全人高誘曰全人全德之人無虧闕也今宸極反正惟新告始反正已見謝靈運述祖德詩惟新已見庾元規讓中書令表憲章既明品物思舊禮曰仲尼憲章文武品物已見歎逝賦臣亦胡顏之厚可以顯居榮次尚書曰予心顏厚有忸怩乞解所職待罪私門私門已見上庾元規讓中書令表違謝闕庭乃心愧戀謹拜表以聞臣某云云

爲宋公至洛陽謁五陵表晉書曰義熙十二年洛陽平裕命修晉氏陵置守備

傅季友

臣裕言：近振旅河湄，揚旆西邁。左氏傳季文子曰：中國不振旅，蠻夷入伐。詩曰：居河之湄。將屆舊京，威懷司雍。威懷已見潘岳關中詩。太康地記曰：司州，司隸校尉治。漢武帝初置，其界本西得梁州之地，今以三輔爲雍州。河流遄疾，道阻且長。詩曰：遡洄從之，道阻且長。加以伊洛榛蕪，津塗久廢。蜀志許靖與曹公書曰：袁術方命圮族，津塗四塞。伐木通逕，淹引時月。東觀漢記曰：岑彭伐樹木開道，直出黎丘。始以今月十二日次故洛水浮橋。山川無改，城闕爲墟。宮廟隳頓，鍾簴空列。觀宇之餘，鞠爲禾黍。鞠爲茂草，已見西征賦。毛詩序曰：過故宗廟宮室，盡爲禾黍。廛里蕭條，鷄犬罕音。蕭條已見上西征賦。東觀漢記曰：北夷寇作，無鷄鳴狗吠之聲。感舊永懷，痛心在目。劉琨荅盧諶詩曰：哀我皇晉，痛心在目。以其月十五日奉謁五陵郭緣生述征記曰北邙東則乾脯山山西南晉文帝崇陽陵陵西武帝峻陽陵邙之東北宣帝高原陵景帝峻平陵邙之南則惠帝陵也墳塋幽淪百年荒翳天衢開泰情禮獲申故老掩涕三軍悽感瞻拜之日憤慨交集行河南太守毛脩之等沈約宋書曰毛脩之字敬文滎陽人也高祖將伐羌爲河南河内二郡太守戍洛陽既開翦荊棘繕修毀垣左氏傳戎子駒支曰驅其狐狸翦其荊棘西征賦曰步毀垣而延竚職司既備蕃衛如舊伏惟聖懷遠慕兼慰不勝下情謹遣傳詔殿中中郎臣某奉表以聞

爲宋公求加贈劉前軍表

沈約宋書曰劉穆之字道沖東莞人爲前將軍卒追贈儀同三司高祖又表於天子於是重贈侍中司徒封南昌縣侯

傅季友

臣聞崇賢旌善王教所先王隱晉書衛瓘上言曰崇賢舉善而教用彰謝承後漢書
曰滕延拜京兆尹旌善爲務念功簡勞義深追遠尚書禹曰惟帝念功論語曰慎終追
遠民德歸厚矣故司勳秉策在勳必記周禮曰凡有功者銘書於王之太常德之
休明沒而彌著左氏傳王孫滿曰德之休明故尚書左僕射前軍將
軍臣穆之爰自布衣協佐義始裴子野宋略曰高祖潛謀匡復署穆之主簿委
以腹心內竭謀猷外勤庶政尚書曰爾有嘉謀嘉猷則入告爾后于內又曰庶政惟和
萬邦咸寧密勿軍國心力俱盡韓詩曰密勿同心不宜有怒密勿僶俛也及登庸
朝右尹司京畿沈約宋書曰穆之爲尚書左僕射又曰加丹陽尹尚書曰若時登庸敷讚
百揆翼新大猷尚書曰納于百揆毛詩曰匪大猷是經惟邇言是聽頃戎車遠役
居中作捍沈約宋書曰高祖北伐轉穆之左僕射甲仗五十人入居東城毛詩曰左旋右抽中軍作

識量九字宋本無按無之爲愜

好鄭玄曰居軍中爲容好也撫寧之勳實洽朝野識量局致棟幹之器也蜀志曰文帝察黃權有局量易曰棟隆之吉不橈于下也方宣讚盛化緝隆聖世志績未究遠邇悼心皇恩褒述班同三事蜀志曰偉度姓胡爲諸葛亮主簿故見褒述尚書曰三事大夫敬爾有官榮哀既備寵靈已泰論語子貢曰夫子其生也榮其死也哀寵靈已見江淹雜體詩臣伏思尋自義熙草創艱患未弭王隱晉書曰義熙安帝年號國語太子曰天禍至于今未弭乎外虞既殷內難亦荐沈約宋書曰義熙五年慕容超數爲邊患公抗表北伐公之北伐也徐道覆乃有闚闟之志勸盧循承虛而下循從之公羊傳曰君子避內難不避外難時屯世故靡有寧歲周易曰屯剛柔始交而難生又曰屯難也潘正叔迎大駕詩曰世故尚未夷國語姜氏告於公子曰子之行晉無寧歲臣以寡尠負荷國重實賴穆之匡翼之勳豈惟讜言嘉謀溢

若以民聽直捷履謙
則可謂辭ゝ雙美矣

于民聽。若乃忠規密謨，潛慮帷幕，造膝詭辭，莫見其際。穀梁傳曰：士造辟而言，詭辭而出。范甯曰：辟，君也。詭辭而出，不以實告人也。風俗通曰：禮諫有五，諷爲上。故入則造膝，出則詭辭。禮曰：善則稱君，過則稱己。王隱晉書曰：樂廣任誠保素，莫見其際。事隔於皇朝，功隱於視聽者，不可勝記。所以陳力一紀，遂克有成。國語狐偃曰：畜力一紀，可以遠矣。又舅犯曰：若克有成，晉之柔嘉是甘。出征入輔，幸不辱命。微夫人之左右，未有寧濟其事者矣。左氏傳重耳曰：微夫人力之不及此。爾雅曰：左右，助也。寧濟已見曹植責躬詩。履謙居寡，守之彌固。易曰：九三，勞謙君子有終吉。王弼曰：履得其位也。每議及封爵，輒深自抑絶，所以勳高當年，而茅土弗及。三輔決錄曰：茂陵馬氏代襲茅土。撫事永念，胡寧可昧？謂宜加贈正司，追甄土宇，俾忠貞之烈，不泯於身後；大賚

鸞當爲公篇末作諱五臣作公猶後蕭揚州薦士表稱臣王言也

所及求秩於善人論語曰周有大賚善人是富臣契闊屯夷旋觀終始金蘭之分義深情感易曰二人同心其利斷金同心之言其臭如蘭是以獻其乃懷布之朝聽所啓上合請付外詳議

爲齊明帝讓宣城郡公第一表

蕭子顯齊書曰明皇帝始安貞王道生子初太祖封西昌侯廢鬱林王海陵王封宣城郡公也

任彥昇

臣鸞言被臺司召以臣爲侍中中書監驃騎大將軍開府儀同三司揚州刺史録尚書事封宣城郡開國公食邑三千户加兵五千人臣本庸才智力淺短毌丘儉表曰禹禹之朝不畜庸才東觀漢記李通上疏曰臣經術短淺智能空薄太祖高皇帝篤猶子之

梁本及別本有皇字

愛隆家人之慈。蕭子顯齊書太祖高皇帝諱道成道生即太祖之弟也禮記曰兄弟之子猶子也蓋引而進之漢書曰齊悼惠王肥孝惠二年入朝帝與齊王燕飲太后前置齊王上坐如家人禮世祖武皇帝情等布衣寄深同氣。蕭子顯齊書曰世祖武皇帝諱賾字宣遠太祖長子晉中興書庾亮上疏曰先帝謬顧情同布衣曹植求自試表曰與國分形同氣憂患共之武皇大漸實奉話言。尚書王曰嗚呼疾大漸惟幾毛詩曰其惟哲人告之話言雖自見之明庸近所蔽。韓子曰楚莊王欲伐越莊子曰伐越何也王曰以政亂兵弱莊子曰臣患知之如目見百步之外不能自見其頰故曰自見之謂明愚夫一至偶識量己。劉劭人物志曰一至謂之偏材偏材小雅之質也爾雅曰偶遇也郭璞曰偶爾值也庾元規表曰仰覽殷鑑量己知弊實不忍自固於綴衣之辰。拒違於玉几之側。尚書顧命曰出綴衣於庭越翼日王崩玉几見下句遂荷顧託。導揚末命。又曰后憑玉几道揚末命雖嗣君棄常獲罪宣德

嗣君謂鬱林王也爲宣太后所廢左傳申繻曰人棄常而妖興漢書曰太后召昌邑王賀賀曰我安得罪而召我哉

王室不造職臣之由不造已見嵇康幽憤詩職汝之由已見王仲宣贈文叔良詩

何者親則東牟任惟博陸漢書曰齊悼惠王子興居爲東牟侯又曰武帝遺詔封博陸侯

徒懷子孟社稷之對何救昌邑爭臣之譏漢書霍光奏曰昌邑王賀不可以承天緒當廢皇太后詔可王曰聞天子有爭臣七人雖无道不失天下光謝曰王行自絶於天臣寧負王不負社稷

四海之議於何逃責且陵土未乾訓誓在耳曹植求自試表曰墳土未乾而身名並滅左傳晉穆嬴曰今君雖終言猶在耳

家國之事一至於斯謂鬱林猖蹶顛躓也孫盛晉陽春秋曰郤超假還東簡文帝謂之曰致意尊公家國之事遂至於此

非臣之尤誰任其咎毛詩曰發言盈庭誰敢執其咎

將何以肅拜高寢虔奉武園寢廟已見吳都賦園陵已見上張士然表

悼心失圖泣血待

旦左傳楚薳啓彊曰孤與二三臣悼心失圖尚書曰先王昧爽坐以待旦寧容復徼榮於家恥宴安於國危晉中興書曰卞壼表曰豈敢干祿位以徼時榮乎宴安已見上解尚書表驃騎上將之元勳神州儀刑之列岳漢書曰霍去病征匈奴有絕漠之勳始置驃騎將軍位在三公上班固衛青述曰長平桓桓上將之元神州已見上薦譙元彥表鄭氏毛詩箋曰儀則刑法也尚書古稱司會中書寔管王言周禮曰司會中大夫二人鄭玄曰司會主天下之事若今之尚書耳沈約宋書曰置祕書令典尚書奏事文帝黃初初改爲中書令且虛飾寵章委成御侮王隱晉書曰武帝詔山濤曰勿復爲虛飾之煩詩曰予曰有禦侮臣知不愜物誰謂宜侚命輕鴻毛責重山岳戰國策唐雎謂楚王曰國權輕於鴻毛而積禍重於山岳陽泉養性賦曰況性命之幾微如鴻毛之漂輕母丘儉之遼東詩曰憂責重山岳誰能爲我檐存没同歸毀譽一貫莊子曰哀公曰何謂材仲尼曰存亡毀譽是事之變吴志周

勑與曹休書曰志行雖微存没一節周易曰殊途而同歸書曰爲善不同同歸于治莊子老聃曰彼以死生爲一條以可不可爲一貫也辭一官不減身累增一職巳黷朝經七略曰位累我躬賈逵國語注曰黷慢朝經也家語孔子曰治天下國家有九經其所以行者一也便當自同體國不爲飾讓穀梁傳曰大夫國體也何休曰君之鄉佐是謂股肱故曰國體孫皓詔紀陟曰故特任使莫復飾讓至於功均一匡賞同千室論語孔子曰管仲相桓公一匡天下左傳曰晉侯滅赤狄潞氏晉侯賞桓子狄臣千室光宅近甸奄有全邦光宅已見吳都賦謝承後漢書曰周防及守近甸嘉瑞表應毛詩曰奄有龜蒙漢書淮南王上書曰淮南全國之時殞越爲期不敢聞命左傳齊侯對宰孔曰小白恐殞越于下亦願曲留降鑒即垂順許鉅平之懇誠必固永昌之丹慊獲串鉅平羊祜永昌庾亮並見上表乃知君臣之道綽有餘裕孟子曰欲爲君盡君道欲爲臣盡臣道又曰

○八字別本作中謝下同

吾聞之也有官守者不得其職則去有言責者不得其言則去我無官守我無言責則吾進退豈不綽綽然有餘裕哉苟曰易昭敢守難奪故可庶心弘議酌已親物者矣不勝苟懼屏營之誠謹附某官某甲奉表以聞臣諱誠惶誠恐

爲范尚書讓吏部封侯第一表

范雲字彥龍與梁武同事齊竟陵王爲八友又與雲住處相近更增親密及爲天子以爲吏部尚書甚敬雲嘗語其二弟曰我昔與雲情同昆弟汝當爲我呼雲爲兄

任彥昇

臣雲言被尚書召以臣爲散騎常侍吏部尚書封霄城縣開國侯食邑千戸奉命震驚心顏無措臣雲頓首頓首

死罪死罪臣素門凡流輪翮無取張載贈棗子玟詩曰轓車運在輪飛骨須六翮進謝中庸退慙狂狷禮記仲尼曰君子中庸小人反中庸論語子曰狂者進取狷者有所不爲也固嘗鑽厲求學而一經不治漢書曰韋賢少子玄成復以明經歷位至丞相故鄒魯諺曰遺子黃金滿籯不如一經篆刻爲文而三冬靡就法言曰童子彫蟲篆刻漢書東方朔上書曰臣朔學書三冬文史足用負書燕魏空殫菽粟戰國策曰蘇秦說秦王書十上而說不納去秦而歸負書擔囊孟子曰聖人之治天下使菽粟如水火躡屩齊楚徒失貧賤屩脚史記曰虞卿躡蹻檐簦說趙孝成王徐廣曰蹻草履也韓詩外傳曰田子方謂魏太子曰貧賤可以驕人矣志不得則受履而適秦楚安往而不得吾貧賤乎既而分虎出守以囊被見嗤漢書文紀曰初與郡守爲銅虎符漢書曰王陽父子皆好車馬衣服其自奉養極爲鮮明及遷徙去處所載不過囊衣爾持斧作牧以薏苡興謗漢書曰暴勝之持斧逐捕盜賊周禮曰八命作

蹻注

莫按閔中詩注引韓詩當如此

牧范曄後漢書曰吴祐父恢爲南海太守欲殺青簡以寫經書祐諫曰今大人踰越五嶺遠在海濱其俗誠陋然舊多珍怪上爲國家所疑下爲權戚所望此書若成則載之兼兩昔馬援以薏苡興謗王陽以衣囊徼名嫌疑之間誠先賢所慎也赭衣爲虜見獄吏之尊漢書賈山上書曰秦赭衣半道群盜滿山又曰人有上書告周勃欲反下廷尉勃恐不知致辭勃以千金與獄吏獄吏乃書牘背示之曰以公主爲證勃既出曰吾嘗將百万軍然安知獄吏之貴也除名爲民知井臼之逸孫盛晉陽秋曰劉弘顧望除名爲民東觀漢記曰馮敬通廢於家娶北地任氏女爲妻忌不得畜媵妾兒女常自操井臼也百年上壽既曰徒然莊子盜跖謂孔子曰人上壽百歲中壽八十如其誠說亦以過半亂離斯瘼欲以安歸毛詩曰亂離瘼矣爰其適歸薛君曰瘼散也閉門荒郊再離寒暑閉門已見恨賦毛詩曰載離寒暑兼以東皋數畝控帶朝夕秋興賦曰耕東皋之沃壤輸黍稷之餘稅朝夕已見江賦闕外一區悵

○彥龍与梁武故交故詞云 焯質

望鍾阜漢書楊僕上書曰恥爲關外人又曰楊雄有宅一區蔡邕詩序曰暮宿河南悵望許慎曰鍾山北陸無日之地雞室無趙女而門多好事楊惲與孫會宗書曰婦趙女也雅善鼓瑟漢書曰楊雄素貧嗜酒人希至其門時有好事者載酒肴從遊學祿微賜金而懽同娛老謝承後漢書曰鄭敬字次都釣魚大澤折芰而坐以蒲薦肉瓠瓢盈酒琴書自樂賜金娛老謂疏廣也巳見張景陽詠史詩折芰燔枯此焉自足焚枯巳見應璩百一詩陛下應期萬世接統千祀莊子曰萬世之後而遇大聖知其解者是旦暮遇之也漢書司馬談曰今天子接千歲之統三千景附八百不謀周書曰湯放桀而歸於亳三千諸侯大會然後即天子之位又曰武王將渡河中流白魚入于王舟王俯取出涘以祭不謀同辭不期同時一朝會武王於郊下者八百諸侯臣釁等離心功懃同德尚書武王曰受有億兆夷人離心離德予有亂臣十人同心同德泥首在顏輿櫬未毀張溫表曰臨去武昌庶得泥首闕下輿櫬即輿櫬也巳見潘安仁贈

陸機詩締構草昧敢叨天功締構見魏都賦易曰天造草昧鄭玄曰草草創也昧爽也
左氏傳介之推曰竊人之財猶謂之盜況貪天之功以爲己力獄訟謳謌示民同志獄訟
謳謌已見劉越石勸進表而隆器大名一朝揔集莊子曰語大功立大名此朝廷之士
也左傳仲尼曰惟名與器不可以假人顧己反躬何以臻此正當以擬開
白水列宅舊豐光武居白水已見南都賦東觀漢記曰吴漢南陽人也爲人質厚少文上以其
南陽人故親之漢書曰盧綰豐人也與高祖同里蕭曹等特以事見禮至其親幸莫及綰也忘捨講
之尤存諸公之費東觀漢記曰初上學長安時過朱祐祐嘗留上須講竟乃談話及帝登位
車駕幸祐第問主人得無去我講乎祐曰不敢又曰上初學長安南陽大人賢者往來長安爲之邸閣稽疑資用乏與同舍生
韓子合錢買驢令從者僦以給諸公費俯拾青紫豈待明經漢書夏侯勝曰士病不明經苟明其
取青紫如俛拾地芥臣雲頓首頓首死罪死罪夫銓衡之重關諸隆替

陸機顧譚誄曰遷吏部尚書才長於銓衡而綜核人物遠惟則哲在帝猶難尚書咎繇曰在知人禹曰咸若時惟帝其難之知人則哲能官人漢魏已降達識繼軌雅俗所歸惟稱許郭孫綽子或問雅俗曰判風流正位分涇渭殊流雅鄭異調題帖分明標榜可觀斯謂之雅俗矣范曄後漢書曰郭泰字林宗性明知人好獎訓士類其獎拔士人皆如所鑒又曰許劭字子將少峻名節好獎人倫多所賞識故天下言拔士者咸稱許郭拔十得五尚曰比肩習鑿齒襄陽耆舊傳記曰龐統爲郡功曹性好人倫每所稱述多過其中時人怪問之統曰方欲興長道業不美其談即聲名不足慕企即爲善者少今拔十失五猶得其半而可以崇邁世教使有志自厲不亦可乎戰國策曰淳于髡一日而見七人宣王曰寡人聞千里一士是比肩而至也今子一朝而見七人不亦衆乎其餘得失未聞偶察童幼天機暫發顧無足算魏志曰王脩識高柔於弱冠異王基於童幼天機已見文賦論語曰斗筲之人何足算也在魏則毛玠公方居

呂延濟注云趙王倫爲亂謡曰金章滿箱貂不可長言小人麻位多冢

晉則山濤識量魏志曰毛玠字孝先陳留人也爲尚書僕射典選舉先賢行狀曰玠雅量公正魏氏春秋曰山濤爲選曹郎遷尚書以臣況之一何遼落世說袁彥伯曰江山遼落居然有萬里勢齊季陵遲官方淆亂毛詩序曰禮義陵遲莊子曰是非之塗森然淆亂鴻都不綱西園成市華嶠後漢書曰元和元年置鴻都門學其諸生皆勑州郡三公舉用辟召或出爲刺史太守入爲尚書侍中乃有封侯賜爵者士君子皆恥與爲列焉漢記曰靈帝即位太后臨朝於西園賣官自關内侯以下入錢各有差金章有盈笥之談華貂深不足之歎金章盈笥未詳虞預晉錄曰趙王倫篡位時侍中常侍九十七人每朝卜人蒲庭貂蟬半座時人謡曰貂不足狗尾續草創惟始義存改作恭己南面責成斯在論語子曰舜夫何爲哉恭己正南面而已淮南子曰人主之術責成而不勞豈宜妄加寵私以乏王事附蟬之飾空成寵章董巴輿服志曰侍中中常侍冠武弁大冠加金璫附蟬

爲文求之公私授受交失近世侯者功緒參差或足食關中或成軍河內漢書曰蕭何以丞相留收巴蜀使給軍食漢王擊楚何守關中後爲酇侯范曄後漢書曰上拜寇恂河內太守上謂恂曰河內完富吾將因是而起昔高祖留蕭何鎮關中今吾委公以河內後封雍奴侯或制勝帷幄或門人加親漢書高祖曰夫運籌於帷帳之中決勝千里之外吾不如子房可封留侯東觀漢記曰拜前將軍鄧禹爲大司徒制曰孔子曰自吾有回也門人日以親封禹爲酇侯或與時抑揚或隱若敵國班固漢書叔孫通述曰叔孫奉常與時抑揚稅介免冑禮義是創通爲稷嗣君也東觀漢記曰吳漢自初從征伐兵有不利軍營不如意漢常獨繕檠弓戟上時令人視吳公何爲還言方作攻具上曰差強人意隱若一敵國矣封漢廣平侯或策定禁中或功成野戰東觀漢記曰殤帝崩惟安帝宜承大統車騎將軍鄧騭定策禁中封騭爲上蔡侯漢書鄂千秋曰曹參雖有野戰略地之功此特一時之事又曰賜參爵列侯食邑平陽或盛德如卓

○當衍何焯説

○君前不名其稱此又一例

茂或師道如桓榮。東觀漢記曰卓茂字子容南陽人也漢官儀注曰世祖中興特擢盛德南陽卓茂爲太傅封宣德侯東觀漢記曰桓榮字春卿沛國人也治歐陽尚書事九江朱文剛窮極師道賜榮爵關內侯或四姓侍祠巳無足紀應劭漢官典職曰四姓侍祠侯顏氏家訓曰漢明帝時外戚有樊氏郭氏陰氏馬氏是爲四姓五侯外戚且謂之小侯者或以侍祠非列侯故曰小侯非舊章。漢書曰成帝昔封舅王譚王立王根王逢時王商爲列侯五人同日封故世謂之五侯而臣之所附惟在恩澤。漢書恩澤侯表曰公孫弘自海瀕而登宰相寵以列侯之爵旣義異疇庸實槃乖儒者。陸機高祖功臣頌曰帝疇尔庸後嗣是膺雖小人貪幸豈獨無心臣本自諸生家承素業。東觀漢記相者謂班超曰祭酒布衣諸生耳董仲舒不遇賦曰若不反身於素業莫隨世而轉輪門無富貴易農而仕。東方朔戒子書曰飽食安步以仕易農乃祖玄平道風秀世晉中興書曰范汪字玄平善言玄理爲吏部郎徙吏部尚書徐兖二州刺史爰在中興儀刑多士中興謂元帝也位裁元凱任止牧伯尚書即古元凱也刺史即古牧伯也左傳太史克曰昔高陽氏有才子八人蒼舒隤敱檮戭大臨尨降庭堅仲容叔達謂之八凱高辛氏有才子八人伯奮仲堪叔獻季仲伯虎仲熊叔豹季貍謂之八元高祖少連夙秉高尚王僧孺范氏譜曰汪生少連所富者義所乏者時富義謂段干木已見魏都賦漢書文帝曰惜李廣不逢時薄宦東朝謝病下邑王僧孺范氏譜曰少連太子舍人餘杭令先志不忘愚臣是庶且去歲冬初國學之老博士耳今茲首夏將亞冢司劉璠梁典曰齊永元初雲爲廣州刺史因廢家居久之爲國子博士梁書曰天監元年雲遷散騎常侍吏部尚書雖千秋之一日九遷荀爽之十旬遠至東觀漢記馬援與楊廣書曰車丞一相高寢郎一月九遷爲丞相者知武帝恨誅衛太子上書訟之然曰當爲月字之誤也范曄後漢書荀爽字慈明獻

帝即位董卓輔政徵奕奕欲遁吏持之急不得去因復就拜平原相行至宛陵復追爲光禄勳視事三日進拜司空奕自被徵命及登台司九十五日方之微臣未爲速達臣雖無識惟利是視至於虧名損實爲國爲身尚書伊尹曰臣爲上爲德爲下爲民知其不可不敢妄冒陛下不棄菅蒯愛同絲麻左氏傳君子曰詩云雖有絲麻無棄菅蒯雖有姬姜無棄蕉萃儻平生之言猶在聽覽宿心素志無復貳辭嵇康幽憤詩曰內負宿心王隱晉書甄彬奏曰不宜違人之素志矜臣所乞特迴寵命則彝章載穆微物知免臣今在假不容詣省不任荷懼之至謹奉表以聞臣雲誠惶以下

爲蕭揚州薦士表

蕭子顯齊書曰始安王遥光爲揚州刺史劉璠梁典曰齊建武初有詔舉士始安王表薦琅邪王暕及王僧孺

稱臣某言臣王言者當是屬草時闕其名耶昭明諱之也

任彥昇

臣王言臣聞求賢暫勞垂拱永逸呂氏春秋曰賢主勞於求人而佚於治事方之疏壤取類導川孟子曰舜使禹疏九河禹掘地而注之海國語太子晉曰伯禹疏川導滯伏惟陛下道隱旒纊信充符璽老子曰大象無形道隱無名河上公注曰道潛隱使人無能指名也大戴禮孔子曰古者絻而前旒所以蔽明也黈纊塞耳所以掩聽也絻古冕字絖古纊字音義並同莊子曰聖人治天下爲符璽以信之六飛同塵五讓高世漢書爰盎謂文帝曰陛下有高世之行三陛下從代乘六乘傳馳不測之淵雖賁育之勇不及陛下陛下至代邸西向讓天子者三南向讓者再夫許由一讓而陛下五以天下讓過許由四矣又曰今陛下騁六飛馳不測老子曰和其光而同其塵白駒空谷振鷺在庭白駒已見桓元子薦譙元彥表毛詩曰振鷺于飛于彼西雝我客戾止亦有斯容猶懼隱鱗卜祝藏器屠保司馬遷書曰僕之先

人文史星歷近乎卜祝之閒易曰君子藏器於身待時
而動鶡冠子曰伊尹酒保太公屠牛海内荒亂立爲世
師物色關下委裘河上列仙傳曰關令尹喜内學老子西遊先見其氣知真人當過物
色而遮之果得老子晏子曰治天下若委裘用賢委裘之實桓公聽管仲而趙襄子信王登此之謂委裘然委
裘謂用賢也神仙傳曰河上公莫知其姓名也嘗讀老子道德經漢孝文帝駕從而詣之非取製於
一狐諒求味於蕉采王褒講德論曰千金之裘非一狐之腋張璠易注序曰蜜蜂以蕉采
爲味五聲倦響九工是詢鬻子曰昔者大禹治天下以五聲聽治九工已見王元長
策秀才文寢議廟堂借聽輿皁說苑晉東郭氏曰肉食者失計於廟堂藿食得不肝腦塗
地班固漢書匈奴贊曰漢興忠言嘉謀之臣相與議事於廟堂之上左氏傳曰晉侯聽輿人之誦輿皁已見射
雉賦臣位任隆重義兼家邦實欲使名實不違徼倖路絕鄧析子曰循名責實君之事也奉法宣令臣之職也徼倖已見李令伯表勢門上品猶當格

以清談說苑晏子曰陂也之魚入於勢門謝靈運宋書
序曰下品無高門上品無賤族王隱晉書曰袓
約清談平裁
老而不倦英俊下僚不可限以位貌左太冲詠史詩
曰世胄躡高位
英俊沈
下僚竊見祕書丞琅邪臣王暕年二十一字思晦七
葉重光海內冠冕梁書曰儉子暕字思晦何之元梁典
曰侍中領右驍騎王騫字思晦太尉
文憲公長子也左僕射王暕字思寂文憲公次子也王
筠爲騫碑亦云騫字思晦據此及梁書明梁典及碑誤
也晉中興書曰王祥弟覽覽生導導生洽洽生珣珣生
曇首沈約宋書曰王僧綽曇首長子遇害子儉嗣也尚
書曰宣重光晉中興書庾冰
疏曰臣因循家寵冠冕當世神清氣茂允迪中和淮南子曰
神清者嗜欲不能亂蔡洪張錡狀曰錡資氣早茂才幹
足任尚書曰允迪厥德禮曰以樂德教國子中和祗庸
孝友叔寶理遣之談彥輔名教之樂臧榮緒晉書曰衛玠
字叔寶好言玄理拜
太子洗馬常以人有不及可以情恕非意相干可以理
遣故終身不見喜慍之容世說曰王平子胡毋彥國諸

人昔以放任爲達或去衣裸體樂廣曰名教中自有樂地何爲乃爾故以暉映先達領袖後進孫盛晉陽秋曰裴秀有風操十餘歲時人爲之語曰後進領袖有裴秀居無塵雜家有賜書韋昭吳書曰劉基不妄交遊門無雜賓漢書曰班彪幼與兄嗣共遊學家有賜書好古之士自遠方至辭賦清新屬言玄遠陸機陸雲別傳曰雲亦善屬文清新不及機而口辯持論過之臧榮緒晉書曰阮籍雖放誕不拘禮教然發言玄遠室邇人曠。物踈道親。毛詩曰其室則邇其人甚遠尹文子曰處名位雖不肖不患物不親己在貧賤不患物不踈己親踈係乎勢利不係乎不肖與仁賢也養素丘園台階虛位養素已見謝宣遠送孔令詩庠序公朝萬夫傾望孟子曰夏曰校殷曰序周曰庠學則三代共之曹植求通親親表曰執政不廢於公朝豈徒。荀令可想。李公不亡而已哉。臧榮緒晉書曰荀顗字景倩潁陽人也魏太尉彧之第六子黃初末除中郎高祖輔政見顗異之曰顗令君之子也近見袁侃亦曜卿之子也皆有父風范曄後漢書曰李固字子堅漢中郡南鄭人司徒郃之子少好學四方有志之士多慕其風而來學京師咸嘆曰是復爲李公矣前晉安郡候官令東海王僧孺年三十五字僧孺理尚棲約思致恬敏劉璠梁典曰王僧孺字僧孺東海郯人六歲解屬文梁興除鎮軍記室稍遷蘭陵太守卒於諮議既筆耕爲養亦傭書成學東觀漢記曰班超家貧爲官傭寫書投筆嘆曰丈夫獨不效傅介子立功絕域之地以封侯安久筆耕乎東觀漢記耕或爲研范曄漢書曰班超爲官傭書以供養吴志曰闞澤字德潤會稽人家世農夫至澤好學無以資貧常爲人傭書以供紙筆所寫既畢誦讀亦徧至乃集螢映雪編蒲緝柳檀道鸞續晉陽春秋曰車胤字武子學而不倦貧不常得油夏月則練囊盛數十螢火以夜繼日焉孫氏世錄曰孫康家貧常映雪讀書清介交遊不雜漢書曰路溫舒取澤中蒲截爲牒編用寫書禁國先賢傳曰孫敬到洛在太學左右一小屋安止母然後入學編楊柳簡以爲經先言往行人物雅俗易曰君子多識前言往行以畜其德孫綽

据考異改

子或問人物曰察虛實審真偽斷成敗定終始斯可謂之人物矣雅俗已見范雲讓表甘泉遺儀南宮故事胡廣漢官制度曰天子出車駕次第謂之鹵簿長安時出祠天於甘泉用之名曰甘泉鹵簿范曄後漢書曰鄭弘爲尚書令弘前後所陳有補益著之南宮以爲故事畫地成圖抵掌可述漢書張安世子千秋爲中郎將將兵擊烏桓還謁大將軍霍光問戰鬬方略山川形勢千秋口對兵事畫地成圖无所忘失戰國策曰蘇秦説趙王抵掌而言豈直鼮廷鼠有必對之辯竹書無落簡之謬摯虞三輔決録注曰竇攸舉孝廉爲郎世祖大會靈臺得鼠如豹文熒熒光澤世祖異之以問羣臣莫能知者攸對曰鼮鼠也詔問何以知之攸對曰見爾雅詔案秘書如攸言賜帛百匹張騭文士傳曰人有嵩山下得竹簡一枚兩行科斗書人莫能識張華以問束晳晳曰此明帝顯節陵策文驗校果然朝廷士庶皆服其博識睞坐鎮雅俗弘益已多僧孺訪對不休質疑斯在班固漢書董仲舒述曰讜言訪對爲世純儒太玄經曰爰質所疑宋衷曰質問也

並東序之秘寶瑚璉之茂器（書曰大玉夷玉天球河圖在東序典引曰御東序之祕寶論語子貢問曰賜也何如子曰汝器也曰何器也曰瑚璉也）誠言以人廢而才實世資（論語子曰君子不以言舉人不以人廢言解嘲曰鄒衍頡頏而取世資班固漢書翟方進述曰用合時宜器周世資）臨表悚戰猶懼未允不任下情云云

爲褚諮議蓁讓代兄襲封表（蕭子顯齊書曰褚蓁字茂緒爲義興太守改封巴東郡表讓封賁子霽詔許之官至前將軍卒然此表與集詳略不同疑是藳本辭多冗長）

任彥昇

臣蓁言昨被司徒符仰稱詔旨許臣兄賁所請以臣襲封南康郡公臣門籍勳蔭光錫土宇臣賁世載承家允

賁之讓封由於上旨非本懷也

膺長德。蕭子顯齊書曰：褚淵長子賁，字蔚先，官歷散騎常侍，上表稱疾，讓封與弟蓁。國語曰：祭公謀父曰：弈世載德。韋昭曰：載，成也。易曰：開國承家，小人勿用。左氏傳王子朝曰：王后無嫡，則擇立長，年鈞以德，德鈞以卜。而深鑒止足，脫屣千乘。老子曰：知足不辱，知止不殆。吳都賦曰：輕脫屣於千乘。遂乃遠謬推恩，近萃庸薄。能以國讓，弘義有歸。左氏傳公子魚曰：能以國讓，仁孰大焉。匹夫難奪，守以勿貳。昔武始迫家臣之策，陵陽感鮑生之言。張以誠請，丁爲理屈。東觀漢記曰：張純字伯仁，建武初，先詣闕，封武始侯。子奮，字稚通，兄根常被病。純病困，勑家丞翕：司空無功，爵不當傳嗣。純薨，大行移書問嗣，翕上書，奪詔封奮。奮上書曰：根不病，哀臣小，稱病。今翕移臣。又曰：丁綝爲陵陽侯，薨，長子鴻，字季公，讓位於弟盛，逃去。鴻初與九江鮑駿友善，及鴻士駿遇於東海，陽狂不識駿，駿乃止，讓之曰：今子以兄弟私恩而絕父不滅之基，可謂智乎？鴻感悟垂涕，乃還就國。且先臣以大宗絕緒，命臣出纂傍統禮記曰繼別爲宗鄭玄曰別子之嫡也族人尊之謂之大宗是宗子也稟承在昔理絶終天天道無終而云終天永訣之辭也徐廣赴謝車騎葬還詩曰潛壙既掩扉終天隔幽壤潘岳哀永逝曰今奈何兮一舉邈終天而子不反永惟情事觸目崩殞若使貪高延陵之風臣忘子臧之節左傳曰吳子諸樊既除喪將立季札辭曰曹宣公之卒也諸侯與曹人不義曹君將立子臧子臧去之遂不爲也以成曹君君子曰能守節君義嗣也誰敢奸君有國非吾節也札雖不才願附於子臧之節是廢德舉豈曰能賢左氏傳曰宋公疾召大司馬孔父而屬殤公焉對曰群臣願奉馮也公曰先君以寡人爲賢使主社稷若弃德不讓是廢先君之舉豈曰能賢陛下察其丹款特賜停絶丹款已見庾元規表不然投身草澤苟遂愚誠耳謝承後漢書曰朱寵隱身草澤不勝丹慊之至謹詣闕拜表以聞臣誠惶誠恐以下

爲范始興作求立太宰碑表

吴均齊春秋曰竟陵文宣王子良薨西昌侯以天子命假黄鉞太宰蕭子顯齊書曰建武中故吏范雲上表爲子良立碑事不行

任彦昇

臣雲言原夫存樹風猷沒著徽烈尚書曰彰善癉惡樹之風聲應璩與王將軍書曰雀鼠雖愚猶知徽烈旣絕故老之口必資不刊之書西征賦曰兆惟奉明邑號千人訊諸故老造自帝詢杜預傳序曰左丘明受經於仲尼以爲經者不刊之書也而藏諸名山則陵谷遷貿司馬遷書曰僕誠以著此書藏諸名山毛詩曰高岸爲谷深谷爲陵府之延閣則青編落簡劉歆七略曰孝武皇帝勑丞相公孫弘廣開獻書之路百年之間書積如山故内則延閣廣内祕書之府又曰尚書有青絲編目録然則配天之迹存乎泗

崇師聖素王而尊主聖配天而下攷精廬君長一般

刑別本

水之上漢書平紀曰郊祀高祖以配天鄺善長水經注曰泗水南有泗水亭漢高祖廟前有碑延熹十年立素王之道紀於沂川之側家語南宮敬叔曰孔子生於衰周讃明易道以爲法或者天將欲素王之乎何其盛也沂水南有孔子舊廟漢魏以來列七碑二碑無字由是崇師之義擬迹於西河禮記曾子謂子夏曰事夫子於洙泗之間退而老西河之上使西河之人疑汝於夫子七略曰西河燕趙之間尊主之情致之於堯禹尊主謂伊尹也恥其君不如堯舜已見曹子建通親親表禹亦聖帝故連言之故精廬妄啓必窮鐫勒之盛東觀漢記曰王阜年十一辭父母欲出精廬以尚幼不見聽荆州圖曰陰令劉喜魏時宰縣雅好博古教學立碑君長一城亦盡刊刻之美陳寔別傳曰寔卒蔡邕爲立碑刻銘然寔爲太丘宰故曰一城也況乎甄陶周召孕育伊顏周公召公伊尹顏回也典引曰孕虞育夏甄殷陶周故太宰竟陵文宣王臣某與存與亡則義形社稷漢書

文帝即位絳侯爲丞相罢盎進曰丞相何如人上曰社
稷臣盎曰絳侯所謂功臣非社稷臣社稷臣主存與存
主亡與亡如淳曰人主在時與共
治不以主亡而不行其政令也**嚴天配帝則周**
公其人孝經子曰孝莫大於嚴父嚴父莫大於配天則
周公其人也昔者周公郊祀后稷以配天宗祀
文王於明堂
以配上帝**體國端朝出藩入守進思必告之道退無**
苟利之專尚書曰爾有嘉謀嘉猷則入告爾后于内公羊傳
曰大夫出境有可以安社稷利國家者則專
之可也左氏傳曰子產
曰苟利社稷死生以之**五教以倫百揆時序**尚書帝曰
契汝作司
徒敬敷五教在寛又曰
納于百揆百揆時序**若夫一言一行盛德之風**孟子
曰舜
聞一善言見一善行若決江河沛然
莫之能禦也易云日新之謂盛德**琴書藝業述作之**
茂漢書曰鄭敬字次都琴書自樂禮記曰作者
之謂聖述者之謂明明聖者述作之謂也**道非兼**
濟事止樂善亦無得而稱焉周易曰智周萬物而道濟
天下東觀漢記曰上嘗問

東平王蒼曰在家何業最樂蒼對曰爲善最樂上嗟
漢之論語曰齊景公有馬千駟死之日民無德而稱焉
人之云亡忽移歲序詩曰人之云亡邦國殄瘁鴟鴞東徙松檟成行
言成王未知周公之意類鬱林之嫌子良而周公有居
攝之情由子良有代宗之議故假鴟鴞以喻焉吳均齊
春秋曰鬱林王即位子良謝疾不視事帝嫌之又潘敞
以仗防之子良既有代宗議憂懼不敢朝事而子良薨
毛詩序曰鴟鴞周公救亂也成王未知周公之志乃作
詩以遺王名之曰鴟鴞焉說苑曰梟與鳩相遇鳩曰子
安之梟曰我將東徙鳩曰何梟曰西方之人皆惡我聲
鳩曰子鳴於是鳴鳩曰子改鳴則可不改子鳴雖東徙
猶惡子也左傳伍子胥曰樹吾墓檟六府臣僚三藩士女蕭子顯齊書曰子良爲輔國將
軍征虜將軍竟陵王鎮北將軍征北將軍護軍將軍斯
謂六府子良又爲會稽太守南徐州刺史又南兖州刺
史斯謂之三藩也人蓄油素家懷鉛筆油素已見吳都賦葛龔與梁相牋曰曹褒寢懷
鉛筆行誦文書瞻彼景山徒然望慕景山謂墳也毛詩曰陟彼景山劉楨贈五官中郎將

何焯說故下疑有脫文業此衍字也孫志祖說當在魏舒上

詩曰望慕結不解昔晉氏初禁立碑晉令曰諸葬者不得作祠堂碑石獸魏舒之亡亦從班列而阮略既泯故首冒嚴科爲之者竟免刑戮致之者反蒙嘉歎陳留志曰阮略字德規爲齊國內史爲政表賢黜惡化風大行卒於郡齊人欲爲立碑時官制嚴峻自司徒魏舒已下皆不得立齊人思略不已遂共冒禁樹碑然後詣闕待罪朝廷聞之嘆其惠尤至於道被如仁功參微管本宜在常均之外如仁微管並見上傳季友修張良教故太宰淵丞相嶷親賢並軌即爲成規褚淵碑即王儉所制蕭子顯齊書曰豫章文獻王嶷字宣儼薨贈丞相南陽樂藹爲建立碑第二子恪託沈約及孔稚珪爲文乞依二公前例賜許刊立寧容使長想九原樵蘇罔識其禁驊騾長陵轓軒不知所適禮記曰趙文子與叔譽觀乎九原文子曰死者如可作也吾誰與歸戰國策顏蠋謂齊王曰秦攻齊令曰敢有去柳下季墓五十步樵採

者罪死不赦東觀漢記和帝詔曰高祖功臣蕭曹爲首朕望長陵東門見二臣之壠感焉臣里閭孤
賤才無可甄值齊網之弘弛賓客之禁范曄後漢書曰建武中禁網尚
寬諸王既長各招引賓客策名委質忽焉二紀左氏傳狐突曰策名委質其二乃辟慮
先犬馬厚恩不答列女傳曰梁寡高行曰妾之夫不幸早死先犬馬填溝壑虞貞節曰人受
命於天而命長犬馬受命於天而命短妾之夫及先犬馬死矣而斃帷毀蓋未蒙螻蟻
禮記仲尼曰吾聞之弊帷不棄爲埋馬也弊蓋不棄爲埋狗也戰國策安陵君謂楚王曰犬馬臣願得式黄泉
蓐螻蟻延叔堅戰國策論曰爲王先用填黄泉爲王作蓐以御螻蟻珠襦玉匣遽飾幽泉
西京雜記曰漢帝及諸侯王送死皆珠襦玉匣匣形如鎧甲連以金縷皆鏤爲蛟龍鸞鳳龜龍之形所謂交
龍玉匣陛下弘獎名教不隔微物使臣得駿奔南浦長號
北陵南浦迎喪北陵送葬既曲逢前施實仰覲後澤儻驗杜預山

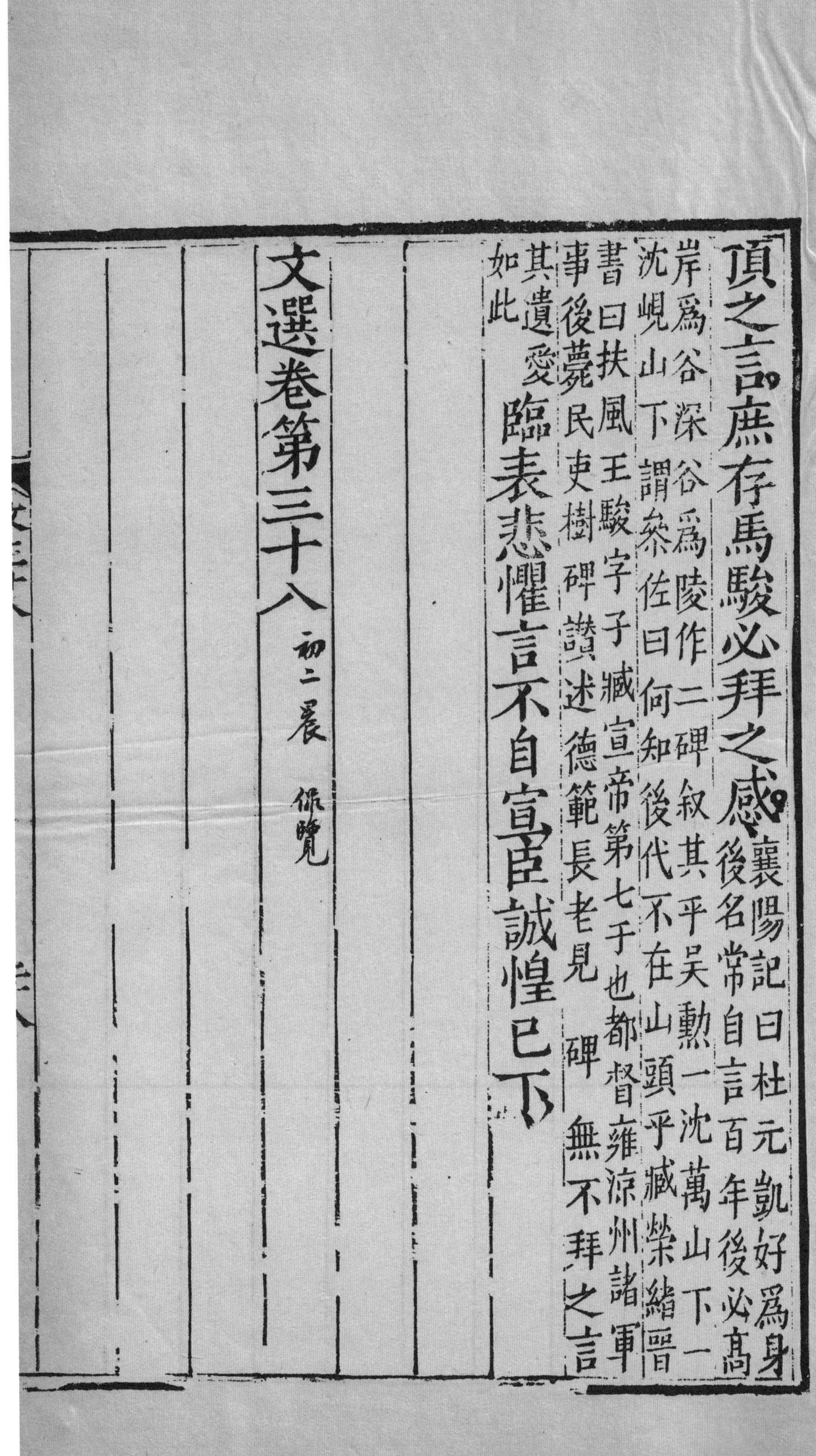

頂之言。庶存馬駿必拜之感。襄陽記曰杜元凱好爲身後名常自言百年後必高岸爲谷深谷爲陵作二碑敘其平吴勳一沈萬山下一沈峴山下謂叅佐曰何知後代不在山頭乎臧榮緒晉書曰扶風王駿字子臧宣帝第七子也都督雍涼州諸軍事後薨民吏樹碑讚述德範長老見碑無不拜之言其遺愛如此臨表悲懼言不自宣臣誠惶已下

文選卷第三十八　初二晨　[illegible]覽

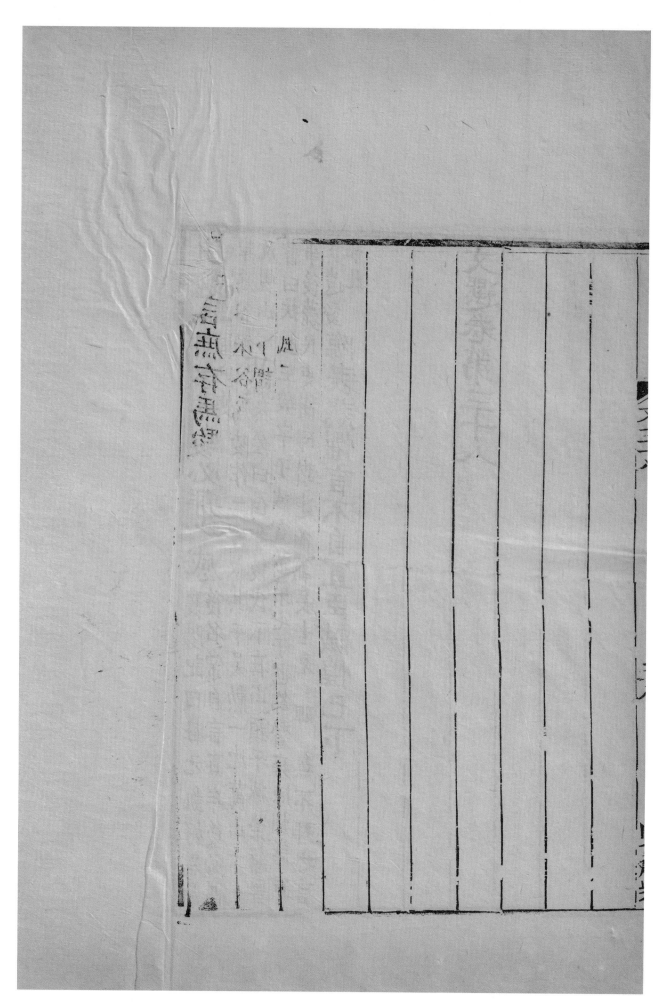

文選卷第三十九

梁昭明太子撰

文林郎守太子右内率府錄事參軍事崇賢館直學士臣李善注上

上書

李斯上書秦始皇一首　鄒陽上書吳王一首

獄中上書自明一首　司馬長卿上疏諫獵一首

枚叔奏書諫吳王濞一首　重諫舉兵一首

江文通詣建平王上書一首

啓

任彦昇奉荅七夕詩啓一首

爲卞彬謝脩卞忠貞墓啓一首

上蕭太傅固辭奪禮啓一首

上書

上書秦始皇一首

李斯史記曰李斯者楚上蔡人也西說秦秦拜斯爲客卿會韓使鄭國來間秦以作溉渠已而覺秦室大臣皆言秦王曰諸侯人來秦者秪爲其主游間秦耳請一切逐客李斯議亦在逐中斯乃上書秦王乃除逐客之令復李斯官始皇帝以斯爲丞相後二世具斯五刑論腰斬咸陽市

臣聞吏議逐客竊以爲過矣昔穆公求士西取由余於戎史記曰戎王使由余於秦秦後歸由余繆公又使人間要由余遂去降秦繆公以客禮禮之東得

百里奚於宛史記曰晉獻公以百里奚爲秦穆公夫人媵於秦百里奚亡秦走宛楚之鄙人執之繆公聞百里奚欲重贖之恐楚子不許以五羖羊皮贖之楚人許與之繆公與議國事大悅授之國政迎蹇叔於宋史記曰百里奚謂繆公曰臣不及臣友蹇叔賢而世莫知繆公使人厚幣迎蹇叔以爲上大夫來丕豹公孫支於晉左氏傳曰晉郤芮丕鄭丕豹奔秦又曰秦伯謂公孫支曰夷吾其定乎對曰今其言多忌克難哉杜預曰公孫支秦大夫子桑也繆公用之并國三十遂霸西戎史記曰秦用由余謀伐戎王益國十二開地千里遂霸西戎孝公用商鞅之法移風易俗民以殷盛國以富彊百姓樂用諸侯親服史記曰獻公卒子孝公立又曰衛鞅西入秦說孝公變法修刑內務耕稼外勸戰死之士賞罰三年百姓便之天子致胙諸侯畢賀也獲楚魏之師舉地千里至今治彊史記曰衛鞅將兵圍魏安邑降之又曰衛鞅擊魏公子卬封鞅爲列侯号商君

卬五剛切惠王用張儀之計拔三川之地西并巴蜀北收上
郡南取漢中史記曰孝公卒子惠文君立又曰惠文君八年張儀復相秦攻韓宜陽降之云孝
十年納魏上郡張儀伐蜀滅之又攻楚漢中取地六百
里置漢中郡史記云孝王納上郡此云惠王疑此誤也
又曰武王立張儀死武王謂甘茂曰寡人欲通車三川
窺周室使甘茂伐宜陽拔之然通三川是武王張儀已
死此云惠王用張儀之計拔三川疑
此誤也三川韓界也宜陽韓邑也包九夷制鄢郢九夷屬楚夷也鄢郢
楚二縣也蓋秦
令人據之也東據成皋之險割膏腴之壤成皋縣名周之東境
遂散六國之從六國韓魏燕趙齊楚也漢書音義文穎曰關東爲從使之西面事
秦功施到今史記曰惠王卒韓魏齊楚皆賓從昭王得范雎廢穰侯逐
華陽史記曰武王卒立異母弟爲昭襄王又曰穰侯魏冉者秦昭王母宣太后之弟太后二弟其異父長
弟曰穰侯姓魏氏名冉同父弟曰芈戎爲華陽君魏冉
爲相國范雎說秦昭王言穰侯權重諸侯昭王乃免相

國，逐華陽君關外。彊公室，杜私門，蠶食諸侯，使秦成帝業。春秋保乾圖曰：光闓害蠶食天下。高誘淮南子注曰：蠶食，食無餘也。此四君者，皆以客之功。由此觀之，客何負於秦哉？負猶累也。向使四君却客而弗納，疏士而弗用，是使國無富利之實，而秦無彊大之名也。今陛下致昆山之玉，有和隨之寶，新序固桑對晉平公曰：夫劍產於越，珠產於江南，玉產於昆山，此三寶皆無足而致。墨子曰：和氏之璧，隨侯之珠。垂明月之珠，服太阿之劍，越絕書曰：楚王召歐冶子干將作鐵劍二枚，一曰太阿。乘纖離之馬，建翠鳳之旗，樹靈鼉徒河切之鼓。孫卿曰：纖離、蒲梢，皆馬名。鄭玄禮記注曰：鼉皮可以冒鼓。此數寶者，秦不生一焉，而陛下悅之，何也？必秦國之所生然後可，則夜光之璧不飾朝廷，犀象之器不爲玩好，而鄭衛之女不充後庭，駿良駃（決）騠（啼）不實外廄（周書曰正北以駃騠爲獻廣雅曰駃馬屬），江南金錫不爲用，西蜀丹青不爲采。所以飾後宮充下陳（下陳猶後列也晏子曰有二女願得入身於下陳）娛心意悅耳目者，必出於秦然後可，則是宛（於元切）珠之簪，傅璣之珥，阿縞之衣，錦繡之飾不進於前（言以宛珠飾簪以璣傅珥也說文曰珥瑱也徐廣曰齊之東阿縣繒帛所出者也此解阿義與子虛不同各依其說而留之舊注餘少不足稱臣以別之他皆類此），而隨俗雅化佳冶窈窕趙女不立於側也（隨俗雅化謂閑雅變化而能隨俗也）。夫擊甕叩缶，彈箏搏髀，而歌呼嗚嗚快耳者，真秦之聲也（說文曰甕汲瓶也於貢切說文曰缶瓦器秦人鼓之以節樂缶甫友切）；鄭衛桑間，韶虞武象者，異國之樂也（禮記曰鄭衛之音亂世之音也又曰桑間濮上亡國之音也樂動聲儀曰舜樂曰簫韶又曰周樂伐時曰武象宋均曰武象象伐時用干戈徐廣曰韶一作昭今棄叩缶擊甕而就鄭衛，退彈箏而取韶虞，若是者何也？快意當前，適觀而已矣。高誘呂氏春秋注曰適中適也今取人則不然，不問可否，不論曲直，非秦者去，爲客者逐。然則是所重者在乎色樂珠玉，而所輕者在乎民人也。此非所以跨海內、制諸侯之術也。臣聞地廣者粟多，國大者人衆，兵彊者則士勇。是以太山不讓土壤，故能成其大；河海不擇細流，故能就其深；管子曰海不辭水故成其大山不辭土石故能成其高王者不卻衆庶，故能明其德。文子曰聖人不讓負薪之言以廣其名是以地無四方，民無異國，四時充美，鬼神降福，此五帝三王之所以無敵也。今乃棄黔首以資敵國郭象莊子注曰資者給齎之謂却賓客以業諸侯使天下之士退而不敢西向裹足不入秦此所謂藉寇兵而齎盜粮者也戰國策范睢說秦王曰此所謂藉賊兵而齎盜食者也說文曰齎持遺也夫物不産於秦可寶者多士不産於秦願忠者衆今逐客以資敵國損民以益讎内自虛而外樹怨諸侯求國無危不可得也

上書吴王一首

鄒陽漢書曰鄒陽齊人也陽事吴王濞王以太子事陰有邪謀陽奏書諫爲其事尚隱惡不指斥言故先引秦爲喻因道胡越齊趙之難然後乃致其意

臣聞秦倚曲臺之宫應劭曰始皇帝所治處也若漢家未央宫也三輔黄圖曰未央

所謂不忠所言其忽此
今胡以下迄此日之所以為
大王患也而皆質言非隱
語正勸其同心於漢毋設
有列郡不親萬室不相救
之憂也

有曲臺殿懸衡天下如淳曰衡猶稱之衡也言其懸法度於其上申子曰君必有明法正義若權衡以稱輕重所以一群臣也畫地而人不犯兵加胡越至其晚節末路張耳陳勝連從子容兵之據以叩函谷咸陽遂危史記曰陳勝字涉陽城人也勝為王號為張楚西擊秦又曰張耳大梁人也陳勝起蘄以耳為校尉廣雅曰據引也言相引以為援也何則列郡不相親萬室不相救也今胡數涉北河之外史記曰秦惠王遊至北河徐廣曰戎地之河上也上覆飛鳥下不見伏兔蘇林曰覆盡也言胡上射飛鳥下盡地之伏兔鬬城不休救兵不至止臘漢書本死者相隨輦車相屬轉粟流輸去千里不絕鄭玄禮記注曰流猶行也何則彊趙責於河間應劭曰趙幽王為呂后所幽死文帝立其長子遂為趙王取趙之河間立弟辟彊為河間王至子哀王无嗣國除遂欲復還得河間也六齊望於惠后孟康

大王不憂即不同心於漢也　孟說是

曰高后割濟南郡爲呂王台奉邑又割琅邪郡封營陵
侯劉澤爲琅邪王文帝乃立悼惠王六子爲王言六齊
不保今日之恩而追怨惠帝與呂后漢書曰文帝
閔濟北逆亂自滅盡封悼惠王諸子爲列侯後齊文王
薨无子於是分齊爲六將閭爲齊王惠爲濟北王賢爲
淄川王雄渠爲膠東王卬爲膠西王辟光爲濟南王也
城陽顧於盧博孟康曰城陽王喜也喜父章與弟興居
討諸呂有功本當盡以趙地王章梁地
王興居文帝聞其欲立齊王更以二郡王之章失職歲
餘薨興居誅死盧博濟北王治處喜故顧念而怨也
二郡謂城陽章所封濟北興居所封興居誅
死故喜顧念而恨也泰山郡有博縣濟北縣三淮南
之心思墳墓張晏曰淮南厲王三子爲三王念其父見
遷殺也漢書曰上憐淮南王不軌上
乃立厲王三子安爲淮南王
勃爲衡山王賜爲廬江王大王不憂臣恐救兵之不
專孟康曰不專救漢也如淳曰皆自私怨宿憤不能爲
吳也若吳舉兵反天子來討謂四國但有意不敢相
救也以孟康解其文故言不專救漢如淳
解其意故云不能爲吳二說相成義乃可明胡馬遂

若斥吴，則吴未破滅，梁兵豈能越廣陵哉。

注皆未諦此胡越皆設言有其事下既明舉全趙淮南爲喻此處何必實其辭說哉要之此段只以列郡不親大王不憂見意耳

進窺於邯鄲越水長沙還舟青陽蘇林曰青陽水名也言胡越水陸共伐漢也善曰此同孟康之義也張晏曰還舟聚舟也言胡爲趙難越爲吴難不可恃也善曰此微同如淳之說秦始皇本紀曰荆王獻青陽之田已而背約要擊我南郡雖使梁并淮陽之兵下淮東越廣陵以遏越人之糧漢亦折西河而下北守漳水以輔大國胡亦益進越亦益深此臣之所爲大王患也善曰大國謂趙也陽假言吴思助漢今胡越俱來伐之漢雖復使梁并淮陽之兵以遏越人之糧漢截西河以下而助於趙終無所益故胡亦益進越亦益深此臣爲大王患也然其意欲破吴計雖使當爲乃使越人當爲吴人輒當爲禦言吴趙欲來伐漢漢乃使梁并淮陽之兵以止吴人之糧漢截西河以禦於趙如此則趙不得進吴不得深陽惡指斥故假胡越錯亂其辭自此以下乃致其意焉臣聞蛟龍驤首奮翼則浮雲出流霧雨咸集聖王底節脩德則游談之士

謹讀以鷙鳥即下文武力死士喻吳王國當以鶚自喻如淳誤說

此則明言矣固知上文胡進越深非謬其辭也所謂改其意并改此

歸義思名善曰厎與砥同厎礪也戰國策蘇秦說趙王曰外客游談之士无敢自進於前漢書王莽傳曰遊者爲之談說今臣盡知卑議易精極慮如淳曰攺易精思以謀慮之則無國而不可奸善曰爾雅曰奸求也奸與干同飾固陋之心則何王之門不可曳長裾乎然臣所以歷數王之朝背淮千里而自致者非惡臣國而樂吳民竊高下風之行尤說大王之義善曰新序公孫龍謂平原君曰臣居魯則聞下風高先生之知悅先生之行故願大王無忽察聽其至善曰劉瓛周易注曰至極也謂極言之臣聞鷙鳥累百不如一鶚孟康曰鶚大鵰也如淳曰鷙鳥鳥比諸侯鶚比天子夫全趙之時服虔曰全趙趙未分之時應劭曰後分爲三武力鼎士袨服叢臺之下者一旦成市服虔曰袨服大盛玄黄服也臣瓚以爲鼎士舉鼎之士叢臺趙王之臺不能止幽王之湛患韋昭曰高帝子幽王

壤即帑之對轉音亦作孾子猶通言兒子孺子耳

友也呂后殺之湛今沈字也淮南連山東之俠死士盈朝不能還厲王之西也善曰漢書曰淮南厲王長謀反廢遷蜀韋昭曰徙蜀嚴道然則計議不得雖諸賁不能安其位亦明矣善曰左氏傳曰吳公子光享王鱄設諸寘劒於魚中以進抽劒以刺王說苑曰勇士孟賁水行不避蛟龍陸行不避狼虎故願大王審畫而已始孝文皇帝據關入立寒心銷志不明求衣臣瓚曰以爲文帝入關而立以天下多難故乃寒心戰栗未明而起自立天子之後使東牟朱虛東褒儀父之後應劭曰天下已定文帝遣朱虛侯章東喻齊王嘉其首舉兵欲誅諸呂猶春秋褒邾儀父者也深割嬰兒王之應劭曰封齊王六子爲王其中有小嬰兒孝文帝於骨肉厚也壤子王梁代益以淮陽善曰此言文帝之時梁王揖代王叅淮陽王武後梁王揖早薨徙武爲梁王也然叅揖皆少故云壤襄也晉灼曰方言梁益之間所愛諱其肥盛曰壤襄也善曰方言云瑋其肥盛

晉書注以瑋爲諱卒仆濟北囚弟於雍者豈非象新垣等哉善曰漢書曰濟北王興居聞帝之代乃反棘蒲侯擊之興居自殺又曰淮南王道死雍應劭曰二國有姦臣如新垣平等勸王共反也今天子新據先帝之遺業善曰今天子景帝也先帝文帝也左規山東右制關中變權易勢大臣難知大王弗察臣恐周鼎復起於漢如淳曰新垣平詐言周鼎在泗水中臣望東北汾陰有金寶氣鼎在其中弗迎則不至爲吳計者猶新垣平之言周鼎終不可得也新垣過計於朝服虔曰過誤也則我吳遺嗣不可期於世矣高皇帝燒棧道灌章邯應劭曰章邯爲雍王高祖以水灌其城破之燒棧道言高祖涉所燒之棧道也史記曰張良說漢王燒絕棧道也兵不留行善曰言攻之易故不稽留也收弊人之倦東馳函谷西楚大破張晏曰項羽自號西楚霸王水攻則章邯以亡其城陸擊則荆

不幾猶言不可冀知也

王以失其地。如淳曰荆亦楚謂項王敗走也此皆國家之不幾者也。孟康曰言國家不可庶幾得之也願大王熟察之。

獄中上書自明

鄒陽漢書曰陽以吳王不可説去之梁從孝王遊羊勝公孫詭等疾陽惡之於孝王孝王怒陽下獄吏將殺之陽乃從獄中上書書奏孝王立出之卒爲上客

臣聞忠無不報信不見疑臣常以爲然徒虛語耳昔者荆軻慕燕丹之義白虹貫日太子畏之如淳曰白虹兵象日爲君善曰畏畏其不成也列士傳曰荆軻發後太子相氣見白虹貫日不徹曰吾事不成矣後聞軻死太子曰吾知其然也衛先生爲秦畫長平之事太白食昴昭王疑之蘇林曰白

何焯云左右謂勝詭之徒

起爲秦伐趙破長平軍欲遂滅趙遣衛先生說昭王益兵粮爲應侯所害事用不成其精誠上達於天故太白爲之食昴昴趙分也將有兵故太白食昴食者干歷也如淳曰太白天之將軍也夫精誠變天地而信不諭兩主豈不哀哉今臣盡忠竭誠畢議願知張晏曰盡其計議願王知之左右不明卒從吏訊爲世所疑張晏曰左右不明不敢斥王也訊考三日問之知與前辭同不也是使荆軻衛先生復起而燕秦不寤也願大王熟察之昔玉人獻寶楚王誅之善曰韓子曰楚人和氏得璞玉於楚山之下奉而獻之武王武王使人相之玉人曰石也王刖和左足武王薨成王即位和又獻之玉人又曰石也刖其右足李斯竭忠胡亥極刑善曰史記曰始皇以李斯爲丞相始皇崩胡亥立斯具五刑者也是以箕子陽狂接輿避世恐遭此患善曰史記曰紂淫亂不止箕子懼乃佯狂爲奴論語曰楚狂接輿歌而過孔子曰鳳兮鳳兮何德之衰願

大王察玉人李斯之意而後楚王胡亥之聽善曰以其計謬故令後之毋使臣為箕子接輿所笑臣聞比干剖心子胥鴟夷善曰史記曰比干彊諫紂怒曰吾聞聖人心有七竅剖比干觀其心又曰子胥自剄王乃以子胥尸盛以鴟夷之革浮之江中應劭曰取馬革為鴟夷鴟夷榼形臣始不信乃今知之願大王孰察少加憐焉語曰白頭如新漢書音義曰或初不相識相知至白頭不相知傾蓋如故文穎曰傾蓋猶交蓋駐車也善曰家語曰孔子之郯遭程子於塗傾蓋而語終日甚相悅何則知與不知也故樊於期逃秦之燕藉荊軻首以奉丹事善曰史記曰荊軻見樊於期曰今聞秦購將軍首金千斤邑萬家今有言可以解燕國之患報將軍之仇首何如於期曰為之奈何軻曰願得將軍首以獻秦王秦可必喜見臣臣左手把其袖右手揕其匈於期遂自剄徐廣曰揕丁鴆切王奢去齊之魏臨城自剄以却齊而存魏善曰漢書

音義曰王奢齊臣也自齊亡之魏齊伐魏奢登城謂齊將曰今君之來不過以奢故也義不苟生以爲魏累遂自剄夫王奢樊於期非新於齊秦而故於燕魏也所以去二國死兩君者行合於志而慕義無窮也是以蘇秦不信於天下爲燕尾生服虔曰蘇秦於秦不出其信於燕　善曰史記蘇秦曰尾生與女子期於梁下女子不來水至不去抱梁柱而死白圭戰亡六城爲魏取中山張晏曰白圭爲中山將亡六城殆欲誅之亡入魏文侯厚遇之還拔中山何則誠有以相知也蘇秦相燕燕人惡之於燕王善曰惡謂讒短也燕王按劒而怒食以駃騠孟康曰敬重蘇秦雖有讒惡王更膳以珍奇之味也白圭顯於中山人惡之於魏文侯善曰言白圭拔中山而尊顯而人說短於文侯文侯投以夜光之璧何則兩主二臣剖心析肝相信豈移於浮辭哉故

漢書服虔注云廣州三河

女無美惡入宮見妬士無賢不肖入朝見嫉昔者司馬喜臏〔畢引〕脚於宋卒相中山〔善曰戰國策曰司馬喜三相中山尚書呂刑曰臏者脫去人之臏也郭璞三蒼解詁曰臏膝蓋也〕范雎摺脅折齒於魏卒爲應侯〔善曰史記曰范雎隨魏中大夫須賈使齊齊襄王賜范雎金十斤及牛酒須賈以爲持魏國陰事告齊以告魏相魏之諸公子魏齊使舍人笞擊范雎折脅摺齒雎得出亡入秦爲應侯廣雅曰摺折也力合切〕此二人者皆信必然之畫捐朋黨之私挾孤獨之交故不能自免於嫉妬之人也是以申徒狄蹈雍之河〔服虔曰殷之末世人也如淳曰莊周云申徒狄諫而不聽負石自投河善曰爾雅曰水自河出爲雍言狄先蹈雍而後入河也雍一龍切〕徐衍負石入海〔漢書音義曰徐衍周之末人也見列士傳善曰論語讖曰徐衍負石伐子自狸寺分亡身握石失軀宋均曰狸猶殺也力之切〕不容身於世〔新語曰窮澤之民身不容於世無紹介通之〕義

不苟取比周於朝以移主上之心善曰言皆義不苟取比周朋黨在朝廷以移主上之心妄求合也六韜曰結連朋黨比周爲權杜預曰比近也周密也故百里奚乞食於路穆公委之以政說苑鄒子說梁王曰百里奚乞食於路而穆公委之以政甯戚飯牛車下而桓公任之以國善曰呂氏春秋曰甯戚飯牛車下望桓公而悲擊牛角疾歌鄒子說苑鄒子說梁王曰甯戚扣轅行歌桓公任之以國此二人豈素宦於朝借譽於左右然後二主用之哉感於心合於意堅如膠漆昆弟不能離豈惑於衆口哉故偏聽生姦獨任成亂昔魯聽季孫之說而逐孔子善曰論語曰齊人饋女樂季桓子受之三日不朝孔子行宋信子冉之計囚墨翟文子曰子罕也冉音任善曰未詳夫以孔墨之辯不能自免於讒諛而二國以危何則衆口鑠金積毀

史記作越人蒙

寤 據前文及史漢

銷骨（國語泠州鳩曰衆心成城衆口鑠金賈逵曰鑠消也衆口所惡金爲之銷亡積毀銷骨謂積讒善曰毀之言骨肉之親爲之銷滅）是以秦用戎人由余而霸中國齊用越人子臧而彊威宣（善曰言齊任子臧故威宣二王所以彊盛史記曰齊桓公卒子威王因齊立威王卒子宣王辟彊立張晏曰子臧越人也）此二國豈拘於俗牽於世繫奇偏之辭哉公聽並觀垂明當世（善曰公聽言無私也並觀言無偏也尸子曰論是非者自公心聽之而後可知也）故意合則胡越爲昆弟由余子臧是矣不合則骨肉爲讎敵朱象管蔡是矣（善曰史記曰舜弟象傲帝常欲殺舜丹朱堯子讎敵未聞尚書曰周公位冢宰羣叔流言乃致管叔于商囚蔡叔于郭鄰）今人主誠能用齊秦之明後宋魯之聽則五霸不足侔三王易爲比也是以聖王覺悟捐子之之心而不悅田常之

文三十九　十一

賢善曰史記曰燕王噲屬國於子之子之南面行王事齊因伐燕燕王噲死子之乃亡又曰齊田常殺簡公而立平公平公即位田常爲相五年齊國政皆歸田常封比干之後修孕婦之墓應劭曰紂刳姙者觀其胎產故功業覆於天下何則欲善無猒也夫晉文公親其讎而彊霸諸侯張晏曰寺人勃鞮也善曰國語曰初獻公使寺人勃鞮伐文公於蒲城文公踰垣寺人斬其袪及入寺人求見於是呂郤冀芮畏偪悔納公謀作亂伯楚知之故求見公公遽見之伯楚以呂郤之謀告公韋昭曰寺人掌內袪袂也勃鞮字伯楚齊桓公用其仇而一匡天下善曰左傳寺人披謂晉侯曰齊桓公置射鉤而使管仲相論語曰管仲相桓公霸諸侯一匡天下民到于今受其賜何則慈仁殷勤誠著於心此不可以虛辭借也至夫秦用商鞅之法東弱韓魏立彊天下而卒車裂之善曰商鞅車裂巳見西征賦越用大夫種之謀禽勁吳而霸中

孫志祖云：新序作無愛於士，与上句終与之窮達意相貫。

金氏甡曰：跖客刺由已見戰國策。

國遂誅其身。善曰：史記曰：越王勾踐舉國政屬大夫種。越平吴，以兵北渡淮，東方諸侯畢賀，稱霸王。范蠡乃去，遺大夫種書，種見，稱疾不朝。人或讒種作亂，越王乃賜種劍而自殺。是以孫叔敖三去相而不悔，善曰：史記曰：孫叔敖，楚之處士也。虞上相進之，三月而相楚。三得相而不喜，知其材自得之也。三去相而不悔，知其非己之罪也。於陵子仲辭三公爲人灌園。善曰：列女傳曰：於陵子終賢，楚王欲以爲相，使使者往聘迎之。子終出，使者與其妻逃，乃爲人灌園。今人主誠能去驕傲之心，懷可報之意，善曰：言士有功可報者，思必報。披心腹，見情素，善曰：戰國策曰：蔡澤說應侯曰：公孫鞅事孝王，竭知謀，示情素。墮肝膽，施德厚，終與之窮達，無愛於士，善曰：於士所求，無所愛惜也。則桀之猶可使吠堯，而跖之客可使刺由，應劭曰：由，許由也。跖，盜跖也。韋昭曰：言恩厚無不使。善曰：戰國策刀鞮謂田單曰：跖之猶或吠堯，非其主也。吠音吠，並同。何況因萬乘之權，假聖王之資乎？然則荊

湛 訦沒即滅非謂沈於水也
劉孝標廣絶交論注引湛作沈燔作焚
趙景真與嵇茂齊書注引眾下有人字

軻湛七族，要離燔妻子，豈足為大王道哉。應劭曰：荆軻為燕刺秦王，不成而死，其七族坐之，湛沒也。張晏曰：七族上至高祖，下至曾孫。善曰：呂氏春秋曰：吳王闔閭欲殺王子慶忌，要離曰：王誠助臣，請必能。吳王曰：諾。明旦加罪焉，執其妻子，燔而揚其灰。高誘曰：吳王偽加要離罪，燒妻子，揚其灰。

臣聞明月之珠，夜光之璧，以暗投人於道，眾莫不按劒相眄者，何則？無因而至前也。蟠木根柢，輪囷離奇，張晏曰：柢，下本也。輪囷離奇，委曲盤戾也。蘇林曰：柢音蔕。善曰：廣雅曰：蟠，曲也。囷，去倫切。離，薄某切。奇，音衣。而為萬乘器者，何則？以左右先為之容也。善曰：器謂服玩之屬。容謂雕飾。杜預左氏傳注曰：容，形容也。故無因而至前，雖出隋侯之珠，夜光之璧，秪足結怨而不見德。故有人先談，則枯木朽株，樹功而不忘。善曰：談或為游。今天下布衣窮居之士，身在貧賤，雖蒙堯舜之術，挾伊管之辯善曰伊尹管仲懷龍逢比干之意欲盡忠當世之君而素無根柢之容雖竭精神欲開忠信輔人主之治則人主必襲按劍相眄之跡矣善曰小雅曰開達也是使布衣之士不得爲枯木朽株之資也是以聖王制世御俗獨化於陶鈞之上張晏曰陶家名模下圓轉者爲鈞以其能制器爲大小比之於天也善曰論語考比讖曰引五子以避俗遠邦殊域莫不向風而不牽乎卑辭之語不奪乎衆多之口善曰聖人有深謀善計而即行之不爲卑辭所牽制戰國策蘇秦曰卑辭以謝君衆口已見上文故秦皇帝任中庶子蒙嘉之言以信荊軻之説而匕首竊發善曰戰國策曰荊軻既至秦持千金之資幣厚遺秦王寵臣中庶子蒙嘉嘉爲先言於秦王曰燕願舉國爲内臣如郡縣又獻燕督亢之地圖圖窮匕首見秦王驚自引而起乃引其匕首以擿秦王通俗文曰匕首其頭類匕故曰匕首短而便用周文獵涇渭載呂尚而歸以王天下六韜曰文王田于渭陽卒見呂尚坐茅而漁戰國策曰范睢謂秦王

劉本及史記

曰臣聞吕尚遇文王立爲太師史記曰西伯獵果遇太公于渭俱爲師也秦信左右而亡周用烏集而王善曰漢書音義曰太公望塗遘卒遇共成王功如烏鵲之暴集也何則以其能越拘攣之語馳域外之議獨觀於昭曠之道也今人主沉諂諛之辭牽於帷牆之制善曰漢書音義曰言爲左右便辟侍帷墻臣妾所見牽制說文曰牆垣蔽也然帷妾之所止牆臣之所居也使不羈之士與牛驥同皁漢書音義曰皁食牛馬器以木作如槽善曰不羈謂才行高遠不可羈繫也此鮑焦所以忿於世而不留富貴之樂也善曰列士傳曰鮑焦怨世不用己采蔬於道子貢難曰非其世而采其蔬此焦之有哉弃其蔬乃立枯於洛水之上蔬即古蔬字臣聞盛飾入朝者不以私汙義砥厲名號者不以利傷行善曰孔安國尚書傳曰砥磨石也論語撰考讖曰于罕言利利傷行也故里名勝母曾子不入邑號朝歌墨子迴車晉灼曰史記樂書紂作朝歌之音朝歌者不時也善曰淮南子曰墨子非樂不入朝歌然古有此事未詳其本今欲使

言不止諫獵篇末云此言雖小可以喻大即其說也相谷之事長卿知之矣

天下恢廓之士誘於威重之權脅於位勢之貴回面汙行以事諂諛之人而求親近於左右則士有伏死堀穴巖藪之中耳安有盡忠信而趨闕下者哉

上書諫獵

司馬長卿

臣聞物有同類而殊能者故力稱烏獲捷言慶忌勇期賁育善曰史記曰秦武王有力士烏獲孟説皆至大官呂氏春秋曰吴王欲殺王子慶忌謂要離曰吾嘗以馬逐之江上而不能及説苑曰勇士孟賁水行不避蛟龍陸行不避狼虎戰國策范雎曰夏育之勇焉而死臣之愚暗竊以為人誠有之獸亦宜然今陛下好凌阻險射猛獸卒然遇軼才之獸駭不存之地犯屬車之清塵漢書音義曰大駕屬車八十一乘善曰車塵言清尊之意也輿不及還轅人不暇施

不亦難矣校言不亦難乎

功雖有烏獲逢蒙之伎力不得用枯木朽株盡爲難矣善曰吳越春秋陳音曰黃帝作弓後有楚孤父以道傳羿羿傳逢蒙是胡越起於轂下而羌夷接軫也豈不殆哉雖萬全無患然本非天子所宜近也且夫清道而後行中路而馳猶時有銜橛之變張揖曰銜馬勒也橛騑馬口長銜也善曰家語子曰郊之日汜埽清路行者必止莊子伯樂曰我善調馬前有飾橛而後鞭策之威而況乎涉豐草騁丘墟善曰毛詩曰湛湛露斯在彼豐草呂氏春秋吳夫爲丘墟前有利獸之樂而內无存變之意善曰鄭玄禮記注曰利猶貪也其爲害也不亦難矣夫輕萬乘之重不以爲安而樂出萬有一危之塗以爲娛臣竊爲陛下不取也蓋聞明者遠見於未萌而智者避危於无形善曰太公金匱曰明者見兆於未萌智者

避危於无形禍固多藏於隱微而發於人所忽者也故鄙諺曰家累千金坐不垂堂張揖曰畏櫩瓦墮中人也此言雖小可以喻大臣願陛下留意幸察

上書諫吴王

枚叔善曰漢書曰枚乘字叔淮陰人爲吴王濞郎中吴王初怨望謀爲逆也乘奏書諫王不納遂去之從梁孝王遊後景帝拜乘弘農都尉卒然乘之卒在相如之前而今在後誤也

臣聞得全者昌失全者亡善曰史記淳于髡説鄒忌子曰得全全昌失全全亡舜无立錐之地以有天下禹无十戶之聚以王諸侯湯武之士不過百里善曰韓子曰舜无置錐之地於後世而德結史記蘇秦説趙王曰舜无咫尺之

係疑本作兩，緣上文而誤作係耳。

地以有天下禹无百人之聚以王諸侯湯武上不絶三之士不過百里立爲天子誠得其道也光之明下不傷百姓之心者有王術也善曰不絶其明言合度也高誘淮南子注曰三光日月星也故父子之道天性也善曰父子喻君臣也孝經曰父子之道天性也忠臣不避重誅以直諫則事无遺策功流萬世臣乘願披腹心而効愚忠惟大王少加意念惻怛之心於臣乘言夫以一縷之任係千鈞之重上懸之无極之高下垂之不測之淵雖甚愚之人猶知哀其將絶也馬方駭鼓而驚之係方絶又重鎮之係絶於天不可復結墜入深淵難以復出善曰孔叢子曰齊東郭亥欲攻田氏子貢曰今子士也位卑圖大殆非子之任也夫以一縷之任繫千鈞之重上懸之於无極之高下垂於不測之深傍人皆畏其絶而造之者不

景漢書及別本下同

知其子之謂乎馬方駭鼓而驚之繫方絶重鎮之馬奔車覆六轡不禁繫絶其高墜入於深其危必矣亥曰吾

已矣其出不出間不容髮蘇林曰旦改計取福正在今日言其激切甚急善曰曾子曰律

歷迭相治也其間不容髮矣能聽忠臣之言百舉必脫善曰孫卿子曰平則慮險

安則慮危是百舉不陷也必若所欲為危於累卵難於上天善曰説苑曰晉

靈公造九層臺荀息聞之求見曰臣能累十二博棊加九雞卵棊上公曰危哉論語曰天不可階而升也變

所欲為易於反掌安於泰山善曰反掌言易也孟子曰武丁有天下猶反掌也春

秋保乾圖曰安於泰山與日合符今欲極天命之上壽弊無窮之極樂

善曰弊猶盡也究萬乘之勢不出反掌之易居泰山之安而欲

乘累卵之危走上天之難此愚臣之所大惑也顔師古曰走趣也走

音奏人性有畏其影而惡其迹卻背而走迹逾多影逾疾

滄[illegible]

不如就陰而止景滅迹絕善曰莊子漁父曰人有畏影惡迹而去之走者舉足逾數而迹疾而影不離自以為尚遲疾走不休絕力而死不知欲處陰以休影靜處以息迹愚亦甚矣孫卿子以為涓蜀梁

人勿聞莫若勿言欲人勿知莫若勿為欲湯之滄漢書音義或曰滄寒也一人炊之百人揚之無益也不如絕薪止火而已善曰呂氏春秋曰夫以湯止沸沸愈不止去火則止矣不絕之於彼而救之於此譬猶抱薪而救火也善曰文子曰不治其本而救其末無異鑿渠而止水抱薪而救火也

養由基楚之善射者也去楊葉百步百發百中善曰戰國策蘇厲謂周君曰養由基善射去柳葉百步而射百發百中楊葉之大加百中焉可謂善射矣然其所止百步之內耳比於臣未知操弓持矢也福生有基禍生有胎服虔曰基胎皆始也納其基絕其胎禍

何自來善曰自從也太山之霤力救切穿石殫極之紞斷幹晉灼曰紞古綆字殫盡也極之綆幹幹井上四交之幹常爲汲者所鍥傷也水非石之鑽索非木之鋸漸靡使之然也夫銖銖而稱之至石必差寸寸而度之至丈必過張晏曰乘所轉四萬六千八十銖而至於石合而稱之必有盈縮也石稱丈量徑而寡失善曰文子曰夫事煩難治也法苛難行也多求難贍也寸而度之至丈必差銖而稱之至石必過石稱丈量徑而寡失故大較易爲智曲辯難爲惠也徑直也夫十圍之木始生而蘖足可搔而絕手可擢而抓善曰尸子曰千丈之木始若蘖足易去也莊子曰橡樟初生可抓而絕廣雅曰搔抓也字林曰搔先牢切抓壯交切據其未生先其未形磨礲砥礪不見其損有時而盡善曰賈逵國語注曰礲磨也礲力公切孔安國尚書注砥磨石也種樹畜養不見其益有時而大積德累行不知

其善有時而用，弃義背理，不知其惡有時而亡。臣願大王孰計而身行之，此百世不易之道也。

上書重諫吴王

枚叔 善曰：漢書曰：吴王舉兵西嚮，以誅晁錯爲名。漢聞之，斬錯以謝諸侯。乘於是復說吴王。

昔秦西舉胡戎之難，北備榆中之關，善曰：胡戎爲難，舉兵而却也。漢書曰：金城郡有榆中縣。南距羌筰之塞，東當六國之從。善曰：漢書曰：南夷自嶲東北君長十數，筰都最大。筰，在洛切。六國已見李斯書。六國乘信陵之藉，善曰：漢書音義曰：无忌常揔五國却秦，有地資也。明蘇秦之約，厲荆軻之威，并力一心以備秦。然秦卒禽六國，滅其社稷，而并天下，是何也？則地

筰 六臣作笮，舊音昨。漢書司馬相如傳：邛筰冉駹近蜀，道易通，異時嘗通為郡縣矣，至漢興而罷。此言南朝羌筰，其蓋時來服屬歟。

漢書司馬相如傳云邛筰冉駹近蜀道易通異時嘗通爲郡縣矣至漢興而罷此言南朝羌莋者蓋時未服屬歟

利不同而民輕重不等也今漢據全秦之地兼六國之衆修戎狄之義顔師古曰修恩義以撫戎狄而南朝羌莋此其與秦地相什而民相百大王之所明知也善曰言地多十倍民多百倍今夫讒諛之臣爲大王計者不論骨肉之義民之輕重國之大小以爲吴禍此臣所以爲大王患也夫舉吴兵以訾於漢李奇曰訾量也譬猶蠅蚋之附群牛腐肉之齒利劒鋒接必無事矣善曰説文曰秦謂之蚋楚謂之蚊蚋而鋭切齒猶當也天下聞吴率失職諸侯願責先帝之遺約今漢親誅其三公以謝前過善曰謂誅鼂錯也錯爲御史大夫故曰三公是大王威加於天下而功越於湯武也夫吴有諸侯之位而富實於天子有隱匿之名而居過於中

此在武帝修治上林之前

國韋昭曰隱匿謂僻在東南夫漢并二十四郡十七諸侯方輸錯出張晏曰漢時有二十四郡十七王也善曰此言貢獻之多方輸四方更輸錯雜而出也軍行數千里不絶於郊其珍怪不如山東之府如淳曰山東吳王之府藏也善曰錯出張云錯互出攻則謂興軍遠行也軍一爲運錯出謂四方更輸交錯出獻之而行也轉粟西鄉陸行不絶水行滿河不如海陵之倉如淳曰言漢京師仰須山東漕運以自給耳臣瓚曰海陵縣名有吳太倉脩治上林雜以離宮積聚玩好圈守禽獸不如長洲之苑服虔曰吳苑也韋昭曰長洲在吳東游曲臺臨上路不如朝夕之池張晏曰曲臺長安臺臨道上也蘇林曰以海水朝夕爲池深壁高壘副以關城不如江淮之險此臣之所爲大王樂也今大王還兵疾歸尚得十半善曰言王早還冀十分之中得半安全不然漢知吳有

備漢書及別本當為漢書之誤校者親見其事不得誤也

當為漢書之誤校叔親見其事不得誤也

吞天下之心赫然加怒遣羽林黃頭循江而下蘇林曰羽林黃頭郎習水戰者襲大王之都魯東海絕吳之饟道善曰吳饟軍自海入河故命魯國入東海郡以絕其道也地里志有魯國及東海郡梁王飾車騎習戰射積粟固守以備滎陽待吳之飢大王雖欲反都亦不得已夫三淮南之計不負其約晉灼曰吳楚反皆守約不從也齊王殺身以滅其迹晉灼曰齊孝王將閭也吳楚反堅守距三國不從後欒布等聞初與三國有謀欲伐之王懼自殺善曰漢書曰齊王聞吳楚平乃自殺今乘巳言之漢書與此必有一誤也四國不得出兵其郡晉灼曰膠東膠西濟北菑川四國王也發兵應吳楚趙囚邯鄲此不可掩亦巳明矣應劭曰漢將酈寄圍趙王於邯鄲與囚無異也善曰杜預注左氏傳曰掩匿也今大王巳去千里之國而制於十里之內矣張晏曰吳地方千里梁下屯兵方十

里言王必見制於此地之北也張韓將北地如淳曰張張羽韓韓安國也善曰將北地謂將兵在吳軍弓高宿左右服虔曰弓高侯韓頹當也如淳曰宿軍左右兵不得下壁軍不得太息臣竊哀之願大王孰察焉

詣建平王上書

江文通梁書曰宋建平王景素好士淹隨在南兗州廣陵令郭彥文得罪辭連淹繫州獄中上書景素覽書即出之

昔者賤臣叩心飛霜擊於燕地淮南子曰鄒衍盡忠於燕惠王惠王信譖而繫之鄒子仰天而哭正夏而天爲之降霜春秋考異郵曰桓公殺賢吏民含痛流涕叩心庶女告天振風襲於齊臺淮南子曰庶女告天雷電下擊景公臺隕海水大出許愼曰庶女齊之少寡無子養姑姑無男有女女利母財而殺母以誣告寡婦婦不能自解故寃告天司馬彪莊子注曰襲入也下

官每讀其書，未嘗不廢卷流涕。沈約宋書曰：郡縣爲封國者，内史相並於國主稱臣，去任便止。世祖孝建中，始政此制，爲下官。太史公曰：始齊之蒯通讀樂毅報燕書，未嘗不廢書而泣也。楊雄見屈原作離騷，悲其文，讀之流涕也。何者？士有一定之論，女有不易之行。淮南子文也。高誘曰：士有同志同德，其交接有一會而分定，故曰有一定之論也。貞女專一，亦無二心，雖有偏喪，不須更醮，故曰有不易之行。信而見疑，貞而爲戮，是以壯夫義士伏死而不顧者此也。史記曰：屈原信而見疑，忠而被謗，能無怨乎？法言曰：壯夫不爲。左氏傳曰：義士猶或非之。又曰：君子曰：臣治煩去惑者也，是以伏死而争。李陵與蘇武書曰：足下遭時不遇，至於伏劒不顧。下官聞仁不可恃，善不可依，謂徒虛語，乃今知之。司馬遷悲士不遇賦曰：理不可據，智不可恃。鄒陽書曰：臣常以爲然，徒虛語耳。又曰：臣始不信，今乃知之。伏願大王暫停左右，少加憐察。鄒陽書曰：左右不明，卒從吏訊。又曰：願王熟察，少加憐焉。

下官本蓬戶桑樞之人，布衣韋帶之士。淮南子曰處窮僻之鄉蓬戶甕牖揉桑以爲樞此齊人所謂形植犂黑憂悲而不得志也高誘曰編蓬爲戶揉桑條爲戶樞說苑唐且謂秦王曰大王嘗聞布衣韋帶之士怒乎伏尸二人流血五步退不飾詩書以驚愚，進不買名聲於天下。淮南子曰古之人同氣于天地與一世而優游及僞之生飾智以驚愚設詐以巧上又曰周室衰而王道廢儒墨於是博學疑聖飾詩書以買名譽於天下日者謬得升降承明之闕，出入金華之殿。漢書帝賜嚴助書曰君厭承明之廬又曰班伯少受詩於師丹上方向學鄭寬中張禹朝夕入說尚書論語於金華殿中詔伯受焉何常不局影凝嚴，側身扃禁者乎。詩序曰側身脩行班婕妤自傷賦曰應門閉兮禁闥扃竊慕大王之義，復爲門下之賓，備鳴盜淺術之餘，豫三五賤伎之末。史記曰孟嘗君入秦昭王乃囚孟嘗君謀欲殺之孟嘗君謀欲使人抵昭王幸姬求解姬曰妾願得君狐白裘此時孟嘗君有一狐白裘入獻之昭王無他裘孟嘗君患之徧問客莫能對最下爲狗盜者曰臣能得狐白裘乃夜爲狗以入秦宮藏中取所獻狐白裘至以獻幸姬姬爲言昭王孟嘗君得出馳去至關關法雞鳴出客孟嘗君恐追至客之居下坐者能爲雞鳴遂得出之如食頃追至關已後孟嘗君乃還抱朴子軍術曰大將車當明案九宮視年在宮常就三居五五爲死三爲生能知三五横行天下司馬遷書曰使得奏薄伎

大王惠以恩光顧以顏色鄭玄詩箋曰爲光言天子恩澤光耀被及己也曹植豔歌曰長者賜顏色泰山可動移

實佩荆卿黄金之賜竊感豫讓國士之分矣燕丹子曰荆軻之燕太子東宮臨池而觀軻拾瓦投鼃太子令人奉盤金轉用抵抵盡復進軻曰非爲太子愛金但臂痛耳史記趙襄子數豫讓曰子嘗事范中行氏智伯滅之不爲報讎臣事智伯死而子何獨爲報讎也豫讓曰中行氏衆人遇我我故衆人報之智伯國士遇我我故國士報之

常欲結纓伏劒少謝萬一左氏傳曰衛太子追孔悝於廁强盟之子路曰太子无勇若燔臺半必舍孔叔太子聞之懼下石乞

陸士衡謝平原内史表注引作何休墨守
限異文及刻本

孟黶敵子路以戈擊之斷纓子路曰君子死冠不免結纓而死又曰晉侯殺里克公使謂之曰子弒二君與一大夫爲子君者不亦難乎對曰臣聞命矣伏劍而死莊子曰弇堈曰今於道秋毛之端万分未得處一焉剖心摩踵以報所天鄒陽上書自明曰剖心析肝孟子曰墨子兼愛摩頂致於踵利天下爲之劉熙曰致至也左氏傳箴尹克黃曰君天也何休曰君者臣之天不圖小人固陋坐貽謗黷揚惲書曰言鄙固陋之愚也迹墜昭憲身恨限幽圄陸機謝内史表曰幽縶囹圄當爲誅始履影弔心酸鼻痛骨詩曰顧瞻周道中心弔兮高唐賦曰孤子寡婦寒心酸鼻太子丹謂麴武曰今秦王反戾天常每念之痛入骨髓下官聞虧名爲辱虧形次之尸子曰衆以虧形爲辱君子以虧義爲辱是以每一念來忽若有遺李陵荅蘇武書曰每一念至忽然亡生加以涉旬月迫季秋天光沈陰左右無色司馬遷荅任少卿書曰今少卿抱不測之罪涉旬月迫季冬呂氏春秋曰何秋令則天多沈陰蔡邕月令

章句曰陰者密雲也沈者雲之重也身非木石與獄吏爲伍司馬遷荅任少卿書曰身非木石獨與法吏爲伍此少卿所以仰天槌心泣盡而繼之以血也李陵与蘇武書曰何圖志未立而怨已成此陵所以仰天槌心而泣血也韓子曰卞和乃抱其璞而哭於楚山三日三夜泣盡繼之以血下官雖乏之鄉曲之譽然嘗聞君子之行矣燕丹子夏扶曰士无鄉曲之譽則未可以論行其上則隱於簾肆之間卧於巖石之下漢書曰谷口有鄭子真蜀有嚴君平君平卜筮於成都市裁日閲數人得百錢足自養則閉肆下簾而授老子論衡谷口鄭子真耕於巖石之下名震京師次則結綬金馬之庭高議雲臺之上漢書曰蕭育与朱傳友故長安語曰蕭朱結綬西都賦曰承明金馬著作之庭東觀漢記曰建初元年詔賈逵日南宮雲臺使出左氏大義退則虜南越之君係單于之頸漢書曰南越与漢和親乃遣終軍使南越軍自請願受長纓必羈南越王而致闕下又賈誼曰

茸以原文作佴之

行臣之計請必係單于之頸而制其命俱啓丹册並圖青史漢書曰高祖論功定封以丹書之信重以白馬之盟又有青史子音義曰古史官記事寧當爭分寸之末競錐刀之利哉左氏傳曰叔向詒子産書曰錐刀之末將盡爭之下官聞積毀銷金積讒磨骨鄒陽上書曰衆口鑠金積毀消骨遠則直生取疑於盜金近則伯魚被名於不義漢書曰直不疑南陽人爲郎事文帝其同舍有告歸誤持其同舍郎金已而同舍郎覺亡意不疑不疑謝有之買金償後告歸者至而歸金亡金郎大慙范曄後漢書曰第五倫字伯魚京兆人舉孝廉補淮陽醫工長後從王朝京師得會帝戲倫謂倫曰聞卿爲吏篣婦公不過從兄飯寧有之耶倫對曰臣三娶妻皆无父少遭飢亂賓不妄過人食帝大笑彼之二子猶或如是況在下官焉能自免昔上將之恥絳侯幽獄名臣之羞史遷下室司馬遷荅任少卿書曰絳侯誅諸呂因於請室又曰而僕又茸以蠶室至如下

官當何言哉司馬遷書曰如僕尚何言哉夫魯連之智辭祿而不返史記曰秦使白起圍趙聞魯仲連責新垣衍秦軍遂引去平原君欲封仲連連謝終不肯受接輿之賢行歌而忘歸楚狂接輿已見鄒陽書子陵閉關於東越仲蔚杜門於西秦亦良可知也范曄後漢書曰嚴光字子陵會稽餘姚人少有高名與光武同游學及即位變名姓隱身不見趙岐三輔決錄注曰張仲蔚扶風人也少與同郡魏景卿隱身不仕所居蓬蒿沒人若使下官事非其虛罪得其實亦當鉗口吞舌伏匕首以殞身莊子曰鉗墨翟之口燕丹子荊軻曰田光向軻吞舌而死何以見齊魯奇節之人燕趙悲歌之士乎左氏傳子方曰事子我而有私於其讎何以見魯衛之士漢書王先生謂鄒陽曰今子欲安之乎陽曰齊楚多辨智韓魏時有奇節吾將歷問之史記荊軻之燕高漸離悲歌擊筑荊軻和而歌於市中又曰趙大夫悲歌慷慨者也方今聖歷欽明天下樂業尚書曰放

而已畢矣及別本無之此下文而下三誤衍也

勖欽明管子曰天下有道人樂其業青雲浮維榮光塞河尚書中候曰成王觀于洛河沇瑩禮畢王退俟至于日昧榮光並出幕河青雲浮洛青龍臨壇銜玄甲之圖吐之而去西洎臨洮土刀切狄道北距飛狐陽原淮南子曰秦之時丁壯丈夫西至臨洮狄道東至會稽浮石南至豫章桂林北至飛狐陽原高誘曰臨洮隴西之縣洮水出北狄道漢陽之臨洮也飛狐盖在代郡飛狐山陽原盖在太原莫不浸仁沐義照景飲醴而已楊雄覈靈賦曰文王之始起浸仁漸義會賢儧智儧音攢論語摘輔像曰帝率握炤景飲醴蓂莢爲歷宋均曰炤景謂景星所炤也而下官抱痛圓門含憤獄戶周禮曰以圜土教罷民鄭司農曰圜土獄城也一物之微有足悲者家語孔子謂哀公曰一物失理亂亡之端此思夏憂則夏憂可知矣仰惟大王少垂明白則梧丘之魂不愧於沈首鶴亭之鬼無恨於灰骨晏子春秋曰景公田於梧丘夜坐聽夢見五丈夫倚徒稱无罪公問晏子曰昔先公靈公出畋有五丈夫

來驚獸悉斷其頭而葬之命曰丈夫丘命人掘之五頭同穴公令厚葬之乃恩及白骨說苑曰景公畋於梧丘謝承後漢書曰蒼梧廣信女子蘇娥行宿高安鵲巢亭爲亭長龔壽所殺及婢致富取其財物埋致樓下交阯刺史周敞行部宿亭覺壽姦罪奏之殺壽列異傳曰鵠奔亭不任肝膽之切敬因執事以聞

啓

奉荅勑示七夕詩啓一首　任昉集詔曰聊爲七夕詩五韻殊未近詠歌卿雖訥於言辯於才可即制付使者

任彥昇

臣昉啓奉勑并賜示七夕五韻竊惟帝迹多緒俯同不一春秋合誠圖曰黃帝布迹必稽功務法宋均曰迹行迹謂功績也春秋保乾圖曰帝異緒託情風

什希世罕工、毛詩題曰關雎之什魯靈光殿賦曰邈希世而特出雖漢在四世魏稱三祖四世漢武帝也三祖謂魏武文明也魏志高貴鄉公詔曰昔三祖神武聖德應天受祚寧足以繼想南風克諧調露家語曰昔者舜彈五絃琴造南風之詩其詩曰南風之薰兮可以解吾民之愠兮南風之時兮可以阜吾民之財兮王肅曰薰風至貌也樂動聲儀曰時元氣者受氣於天布之於地以時出入物者也四時之節動靜各有分職不得相越謂調露之樂也宋均曰調露調和致甘露也使物茂長之樂也性與天道事絕稱言論語子貢曰夫子之文章可得而聞也夫子之言性與天道不可得而聞也豈其多幸親逢旦暮左氏傳羊舌職曰民之多幸國之不幸莊子曰萬世之後而一遇大聖知其解者是旦暮遇也臣早奉龍潛與賈馬而入室易曰潛龍勿用法言曰若以孔門用賦賈誼升堂相如入室晚屬天飛比嚴徐而待詔易曰飛龍在天利見大人荅賓戲曰泥蟠天飛者應龍之神也漢書曰嚴安徐樂上疏言世務上召

見乃拜樂安偕爲郎中又日東方朔待詔金馬門惟君知臣見於訥言之旨左氏
傳君子曰古人有言曰知臣莫若君論語子曰君子欲訥於言而敏於行取求不疵表於
辯才之戲左氏傳曰初申侯有寵於楚文王文王曰唯我安汝汝專利而不猒余取余求不汝疵瑕也非表
詭集有辯才論謹輒牽率庸陋式訓天獎拙速雖效蚩鄙已彰
孫子兵法曰兵聞拙速未睹工久陳琳牋曰蚩鄙益著闇纘上詩表曰勞者歌其事貴露蚩鄙臨啓慚
恧女六切罔識所寘謹啓

爲卞彬謝脩卞忠貞墓啓一首

蕭子顯齊書曰卞彬字士蔚官至綏建太守卒濟陰卞録曰壺字望之永嘉中除著作郎蘇峻稱兵爲尚書令右將軍領右衛峻至東陵口六軍敗績壺乘馬被甲赴賊二子眕盱見父去隨從俱爲賊所害贈侍中開府謚忠貞公眕音真忍切盱休于切

彥昇之文善於序情御同季友近世罕中諧勻其一二業已名家矣

任彥昇

臣彬啓伏見詔書并鄭義泰宣勑當賜修理臣亡高祖晉故驃騎大將軍建興忠貞公壼墳塋臣門緒不昌天道所昧忠講身危孝積家禍名教同悲隱淪惆悵王隱晉書述曰壼及二子死微士翟湯聞而歎曰父爲忠臣子爲孝子忠孝之道萃於一門可謂賢哉名教謂王隱隱淪謂翟湯世說樂廣曰名教中自有樂地桓子新論曰天下神人五二曰隱淪而年世貧遷孤裔淪塞廣雅曰貧易也遂使碑表蕪滅丘樹荒毁狐兎成穴童牧哀歌桓子新論曰雍門周以琴見孟嘗君曰臣切悲悲千秋萬歲後墳墓生荆棘狐兎穴其中樵兒牧竪躑躅而歌其上也感慨自哀日月纏迫劉公幹贈五官中郎詩曰感慨以長歎陛下弘宣教義非求効於方今杜預左氏傳序曰弘宣祖業仲長子昌言曰引之於教義說苑曰聖王布德施惠非求報

於百姓也壹餘烈不泯國陳力於異世春秋元命苞曰文王積善所潤之餘烈論語子曰周任有言曰陳力就列不能者止但加等之渥近闕於晉典左氏傳曰凡諸侯薨於朝會加一等死王事加二等樵蘇之刑遠流於皇代戰國策顏觸謂齊王曰秦攻齊令曰敢有去柳下季壟五十步樵採者罪死不赦臣亦何人敢謝斯幸不任悲荷之至謹奉啓事以聞謹啓

啓蕭太傅固辭奪禮一首

劉璠梁典曰昉爲尚書殿中郎父憂去職居喪不知塩味冬月單衫廬于墓側齊明作相乃起爲建武將軍驃騎記室再三固辭帝見其辭切亦不能奪

任彥昇

昉君啓近啓歸訴庶諒窮款奉被還旨未垂哀察悼心失

何焯據下文劉本校語改又文苑英華辭詔十稱昉字善本作君

此居字別本作昉蓋其家集諱之

此言昉亦預人倫也

此言居喪未進不足教人注非

別本校語

此言昉亦預人倫也振兒讀此不禁擗摽呈號矣

圖泣血待旦左氏傳楚薳啓彊曰孤與二三臣悼心失圖毛詩曰鼠思泣血尚書曰坐以待旦君於品庶示均鎔造鵩鳥賦曰品庶每生倉頡篇曰鎔炭鑪所以行銷鐵也干祿祈榮更爲自拔論語曰子張學干祿虧教廢禮豈闕視聽言已之所陳但正虧教而廢禮豈敢闕於視聽哉所不忍言具陳茲啓言事迫情切口不忍言故陳此啓公羊傳曰謂之新宮不忍言也昉往從末宦祿不代耕晉中興書簡文詔曰祿不代耕非經通之制也飢寒無甘旨之資限役廢晨昏之半禮記曰命士已上父子皆異宮昧爽而朝慈以旨甘鄭玄曰慈愛敬進之也又曰凡爲人子之禮冬溫而夏凊昏定而晨省膝下之懽已同過隙孝經曰故親生之膝下以養父母禮記曰君子三年之喪二十五月而畢若駟之過隙然而遂丞之則是无窮几筵之慕幾何可憑孫卿子孔子謂魯哀公曰君入廟而右登自阼階仰視榱棟俛見几筵其器存其人亡君以此思哀則哀將焉不至矣左氏傳曰人壽幾

何且奠酹不親，如在安寄。鄭玄周禮注曰：喪所薦饋曰奠。聲類曰：酹，以酒祭地也。酹，力外切。論語子曰：吾不与祭，如不祭。又曰：祭神如神在。晨暮寂寥，闃苦覓切若無主。埤蒼曰：闃，靜也。喪服傳曰：无主者，其无祭主。王隱晉書曰：傅咸遭繼母憂，上書曰：咸身无兄弟，到官之日，喪祭无主。所守既無，別理窮咽，豈及多喻。呂安苔嵇康論曰：易了之理，不在多喻。明公功格區宇，感通有塗。尚書曰：時則有若伊尹，格于皇天。東京賦曰：區宇乂寧。周易曰：寂然不動，感而遂通。若霈然降臨，賜寢嚴命，孟子曰：沛然下雨。是知孝治所被，爰至無心。孝經曰：昔者明王之以孝治天下也。韓詩外傳曰：阿谷之女謂子貢曰：吾鄙野之人，僻陋无心。錫類所及，匪徒教義。毛詩曰：孝子不匱，永錫尔類。不任崩追之情，謹奉啓事陳聞。謹啓。

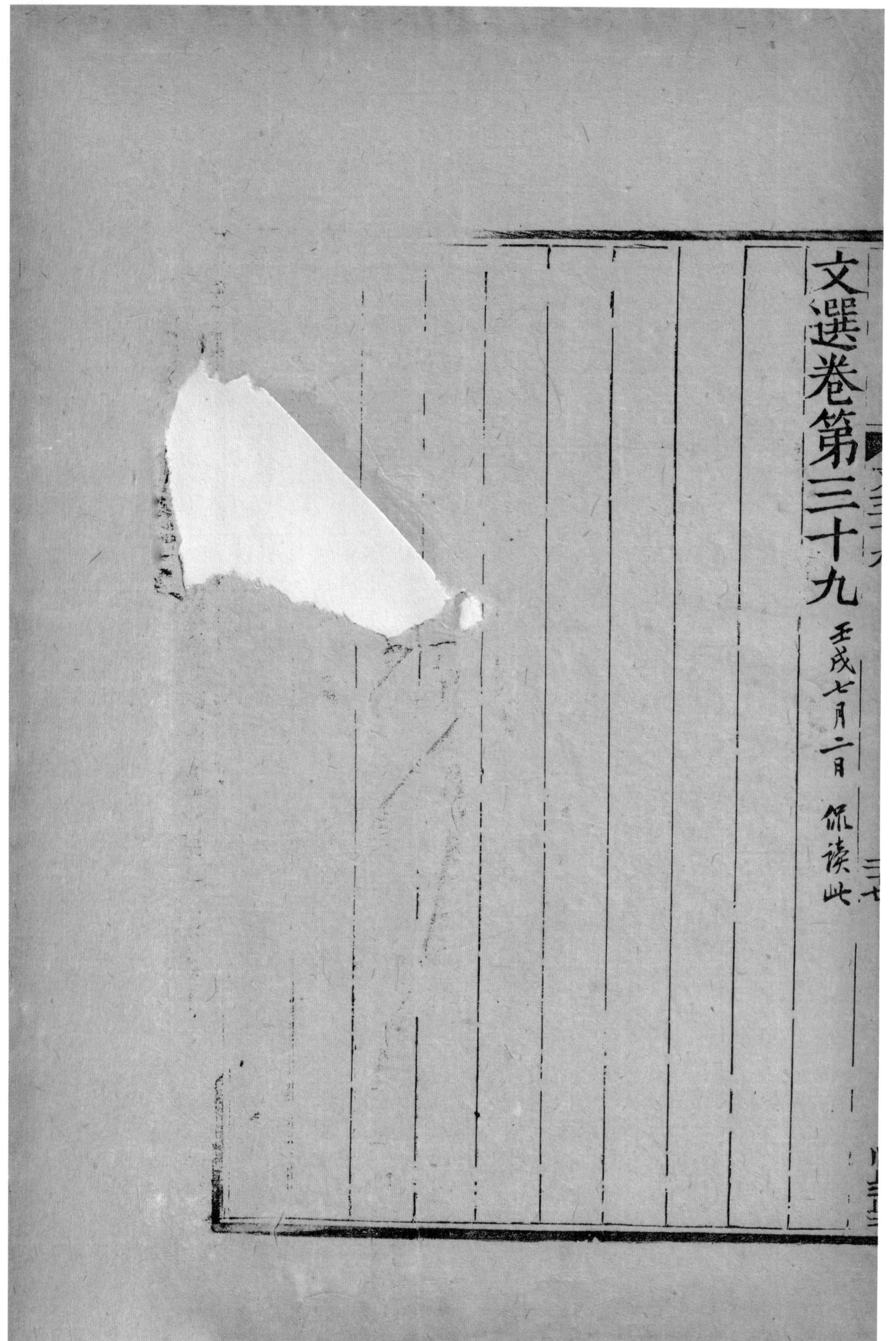

文選卷第三十九

壬戌七月二日 侃讀此

文選卷第四十

梁昭明太子撰

文林郎守太子右内率府録事參軍事崇賢館直學士臣李善注上

彈事

任彥昇奏彈曹景宗一首　奏彈劉整一首

沈休文奏彈王源一首

牋

楊德祖荅臨淄侯牋一首

繁休伯與魏文帝牋一首

陳孔璋荅東阿王牋一首

吴季重荅魏太子牋一首

在元城與魏太子牋一首

阮嗣宗爲鄭冲勸晉王牋一首

謝玄暉拜中軍記室辭隋王牋一首

任彦昇到大司馬記室牋一首

勸進今上梁高祖武皇帝牋一首

奏記

阮嗣宗奏記詣蔣公一首

彈事

奏彈曹景宗一首

任彥昇梁典曰高祖即位昉爲吏部郎遷中丞

御史中丞臣任昉稽首言臣聞將軍死綏咫步無却司馬法曰將軍死綏注曰綏却也有前一尺無却一寸杜預左氏傳注曰古名退軍爲綏顧望避敵逗撓奴教切有刑漢書曰廷尉王恢逗撓當斬音義曰逗曲行避敵也撓顧望也至乃趙母深識乞不爲坐史記曰趙王將使趙括爲將其母上書曰括不可使將王曰母置之吾已決矣母曰王終遣之即有不稱妾得無坐乎王許諾魏主著令抵罪已輕魏志太祖令曰自命將征行但賞功而不罰罪非國典也其諸侯將出征敗軍者抵罪失利者免官是知敗軍之將身死家戮爰自古昔明罰斯在魏志太祖令曰將者軍破於外而家受罪于內也漢書廣武君曰敗軍之將不可以語勇新序曰臣侮其主身死妻子爲戮呂氏春秋曰民有逆天之道者罪死家戮也臣昉頓首頓首死罪死罪竊尋獯獫侵軼

暫擾疆陲王師薄伐所向風靡獯獫謂後魏也魏收後魏書曰太祖道武諱珪
改稱魏王左氏傳曰北戎侵鄭鄭伯曰彼徒我車懼其侵軼我也杜預曰軼突也毛詩曰於鑠王師又曰薄伐
玁狁至于太原晉起居注曰檀道濟所向風靡是以淮徐獻捷河兗凱歸尚書
曰海岱及淮惟徐州左氏傳曰齊侯來獻戎捷尚書曰濟河惟兗州周禮曰師有功則凱樂東關無
一戰之勞塗中罕千金之費吳歷曰諸葛恪作東關魏軍距之恪令丁奉等兵使
亂斫遂大破北軍歷陽郡圖經曰東關歷陽縣西南一百里史記蔡澤曰白起一戰舉鄢郢吳志曰晉命顧
東大將軍司馬伷向塗中伏滔北征記曰金城西沂澗魏步道所出也文子曰起師十萬日費千金張湛曰
日有千金之費而司部懸隔斜臨寇境沈約宋書曰宋丗分郢州爲司州故
使狡虜憑陵淹移歲月杜預左氏傳注曰狡狡猾也左氏傳子産曰今陳介恃楚衆憑
陵敝邑故司州刺史蔡道恭劉璠梁典曰天監三年司州刺史漢壽伯蔡道恭卒於闈

道恭少以勇力聞及病猶自力行城數日不能起聞戰鼓聲憤吒而卒衆猶拒守無有二心攻圍二年無有叛者入秋霖雨洪澍一夜城頹壯士猶戰不降及城陷摽其餘衆求恭屍卒不能得率厲義勇奮不顧命潘安仁汧馬督誄曰率厲有方司馬遷書曰常思奮不顧身全城守死自冬徂秋潘安仁汧馬督誄大將軍䟽曰臨危奮節保穀全城論語子曰守死善道猶有轉戰無窮亟摧醜虜史記曰驃騎將軍轉戰過烏支山毛詩曰鋪敦淮濆仍執醜虜方之居延則陵降而恭守比之踈勤則耿存而蔡亡漢書曰武帝遣驃騎都尉李陵將兵五千人出居延北與單于戰陵兵敗降匈奴范曄後漢書曰耿恭字伯宗爲戊己挍尉恭以䟽勒城傍有澗水可固乃據之匈奴復來攻恭於城中穿井十五丈不得水恭仰嘆曰聞昔貳師將軍取佩刀刺山飛泉涌出今漢德神明豈有窮哉乃整衣服向井再拜爲吏士禱有飛泉奔出衆皆稱萬歲乃令吏士揚水示虜虜以爲神明引去也若使郢部救兵微接聲援鄒陽上書曰臣恐救兵之不專

英雄記曰袁術嚴兵爲呂布作聲援則單于之首久懸北闕漢書宣帝詔曰傳介
子斬樓蘭王安歸首懸之北闕豈直受降可築涉安啓土而已哉漢書
曰武帝遣因杅將軍公孫敖築塞外受降城杅音盂又曰涉安侯於單于以匈奴單于太子降尚書曰建邦啓
土寔由鄄州刺史臣景宗受命致討不時言邁晉起居注詔曰
檀道濟奉命致討所向風靡毛詩曰旋車言邁故使蝟音謂結蟻聚水草有
依漢書曰賈誼曰高帝王功臣反者蝟毛而起吳志曰錢唐大帥种式等蟻聚爲寇漢書曰獫狁獯鬻居于
邊地逐水草遷徙方復按甲盤桓緩救資敵魏志曰司馬文王征諸葛誕六軍按
甲而誕自困廣雅曰盤桓不進也李斯上書曰今逐客以資敵遂令孤城窮守力屈凶
威謝承後漢書胡爽曰耿恭以甲兵守孤城於絕域史記李左車謂韓信曰今足下情見力屈欲戰不拔左
氏傳晉溫季曰逃威也杜預曰凶賊爲害故曰威也雖然猶應固守三關更謀進

邛主弟當時文監武
魏主弟惠侍閹宦抱
寧壽侍皆有邛主之
文本趙翼說

取而退。師延頸自貽虧衄。劉璠梁典曰宣城王以冠軍將軍曹景宗爲郢州刺史初司州被圍詔荆郢發兵往援曹景宗爲都督及荆州援軍至三關頓兵不進聞司州没即日退還延頸敵人縱暴緣邊景宗不能禦禦遂失三關諸戍有司奏罰罪景宗聞之輒去州伏闕泥首待罪帝一無所問三關延頸二戍名也管子曰民無恥不可以固守漢書曰諸將曰楚數進取如淳曰進取多所攻也毛詩曰自貽伊戚陳琳檄豫州曰傷夷折衄衄折挫也疆埸侵駭職是之由。左氏傳曰齊人侵魯疆疆吏來告公曰疆場之事慎守其一又范宣子數諸戎曰言語漏泄則職汝之由不有嚴刑誅賞安寘。景宗即主。史記曰繁法嚴刑而天下振西征賦曰峻徒御以誅賞毛萇詩傳曰寘置也主謂爲主首也王隱晉書庾純自劾曰醉酒荒迷昏亂儀度即主謹按河南尹庾純云云然以主爲句則臣當下讀也臣謹案使持節都督郢司二州諸軍事左將軍郢州刺史湘西縣開國侯臣景宗擢自行間遘茲多幸漢書衛青曰臣幸得待罪行間左氏傳羊舌職曰民之多幸國之不幸也指蹤非擬獲獸何勤漢書曰上先封蕭何爲酇侯功臣皆曰蕭何未有汗馬勞顧居臣等上何也上曰諸君知獵乎曰知之上曰知獵狗乎曰知之上曰夫獵追殺者狗也而發蹤指示獸處者人也今諸公徒能走得獸者功狗也如蕭何發蹤指示功人也羣臣莫敢言賞茂通侯榮高列將漢書蘇武謂李陵曰武父子位列將爵通侯應劭曰通侯者言其功德通於王室張晏曰後改爲列侯列侯見序列也方言曰列班列也負擔裁弛鍾鼎遽列左傳曰齊侯使敬仲爲卿辭曰旅於負擔君之惠也又曰宋左師每食擊鍾家語曰子路南遊楚列鼎而食廣雅曰列陳也和戎莫效二八已陳左氏傳曰鄭人賂晉侯以女樂二八晉侯以樂之半賜魏絳曰子教寡人和諸戎狄也自頂至踵功歸造化孟子曰墨子兼愛摩頂致於踵趙岐曰致至也淮南子曰大丈夫恬然無爲與造化逍遙也潤草塗原豈獲自已喻巴蜀曰肝腦塗中原膏液潤野草而不辭也且道恭云逝城宗累卹景

原文伉作亢

宗之存一朝棄甲史記曰沛令閉城守左氏傳曰宋華元爲植巡功城者謳曰睅其目皤其腹棄甲而復生曹死蔡優劣若是惟此人斯有靦面目毛詩曰彼何人斯居河之湄又曰有靦面目視人罔極毛萇曰靦姡也鄭玄曰汝姡然有面目也昔漢光命將坐知千里東觀漢記曰代郡太守劉興將數百騎攻賈覽上狀檄至光武知其必敗報書曰欲復進兵恐失其頭首也詔書到興已爲覽所殺長史得檄以爲國家坐知千里也魏武置法案以從事魏書曰太祖自作兵書諸將征伐皆以新書從事從令者克捷違教者負敗故能出必以律錙銖無爽周易曰師出以律鄭玄禮記注曰八兩爲錙漢書曰二十四銖爲兩伏惟聖武英挺略不世出漢書蒯通說韓信曰功無二於天下略不世出料敵制變萬里無差趙充國頌曰料敵制勝威謀靡伉奉而行之實弘廟筭西征賦曰彼雖衆其焉用故制勝於廟筭孫子曰夫未戰而廟筭勝得筭多也惟此庸固理

絓字據下篇當在諸字下
應及咎者應作及罪也
云云劉本作誠（目昉）惶誠恐頓
首頓首死罪死罪臣
昉稽首以聞廿●字

絕言提晉起居注宋公表曰臣寔庸固毛詩曰匪面命之言提其耳自逆胡縱逸久患諸夏劉琨勸進表曰逆胡劉曜縱逸西都漢書匈奴傳贊曰久矣夷狄之爲患聖朝乃顧將軍書汧馬督誄曰聖朝西顧關右震惶禮記曰書同文車同軌愍彼司氓致辱非所晉起居注曰大司馬表曰園陵辱於非所早朝永嘆載懷矜惻致茲虧喪何所逃罪宜正刑書肅明典憲左氏傳仲尼曰叔向古之遺直也邢侯之獄言其貪也以正刑書臣謹以劾請以見事免景宗所居官下太常削爵土收付廷尉法獄治罪其軍佐職僚偏裨將帥絓胡卦切諸應及咎者別攝治書侍御史隨違續奏臣謹奉白簡以聞臣云云

奏彈劉整一首

沈約齊紀曰整宋益州太守兄子也歷位持節都督交廣越三州也

原文作夫懷貞節

可殺當時諺言風俗共所識之

列女當時文之移文以雕龍萬民違志則有狀列辭諺列陳也陳列事情略如見也

分前二奴未分產前寅之私產也

教子當伯二奴名也

錢下當脫一字以後文知之

溫教子弟之名也

任彥昇

御史中丞臣任昉稽首言臣聞馬援奉嫂不冠不入氾毓字孤家無常子東觀漢記曰馬援事寡嫂雖在閨內必衣冠然後入見王隱晉書曰氾毓字稚春濟北人也敦睦九族青土號其家兒無常母衣無常主也氾音凡毓音育是以義士節夫聞之有立左氏傳臧哀伯曰武王克商遷九鼎於洛邑義士猶或非之東京賦曰貞夫懷節班固漢書贊曰孟子曰聞伯夷之風懦夫有立志千載美談斯為稱首公羊傳曰魯人至今以為美談封禪書曰求保鴻名而常為稱首也臣昉頓首頓首死罪死罪謹案齊故西陽內史劉寅妻范詣臺訴列稱出適劉氏二十許年劉氏喪亡撫養孤弱叔郎整常欲傷害侵奪分前奴教子當伯並已入眾又以錢婢姊妹弟溫仍留奴自使

伯：叔字衍，又剜作叔，無伯字，衍也

展送亦當時語，猶今言發送也

準今言當也　夾杖蓋鞘也　龍牽蓋韉也

查卯又也　攝檢以上皆列辭竟

使用也

乞今言給也

依剜本乙

宋順帝諱準，遂有作准字

伯又奪寅息逡婢綠草私貨得錢並不分逡寅第二庶
息師利去歲十月往整田上經十二日整便責范米六斗
哺食米未展送忽至戶前隅箔攘拳大罵突進房中屏風
上取車帷準米去二月九日夜婢采音偷車欄夾杖龍
牽范問失物之意整便打息逡整及母并奴婢等六人
來至范屋中高聲大罵婢采音舉手查范臂求攝檢如
訴狀輒攝整亡父舊使奴海蛤到臺辯問列稱整亡父
興道先爲零陵郡得奴婢四人分財以奴教子乞大息
寅亡寅後第二弟整仍奪教子云應入眾整便留自使
婢姊及弟各准錢五千文不分逡其奴當伯先是眾奴整

別本無
貼賣也唐人猶有此言

規規度也猶今言打算尔

夫直今言工夫錢也
已上海蛤列辭竟
當作列
劉整以下采音列辭也

兄弟未分財之前整兄寅以當伯貼錢七千共衆作田寅罷西陽郡還雖未別火食寅以私錢七千贖當伯仍使上廣州去後寅喪亡整兄弟後分奴婢唯餘婢緑草入衆整復云寅未分財贖當伯又應屬衆整意貪得當伯推緑草與逡整規當伯還擬欲自取當伯遂經七年不返整疑已死亡不迴更奪取婢緑草貨得錢七千整兄弟及姊共分此錢又不分逡寅妻范云當伯是亡夫私贖應屬息逡當伯天監二年六月從廣州還至整復奪取云應充衆准雇借上廣州四年夫直今在整處使進責整婢采音劉整兄寅第二息師利去年十月十二日

墅今所謂疃屋

還 還米也

據上文改

子語尾詞猶今言卓子倚子

與

仍今語之就也

其 楚人語也今吾鄉及黄梅語讀伽耶切或書作渠亦古語也而非其字

以上采音列辭气

别本

忽往整野舍停住十二日整就兄妻范求米六斗哺食范
未得還整怒仍自進范所住屏風上取車帷爲質范送
米六斗（斛）整即納受范今年二月九日夜失車欄子夾杖
龍牽等范及息逡道是采音所偷整聞聲仍打逡范喚問
何意打我兒整母子爾時便同出中庭隔箔與范相罵婢
采音及奴教子楚玉法志等四人于時在整母子左右
整語采音其道汝偷車校具汝何不進裏罵之旣進爭
口舉手誤查范臂（稱）車欄夾杖龍牽實非采音所偷進責
寅妻范奴苟奴列孃去二月九日夜失車欄夾杖龍牽疑是
整婢采音所偷苟奴與郎逡往津陽門糴米遇見采音

登時今猶有此語

度錢今言過錢也

已上苟奴列辭竟

此下當伯教子列

諸所連逮縛今所謂干連也

應洗之源今所謂了由也

細讀此篇以觀漢書趙后（侍者讀此）傳不知以此等文爲今日法吏不殹矓目結舌否

此俗語所以斷〻不可爲文也

主即今所謂正犯也

在津陽門賣車欄龍牽苟奴登時欲捉取逡語苟奴已爾不須復取苟奴隱僻少時伺視人買龍牽售五千錢苟奴仍隨逡歸宅不見度錢並如釆音苟奴等列狀粗與范訴相應重𣪺當伯教子列孃被奪今在整處使悉與海蛤列不異以事訴法令史潘僧尚議整若輒略兄子逡分前婢貨賣及奴教子等私使若無官令輒收付近獄測治諸所連逮縛應洗之源委之獄官悉以法制從事如法所稱整即主昭明刪此文大略故詳引之令與彈相應也臣謹案新除中軍參軍臣劉整閭閻闒茸名教所絕史記太史公曰李斯自閭閻歷諸侯弔屈原曰闒茸尊顯讒諛得志世說曰王平子胡毋彥國諸人皆任放爲達或有裸體樂廣曰

名教中自有樂地何爲乃爾直以前代外戚仕因紈袴漢書曰班伯出與王許子弟爲羣在綺襦紈袴之間非其好也惡積釁稔親舊側目左氏傳萇弘曰毛得必亡是昆吾稔之曰也杜預曰稔熟也惡積與桀同誅漢書郅都傳列侯宗室見都側目而視理絕通問而妄肆醜辭謂大罵也禮記曰嫂叔不通問諸母不漱裳包咸論語注曰肆極意敢言也詩曰好言自口莠言自口毛萇曰莠醜也終夕不寐而謬加大杖謂打遂也謝承後漢書曰或問第五倫曰公有私乎對曰吾兄子嘗病一夜十往退而安寢吾子有病雖不省視而竟夕不眠若是者豈可謂無私乎家語曰孔子謂曾子曰汝不聞乎昔瞽叟有子曰舜舜事瞽叟也小捶則待過大杖則逃走故瞽叟不犯不父之罪而舜不失烝烝之孝薛包分財取其老弱范曄後漢書曰汝南薛包字孟嘗好學篤行弟子求分異居包不能止乃中分其財奴婢引其老者曰與我共事久若不能使也田廬取其荒頹者曰吾少時所治意所戀也器物取朽敗者曰我素所服食身口所安後徵拜侍中高鳳自

○二何字複

記穢。爭訟寡嫂。東觀漢書曰高鳳字文通南陽人也鳳年老聲名著聞太守連召請恐不得免自言鳳本巫家不應爲吏又與寡嫂詐訟田遂不仕未見孟嘗之深心唯斆文通之僞迹。顔延年詠向秀曰深心託毫素袁彥伯名臣頌曰迹洿必僞昔人睦親衣無常主。顔延年陶徵士誄曰睦親之行衣无常主已見上文整之撫姪食有故人。謂責米也西京雜記曰公孫弘起家徒步爲丞相故人齊高賀從之弘食以脫粟飯覆以布被賀怨曰何用故人富貴爲脫粟布被我自有之弘大慙賀乃告人曰公孫弘內厨五鼎外膳一肴豈可以臨天下於是朝右疑其矯焉弘歎曰寧逢惡賓不逢故人何其不能折契鍾庾而襜昌占切帷交質。謂取車帷也漢書曰高祖從王媼武負貰酒兩家常折券棄責左氏傳晏子曰釜十則鍾杜預曰六斛四斗也包咸論語注曰十六斛爲庾詩曰漸車帷裳毛萇曰帷裳婦人車飾鄭玄曰帷裳童容也方言曰江淮謂襜褕爲童容也左氏傳曰鄭伯怨王王曰無之故周鄭交質人之無情一何至此莊子惠子謂莊

見事猶今事

据前文補

款今言招狀

宗長今言族長戶人

言乙云云代於其以下諸字不當在誠惶誠恐上也

此篇与所撰恩倖傳序辭旨略同謂中正、既設上品無寒門之人未俗愈訛大明有禁婚之禁然而野庸之討但求吉士何觖之嫌豈樂大邦匹使吞水樹兒成婣植根以貴賣賤亦又何嫌佛文云賤男妻貴女身窮而貴貴

子曰人故無情乎莊子曰然惠子曰人而無情何謂之人實教義所不容紳冕所共棄仲長子昌言曰引之於教義所不容嵇康絕交書曰世教所不容臣等參議請以見事免整所除官輒勒外收付廷尉法獄治罪諸所連逮應洗之源委之獄官悉以法制從事婢采音不款偷車龍牽請付獄測實其宗長及地界職司初無糾舉及諸連逮請不足申盡臣昉云云誠惶誠恐以聞

奏彈王源一首

沈休文吳均齊春秋曰永明八年沈約爲中丞

給事黃門侍郎兼御史中丞吳興邑中正臣沈約稽首言臣聞齊大非偶著乎前誥辭霍不婚垂稱往烈左氏

男妻賤女身淫而賤可謂同斯黃謬身也且永嘉之末后嬪妃主為戎卒所陵渠武之裒兄弟子姪以侍妾相贈以視抱布而貿絲結纏而行不計貴裒長為伉儷者雖愚者亦知其不若矣

傳曰齊侯欲以文姜妻鄭太子忽忽辭人問其故太子曰人各有偶齊大非吾偶也漢書曰雋不疑爲京兆尹大將軍霍光欲以女妻之不疑固辭不肯當班固不疑述曰不疑膚敏應變當理辭霍不婚逡巡致仕**若乃交二族之和辨伉合之義升降窳隆誠非一揆**禮記曰婚禮者將合二姓之好上以事宗廟下以繼後代也左氏傳施氏之婦怒施氏曰已不能庇其伉儷尚書曰道有升降政繇俗革吴都賦曰窳隆異等孟子曰先聖後聖其揆一也**固宜本其門素不相奪倫**尚書曰八音克諧無相奪倫**使秦晉有匹涇渭無舛**左氏傳曰晉公子重耳至於秦秦伯納女五人懷嬴與焉奉匜沃盥既而揮之怒曰秦晉匹也何以卑我孫綽子曰或問雅俗曰涇渭分流雅鄭異調**自宋氏失御禮教雕襄**荅賓戲曰周失其御**衣冠之族曰失其序**范曄後漢書霍諝奏記曰宋光衣冠子孫袁子正書曰古者命士已上皆有冠冕故謂之冠族左氏傳鄭莊公曰周之子孫日失其序**姻婭淪雜罔計廝**音斯**庶**毛詩曰瑣瑣姻婭則

無膴仕毛萇曰兩壻相謂曰婭漢書曰有厮養卒如淳曰厮賤也販鬻祖曾以爲賈音古
道鄭玄周禮注曰居賣物曰賈明目腆顏曾無愧畏丁德禮厲志賦曰苟神祇之我
昭永明目而無怍孔安國尚書傳曰腆厚也毛詩曰不愧於人不畏於天若夫盛德之胄世
業可懷左氏傳史趙曰盛德必百世祀幽通賦曰違世業之可懷欒郤之家前徽未
遠左氏傳叔向曰欒郤胥原降在皁隸杜預曰晉舊臣之族也既壯而室竊貲莫非
皁隸禮記曰三十壯有室鄭玄曰有室有妻妻稱室也解嘲曰司馬長卿竊貲卓氏左氏傳曰人有十等士臣
皁又曰輿臣隸結褵以行箕箒咸失其所詩曰親結其褵九十其儀毛萇曰褵婦人
之褘也母戒女施衿結褵國語曰越王勾踐行成於吳曰一介適女執箕箒於王宮者也志士聞而
傷心舊老爲之歎息論語子曰志士仁人無求生以害仁也自宸歷御寓
弘革典憲雖除舊布新而斯風未殄左氏傳曰有星孛於大辰申須曰彗

懦 刊本作儒 宋本化作俗

所以除舊布新也尚書曰商俗靡靡利口惟賢餘風未殄公其念哉陛下所以負扆於紀切

興言思清弊俗者也禮曰天子負斧扆南向而立鄭玄曰負之言背也斧依爲斧文屏風扆與依同詩曰興言出宿尚書曰弊化奢麗萬世同流

臣實儒品謬掌天憲范睢後漢書劉陶上疏曰今權臣口含天憲

雖埋輪之志無屈權右范睢後漢書曰張綱字文紀爲侍御史順帝遣入使詢風俗餘人受命之部綱獨埋其車輪於洛陽都亭曰豺狼當路安問狐狸遂奏大將軍梁冀東觀漢記曰皇甫嵩上言四姓權右咸各斂手也

而狐鼠微物亦蠹大猷應璩詩曰城狐不可掘社鼠不可熏晏子春秋景公問晏子曰治國亦有常乎對曰讒佞之人隱在君側猶社鼠不熏也去此乃治矣范睢後漢書虞延謂馬成曰尒民之巨蠹久依城社不畏熏燒毛詩曰秩秩大猷也

風聞東海王源嫁女與富陽滿氏漢書曰尉佗曰風聞老夫父母墓已壞削賈逵國語注曰風采也采聽商旅之言也

源雖人品庸陋胄實參華曾祖雅

見告窮盡嗣之被源告以現已窮盡也

位登八命檀道鸞晉陽秋曰王雅字茂德東海郯人爲右僕射周禮曰八命作牧鄭司農曰一州之牧也王之三公亦八命也祖少卿內侍帷幄父璿升采儲闈亦居清顯尚書曰亮采惠疇孔安國注曰采事也何法盛陳郡謝錄曰謝石以有大勳遂居清顯源頻叨諸府戎禁豫班通徹應劭漢書注曰舊曰徹侯避武帝諱曰通侯也而託姻結好唯利是求左氏傳晉侯使呂相絕秦曰秦與晉出入秦惟利是視玷辱流輩莫斯爲甚孝經鉤命訣曰名毁行廢玷辱先人源人身在遠輒攝媒人劉嗣之到臺辯問嗣之列稱吳郡滿璋之相承云是高平舊族寵奮胄胤魏志滿寵字伯寧景初二年爲太尉薨子偉嗣世說曰偉弟子奮元康中至司隷校尉荀綽冀州記曰奮高平人也家計溫足見託爲息鸞覓婚漢書董仲舒對策曰家溫而食厚祿王源見告窮盡即索璋之簿閥漢書朱博曰王卿憂公齎閥閱詣府

已上列辭

音義曰明其等曰閥積功曰閱也見璋之任王國侍郎鸞又爲王慈吳郡正閤主簿矣均齊春秋曰王慈字伯寶早有令譽稍歷侍中吳郡太守源父子因共詳議判與爲婚璋之下錢五萬以爲聘禮娶妻及納徵皆曰聘周禮曰穀圭以聘女源先喪婦又以所聘餘直納妾如其所列則與風聞符同竊尋璋之姓族士庶莫辨蒲奮身殖西朝胤嗣殄沒武秋之後無聞東晉晉初都洛陽故曰西朝後在江東故曰東晉臧榮緒晉書陳邵有譽西朝干寶晉紀曰苗願殺司隸校尉蒲奮荀綽冀州記曰蒲奮字武秋公羊傳曰紀子伯者何謂無聞焉爾其爲虛託不言自顯王蒲連姻寔駭物聽漢書音義曰連親媲也尚書大傳曰文王施政而物皆聽潘楊之睦有異於此潘岳楊仲武誄曰潘楊之睦有自來矣曹子建求自試表曰古之受爵祿者有異於此且買妾納媵因聘

爲資。左氏傳鄭子產曰故志曰買妾不知其姓則卜之施衿之費。化充牀笫。儀禮曰女嫁母施衿結帨鄭玄曰帨佩巾也左氏傳曰趙武過鄭伯有賦鶉之賁賁趙孟曰牀笫之言不踰閾杜預曰笫簀也鄐情贅行。造次以之。蜀志諸葛亮表李平曰臣知平鄐情欲因行止之際逼臣取利也老子曰自伐無功自矜不長其在道曰餘食贅行王弼曰更爲疣贅也糾慝繩違。允茲簡裁。源即主。言其違慝信當此簡之所貶哉尚書曰繩愆糾繆格其非心臣謹案南郡丞王源。忝藉世資。得參纓冕。漢書音義曰無忌知秦有地資也同人者貌。異人者心。列子曰夏桀殷紂魯桓齊穆狀皃七竅皆同於人而有禽獸之心也以彼。行媒。同之抱布。禮記曰男女非有行媒不相知名詩曰氓之蚩蚩抱布貿絲匪來貿絲來即我謀且非我族類。往哲格言。薰蕕不雜。聞之前典。左氏傳曰公欲求成于楚而叛晉季文子曰史佚之志有之非我族類其心必異論語老比讖曰格言成法家語顏回曰回聞薰猶不同器而藏馬督誄曰聞之前典豈有六卿之胄。納女於管庫之人。尚書曰六卿分職禮記曰晉文謂趙文子知人所舉晉國管庫之士七十有餘家鄭玄曰管管鍵者也宋子河魴。同穴於輿臺之鬼。毛詩曰豈其食魚必河之魴豈其娶妻必齊之姜豈其食魚必河之鯉豈其娶妻必宋之子又曰穀則異室死則同穴左氏傳曰皁臣輿輿臣臺又曰僕臣臺高門降衡。雖自己作陸雲荅兄書曰高門降衡脩庭樹蓬蔑祖辱親。於事為甚。說文懱輕易也蔑與懱古字同此風弗翦。其源遂開。點世塵家。將被比屋。尚書大傳曰周民可比屋而封宜寘以明科。黜之流伍。使已汚之族。永愧於昔辰。方媾之黨。革心於來日。賈子曰宋昭公革心易行臣等參議。請以見事免源所居官。禁錮終身。輒下禁止視事如故。言禁止其視事之法當如故事也源官品應黃紙。臣輒奉白簡以聞。

臣約誠惶誠恐云云

牋

荅臨淄侯牋

楊德祖 典略曰楊脩字德祖太尉彪子謙恭才博自魏太子以下並爭與交好又是時臨淄侯以才捷愛幸秉意投脩數與脩書脩荅牋後曹公以脩前後漏泄言教交關諸侯乃收殺之

脩死罪死罪不侍數日若彌年載 毛萇詩傳曰彌終也 豈由愛顧之隆使係仰之情深邪損辱嘉命蔚矣其文 易曰君子豹變其文蔚也 誦讀反覆雖諷雅頌不復過此 說文曰諷誦也 若仲宣之擅漢表陳氏之跨冀域徐劉之顯青豫應生之發魏國斯

目魏志注及別本

皆然矣。仲宣援劉表，寓流楚壤，故云漢表。孔璋窮身袁氏，故云冀域。偉長淹留高密，故云青也。公幹淪飄許京，故云豫。德璉時居汝潁，汝潁太祖食邑，故云魏也。至於脩者，聽采風聲，仰德不暇。尚書曰：樹之風聲。自周章於省覽，何遑高視哉。家語曰：孔子出乎四門，周章遠望。曹植書曰：足下高視於上京也。伏惟君侯少長貴盛，體發旦之資，有聖善之教。發，武王名也。旦，周公名也。毛詩曰：凱風自南，吹彼棘心。母氏聖善，我無令人。遠近觀者，徒謂能宣昭懿德，光贊大業而已。毛詩曰：宣昭義問。又曰：人之秉彝，好是懿德。周易曰：富有之謂大業。不復謂能兼覽傳記，留思文章，今乃含王超陳，度越數子矣。漢書桓譚曰：楊子之書，文義至深，必度越諸子矣。觀者駭視而拭目，聽者傾首而竦耳，非夫體通性達，受之自然，其孰能至於此乎。老子曰：天法道，道法自然。鍾會曰：莫知所出，故曰自

憎 别本

然 又此也

然又嘗親見執事握牘持筆有所造作若成誦在心借即書於手曾不斯須少留思慮仲尼日月無得踰焉論語子貢曰仲尼不可毀也仲尼日月也無得而踰焉脩之仰望殆如此矣是以對鶡而辭作暑賦彌日而不獻植爲鶡鳥賦亦命脩爲之而脩辭讓植又作大暑賦而脩亦作之竟日不敢獻見西施之容歸增其貌者也越絕書曰越王乃飾美女西施鄭巴使大夫種獻之於吳王伏想執事不知其然猥受顧錫教使刊定鄭玄禮記注曰刊削也春秋之成莫能損益呂氏淮南字直千金然而弟子箝口市人拱手者聖賢卓犖固所以殊絕凡庸也史記曰孔子在位聽訟文辭有可與共者弗獨有也至於爲春秋筆則筆削則削子夏之徒不能贊一辭桓子新論曰秦呂不韋請迎高妙作呂氏春秋漢之淮南王聘天下辯通以著篇章書成皆布之都

市懸置千金以延示衆士而莫能有變易者乃其事約豔體具而言微也今之賦頌古詩之
流不更孔公風雅無別耳兩都賦序曰賦者古詩之流也文雖出此而意微殊脩
家子雲老不曉事強著一書悔其少作曹植書曰楊雄猶稱壯夫不為
楊子法言或問吾子少好賦曰然童子彫蟲篆刻俄而曰壯夫不為少失照切若此仲山周旦
之儔為皆有愆邪毛詩序曰七月周公遭變陳王業之艱難然詩無仲山甫作者而吉父美
仲山父之德未詳德祖何以言之君侯忘聖賢之顯迹述鄙宗之過言
竊以為未之思也楚辭曰吾聞作忠以造怨忽謂之過言論語曰未之思也若乃不
忘經國之大美流千載之英聲曹植書曰采庶官之實録成一家之言東京賦
曰忘經國之長基封禪書曰飛英聲銘功景鍾書名竹帛國語晉悼公曰昔克路之後秦
來圖敗晉功魏顆以其身却退秦師于輔氏親止杜回其勳銘于景鍾韋昭曰景鍾景公鍾也墨子曰以其所

獲書於竹帛傳遺後世子孫也斯自雅量素所畜也豈與文章相妨害哉輒受所惠竊備矇瞍誦詠而已詩曰矇瞍奏工敢望惠施以忝莊氏曹植書曰其言之不慚恃惠子之知我也修言曰豈敢望比惠施之德以忝辱於莊周之相知乎莊周喻植也惠施莊周相知者也故引之季緒璅璅何足以云曹植書曰劉季緒好詆訶文章魏志曰劉季緒名脩表子官至樂安太守反答造次不能宣備脩死罪死罪

與魏文帝牋一首

繁休伯文章志曰繁欽字休伯潁川人少以文辯知名以豫州從事稍遷至丞相主簿病卒文帝集序云上西征余守譙繁欽從時薛訪車子能喉轉與笳同音欽牋還與余而盛歎之雖過其實而其文甚麗

車子殆騶御之屬而有斯絶妓異矣
左傳注車子微者

正月八日壬寅，領主簿繁欽死罪死罪。近屢奏牋，不足自宣。頃諸鼓吹，廣求異妓。時都尉薛訪車子，左氏傳曰：叔孫氏之車子鉏商獲麟。年始十四，能喉囀引聲，與笳同音。白上呈見，果如其言。許慎淮南子注曰：果，成也。即日故共觀試，乃知天壤之所生，誠有自然之妙物也。潛氣内轉，哀音外激，大不抗越，細不幽散，廣雅曰：抗，高也。聲悲舊笳，曲美常均。樂汁圖徵曰：聖人往承天以立五均。均者，亦律調五聲之均也。宋均曰：長八尺，施絃也。及與黄門鼓吹温胡，迭唱迭和。漢書曰：鄭聲尤集黄門，集樂之所。漢書音義如淳曰：今樂家五日一習樂爲理樂。桓譚新論曰：漢之三主，内置黄門工倡。喉所發音，無不響應，曲折沈浮，尋變入節。自初呈試，中間二旬，胡欲傲其所不知，尚之以一曲，巧竭

哀感頑艷与上儷句
言頑与艷皆為其
哀音所感耳尝見有
人云哀感頑艷四字連
而有之似是乘不知是何
德輝
言語矣

郭舍人稱幸倡則蹇會
姐名倡蓋齊男子耳朱
彝尊說此故實以為婦
人非也名倡連下能識以
來為句姐即恃愛肆
姐之姐非如後世稱婦
人為姐也
杜夔偕試於賓客之
中可知必非女妓伎

意匱既已不能左氏傳韓宣子如楚叔向爲介王欲傲叔向以其所不知而不能也而此

孺子遺聲抑揚不可勝窮優遊轉化餘弄未盡曉其清

激悲吟雜以怨慕暨及也詠北狄之遐征奏胡馬之長思

古詩曰胡馬依北風悽入肝脾哀感頑豔是時日在西隅涼風拂

衽說文曰衽衣衿也背山臨谿流泉東逝同坐仰歎觀者俯聽

莫不泫泣殞涕悲懷慷慨自左顛史妠謇姐名倡魏志文帝

令杜夔與左顛等於賓客之中吹笙鼓琴然顛與顛音同也其史妠謇姐蓋亦當時之樂人聲類曰妠奴紺切

說文曰媎字或作姐古字假借也姐子也切能識以來耳目所見僉曰詭異

未之聞也李陵與蘇武書曰陵自有識以來士之立操未有如子卿者也說文曰詭變也竊惟

聖體兼愛好奇莊子仲尼謂老聃曰兼愛無私也是以因牋先白委曲

伏想御聞必含餘懽冀事速訖旋侍光塵寓目階庭與聽斯調左氏傳曰得臣與寓目焉宴喜之樂蓋亦無量詩曰吉甫宴喜欽死罪死罪

（此文青蓱當指劍）

答東阿王牋一首

陳孔璋文章志曰陳琳字孔璋廣陵人也避亂冀州袁紹辟之使典窑事紹死魏太祖辟爲軍謀祭酒典記室病卒

琳死罪死罪昨加恩辱命并示龜賦披覽粲然君侯體高世之才秉青蓱干將之器漢書袁盎諫文帝曰陛下有高世之行三呂氏春秋曰趙襄子遊於囿中至於梁馬却不肯進青蓱爲參乘青蓱進視之下豫讓却寢佯爲死人叱青蓱曰去長者且有事青蓱曰少而與子友子今日爲大事而我言之失相與之道子賊吾君而我不言失爲人臣之道如我者

升反

唯死之可也退而自殺青蓱豫讓之友也張叔及論曰
青蓱砥礪於鋒鍔庖丁剖犧於用刀越絶書曰楚令歐
治子干將爲鐵劒二枚吴越春秋曰干將
者呉人造劒二枚一曰干將二曰莫邪拂鍾無聲應機立斷說苑
曰西閭過東渡河中流而溺船人接而出之問曰子何之過曰
欲說東諸侯船人曰子渡河而溺安能說東諸侯乎過曰獨不
聞干將莫邪拂鍾不錚試物不知然以之綴屐履曾不如
兩錢之錐今子持檝乗扁舟子所能也若試與子東說
諸侯王見一國之主子之蒙蒙然無異於未視猶也又
曰渻于髠三稱鄒忌三知之髠等辭屈而去故所以尚
干將莫邪者
貴於立斷此乃天然異稟非鑽仰者所庶幾也言天性自
然受於異氣也孔安國尚書傳曰稟受
也論語顔淵曰仰之彌高鑽之彌堅音義既遠清辭
妙句焱絶煥炳說文曰焱火華也盐念切譬猶飛兎流星超山越海
龍驥所不敢追況於駑馬可得齊足呂氏春秋曰飛兎騕褭古之駿馬也
流星言疾也李充七漢曰神奔電驅星流矢鶩
則莫若盜野騰駒楚辭曰驢騾偃蹇而齊足夫聽白

雪之音，觀綠水之節，然後東野巴人蚩鄙益著。宋玉諷賦曰：臣援琴而鼓之，為幽蘭白雪之曲。淮南子曰：手會綠水之趍。高誘曰：綠水，古詩也。東野，下里之音也。宋玉對問曰：客有歌於郢中者，其始曰下里巴人也。載懽載笑，欲罷不能。詩曰：既見復關，載笑載言。論語顏淵曰：夫子博我以文，約我以禮，欲罷不能。謹韞櫝玩耽，以為吟頌。論語子貢曰：有美玉於斯，韞櫝而藏諸。吟誦，謂謳吟歌誦。琳死罪死罪。

荅魏太子牋一首

魏略曰：魏郡大疫，故太子與質書，質報之。

吳季重

魏志：吳質，字季重，濟陰人，以文才為文帝所善，為朝歌長，官至振威將軍。文帝為太子時重若此牋也。

二月八日庚寅，臣質言：奉讀手命，追亡慮存，恩哀之隆，形於文墨。日月冉冉，歲不我與。楚辭曰：老冉冉而逾施。論語陽貨曰：歲不我與。

昔侍左右，厠坐衆賢，出有微行之遊，入有管絃之懽，漢書曰武帝微行私出張晏曰騎出入市里若微賤之所爲故曰微行置酒樂飲，賦詩稱壽，漢書曰陳平厚具樂飲太尉史記曰武安君起爲壽如淳曰上酒謂稱壽也自謂可終始相保，並騁材力，效節明主，何意數年之間，死喪略盡，臣獨何德，以堪久長。陳徐劉應，才學所著，誠如來命，惜其不遂，可爲痛切。凡此數子，於雍容侍從，實其人也。兩都賦序曰雍容揄揚漢書曰嚴助侍燕從容若乃邊境有虞，群下鼎沸，軍書輻至，羽檄交馳，於彼諸賢，非其任也。漢書田延年曰群下鼎沸社稷將傾又息夫躬上疏曰軍書交馳而輻湊羽檄重積而狎至往者孝武之世，文章爲盛，若東方朔枚皐之徒，不能持論，即阮陳之儔也。漢書東方朔枚皐不根持論上頗俳優其唯嚴助壽王與聞政事然皆不慎其身善謀畜之於國卒以敗亡臣竊恥之漢書曰唯嚴助與吾丘壽王見任用後淮南王朝賂遺助竟坐棄市壽王後坐事誅論語曰冉子退朝子曰何晏也對曰有政子曰其事也如有政雖不吾以吾其與聞之至於司馬長卿稱疾避事以著書爲務則徐生庶幾焉漢書司馬相如常稱疾避事又長卿妻曰長卿時時著書人又取去魏文書曰偉長著中論二十餘篇爾雅曰尚庶幾也而今各逝已爲異物矣鵩鳥賦曰化爲異物又何足患後來君子實可畏也魏文書曰後生可畏來者難誣伏惟所天左氏傳箴尹克黄曰君天也何休墨守曰君者臣之天也優游典籍之場休息篇章之囿班固荅賓戲曰婆娑乎藝術之場休息乎篇籍之囿項代曰場圃講藝之處發言抗論窮理盡微周易窮理盡性孔安國尚書傳曰微妙也摛藻下筆鸞龍之文奮矣鸞鳥龍鱗羽之有五彩設以喻焉荅賓戲曰摛藻如春華班固與弟超書曰傅武仲下筆不休雖年

考異尚作字

齊蕭王才實百之魏文書曰吾德不及蕭王年㪽之齊矣東觀漢記曰更始遣使者立光武爲蕭王漢書劉向上疏曰陳湯比於貳師功德百之此衆議所以歸高遠近所以同聲周易曰同聲相應然年歲若墜今質已四十二矣白髮生鬢所慮日深實不復若平日之時也但欲保身勑行不蹈有過之地以爲知己之累耳莊子曰可以保身孔安國尚書傳曰勑正也慎子曰久處無過之地則世俗聽矣遊宴之歡難可再遇盛年一過實不可追臣幸得下愚之才值風雲之會論語子曰唯上智與下愚不移周易曰雲從龍風從虎時邁齒載徒結切尚書曰日月逾邁左氏傳宰孔謂齊侯曰伯舅耋老杜預曰七十曰耋也猶欲觸匈奮首展其割裂之用也不勝慺慺尚書曰慺慺謹敬也以來命備悉故略陳至情質死罪死罪

在元城與魏太子牋一首

吴季重　魏略曰質遷元城令之官過鄴辭太子到縣與太子牋

臣質言前蒙延納侍宴終日鄭玄禮記注曰延進也燿靈匿景繼以華燈楚辭曰角宿未旦燿靈匿藏廣雅曰燿靈日也楚辭曰蘭膏明燭華燈錯雖虞卿適趙平原入秦受贈千金浮觴旬日無以過也史記曰虞卿者遊說之士也說趙孝成王一見賜金百鎰再見爲上卿故號爲虞卿又曰秦昭王爲書遺平原君曰寡人聞君之高義願與君爲布衣之交君幸過寡人願與爲十日之飲平原君遂入秦見昭王沈頓醒寤之後不識所言孔安國尚書傳曰沈謂醉冥也頓猶弊也即以五日到官初至承前未知深淺言每事承前無所改易也深淺猶善惡也然觀地形察土宜左氏傳賓媚人曰先王疆理天下物土之宜西帶常山連岡平

代。漢書有恒山郡張晏曰恒山在西漢書代郡有平邑及代二縣北。鄰。栢。人。乃。高。帝。之。
所。忌。也。漢書上東擊韓信餘寇東垣還過趙趙相貫高等恥上不禮其王陰謀欲殺上上欲宿心動問
縣名何曰栢人上曰栢人者迫於人也去弗宿重。以。泜。水。漸。漬。疆。宇。漢書恒山郡元氏縣
有泜水首受中丘西山窮泉谷入黃河泜音脂喟。然。歎。息。思。淮。陰。之。奇。譎。亮。成。
安。之。失。策。漢書成安君陳餘背漢之趙遣張耳與韓信擊破趙井陘斬陳餘泜水上奇譎謂拔趙幟
立漢幟失策謂不用李左車之言也南。望。邯。鄲。想。廉。藺。之。風。廉頗藺相如趙國之賢將
也故想其風邯鄲趙所都也東。接。鉅。鹿。存。李。齊。之。流。漢書文帝問馮唐曰吾居代時
吾尚食監高祛數爲我言趙將李齊之賢戰於鉅鹿下吾每飲食意未嘗不在鉅鹿也都。人。士。女。
服。習。禮。教。西都賦曰都人士女殊異乎五方皆。懷。慷。慨。之。節。包。左。車。之。
計。漢書廣武君李左車說成安君曰聞漢將韓信議欲以下趙願假臣奇兵三万人絕其輜重足下深溝高

依注引漢書此例之當

壘堅壁勿與戰吾奇兵絕其後兩將之首可致麾下成安君不聽也 而質闇弱無以莅之 毛萇詩傳曰莅臨也 若乃邁德種恩樹之風聲 尚書咎繇邁種德風聲已見上 使農夫逸豫於疆畔女工吟咏於機杼固非質之所能也 詩曰爾公爾侯逸豫無期漢書酈食其曰農夫釋耒紅女下機工與紅同毛詩序曰吟咏情性 至於奉遵科教班揚明令 爾雅曰科條也 下無威福之吏邑無豪俠之傑 尚書曰臣無有作福作威 賦事行刑資於故實 國語樊穆仲曰魯侯賦事行刑必問於遺訓而咨於故實 抑亦懍懍有庶幾之心 孔安國尚書傳曰懍懍危懼皃 往者嚴助釋承明之懽受會稽之位壽王去侍從之娛統東郡之任其後皆克復舊職追尋前軌今獨不然不亦異乎 漢書曰嚴助爲中大夫上問所欲對曰願爲會稽太守數年賜書制詔會稽太守君猒承明之廬出爲郡

吏久不聞問助恐上書謝願奉三年計最詔許因留侍中又曰吾丘壽王善格五召待詔拜侍中後爲東郡尉復徵入爲光祿大夫侍中張敞在外自謂無奇陳咸憤積思入京城漢書曰張敞爲膠東相與朱邑書曰值敞遠守劇郡馭於繩墨匈臆約結固無奇矣又曰陳咸字子康爲南陽守咸數賂遺陳湯與書曰即蒙子公力得入帝城死不恨矣後竟入爲少府又曰陳湯字子公彼豈虛談夸論誑燿世俗哉斯實薄郡守之榮顯左右之勤也古今一揆先後不貿爾雅曰貿易也焉知來者之不如今論語曰後生可畏焉知來者之不如今聊以當覲不敢多云臣質死罪死罪

爲鄭沖勸晉王牋一首

阮嗣宗臧榮緒晉書曰鄭沖字文和滎陽人也位至太傅又曰魏帝封晉太祖爲晉公太原等十郡爲邑進位相國備禮九錫太祖讓不受公卿將校皆詣府勸進阮

此文諷刺至明不識當時何以竟用之也後人夢夢且以是爲沖之罪是但觀勸進之題而不一究其文義也

費誓序曰

籍爲其辭魏帝高貴鄉公也太祖晉文帝也

沖等死罪〃〃伏見嘉命顯至竊聞明公固讓沖等眷眷實有愚心以爲聖王作制百代同風襃德賞功有自來矣漢書武帝詔曰古者賞有功襃有德左氏傳叔孫曰叔出季處有自來矣昔伊尹有莘氏之媵田證切臣卑耳一佐成湯遂荷阿衡之號說苑鄒子說梁王曰伊尹有莘之媵臣湯立以爲三公史記曰伊尹欲干湯乃爲有莘媵臣毛詩曰實維阿衡實左右商王毛萇曰阿衡伊尹也周公藉已成之勢據旣安之業光宅曲阜奄有龜蒙尚書曰光宅天下又曰魯侯伯禽宅曲阜毛詩曰奄有龜蒙遂荒大東毛萇曰龜山蒙山也呂尚磻溪之漁者一朝指麾乃封營丘尚書中候曰王即迴駕水畔至磻溪之水呂尚釣於崖史記曰西伯以呂尚爲太師武王東伐師尚父左仗黃鉞右秉白旄以誓武王以平商封尚父於齊營丘魏

書荀攸勸進曰昔周公承文武之迹受已成之業呂望暫把旄鉞一時指麾皆大啓土宇跨州兼國自是以來功薄而賞厚者不可勝數東觀漢記曹節上書曰功薄賞厚誠有踰踏也然賢哲之士猶以爲美談公羊傳曰魯人至今以為美談況自先相國以來世有明德王隱晉書宣紀曰天子策命上爲相國又景紀曰天子策上爲相國毛詩曰世有哲王尚書曰明德惟馨翼輔魏室以綏天下朝無闕政民無謗言南都賦曰朝無闕政風烈昭宣左氏傳曰晉悼公即位民無謗言所以復霸也前者明公西征靈州北臨沙漠榆中以西望風震服羌戎東馳迴首內向王隱晉書文紀曰姜維出隴右上帥輕兵到靈州大破之諸羌震服漢北地郡有靈州縣金城郡有榆中縣李陵書曰遠聽之臣望風馳命爾雅曰震懼也長楊賦曰靡節西征羌僰東馳封禪文曰昆虫闓澤回首面內劇秦美新曰回首內嚮喁喁如也東誅叛逆全軍獨尅禽闔閭之將

斬輕銳之卒以萬萬計威加南海名懾之涉切三越王隱晉書文紀曰諸葛誕反上親臨西圍四面並攻須臾陷潰斬送誕首魏志曰誕閉城自守遣小子靚至吴請救吴遣唐咨王祚來應誕及斬誕唐咨王祚皆降吴兵萬衆器仗軍實山積孫子兵法曰用兵之法全軍爲上破軍次之闔閭吴王也以比孫權爾雅曰慴懼也郭璞曰即慴字也漢書有三越謂吴越及南越閩越也宇內康寧苛慝不作過秦論曰包舉宇內尚書五福三曰康寧左氏傳晉叔向曰有楚國者其弃疾平君居陳蔡苛慝不作盜賊伏隱也是以殊俗畏威東夷獻舞范曄後漢書曰東夷自少康以後世服王化獻其樂舞故聖上覽乃昔以來禮典舊章開國光宅顯茲太原毛詩曰率由舊章周易曰大君有命開國承家明公宜承聖旨受茲介福允當天人易曰受茲介福以中正也左氏傳楚子曰軍志云允當則歸元功盛勳光光如彼國土嘉祚巍巍如此內外協同靡愆

今晋名

靡違由斯征伐則可朝服濟江掃除吳會國語曰齊教大成定三革隱五刃朝服以濟河而無怵惕焉文事勝矣西塞江源望祀岷山漢書曰江水祀蜀塞特牲亦牛犢塞謂報神恩也禮記曰東廵狩望祀山川漢書曰秦并天下令祠官祠瀆山瀆山蜀之岷山也迴戈弭節以麾天下長楊賦曰迴戈聊指南越相夷靡節西征羌僰東馳今以靡爲弭誤也遠無不服邇無不肅國語祭公謀父曰近無不聽遠無不服今大魏之德光于唐虞明公盛勳超於桓文然後臨滄洲而謝支伯登箕山而揖許由豈不盛乎莊子曰舜讓天下於子州支伯子州支伯曰予有幽憂之病方且治之未暇治天下支或爲交呂氏春秋曰昔堯朝許由於沛澤之中請屬天下於夫子許由遂之箕山之下至公至平誰與爲鄰仲長子昌言曰人主臨之以至公莊子魯侯曰其道幽遠而無人吾誰與之爲鄰何必勤勤小讓也哉沖等不通大體敢

隨別本下盡同隋文帝前凡隨國未有作隋者也

朓下當悉改

以陳聞

拜中軍記室辭隋王牋一首

謝玄暉 蕭子顯齊書曰謝朓爲隋王子隆府文學世祖勑朓可還都遷新安王中軍記室牋辭子隆世祖武皇帝

故吏文學謝朓死罪死罪即日被尚書召以朓補中軍新安王記室叅軍朓聞潢汙之水願朝宗而每竭左氏傳曰潢汙行潦之水尚書曰江漢朝宗于海駑蹇之乘希沃若而中疲班固王命論曰駑蹇之乘不騁千里之塗王逸楚辭注曰蹇跛也法言曰希驥之馬亦驥之乘也李軌曰希望也詩曰我馬維駱六轡沃若沃若調柔也何則皁壤搖落對之惆悵莊子仲尼謂顏回曰山林與皐壤與使我欣欣而樂樂未畢也哀又繼之楚辭曰草木搖落而變衰又曰惆悵兮私自憐歧路西東

或以歍唈烏合切淮南子曰楊子見歧路而哭之為其可以南可以北又曰雍門周見於孟嘗孟嘗君為之嗚
唈流涕歍與嗚同況廼服義徒擁歸志莫從言寄服義之情也楚辭曰身服義而未沫
鄭玄儀禮注曰擁抱也孟子曰予浩然有歸志曹植應詔詩曰朝覲莫從邈若墜雨翩似秋
蔕潘岳楊氏七哀詩曰漼如葉落樹邈然雨絶天論衡曰雲散水墜成為雨矣郭璞遊仙詩曰在世無千月命
如秋蘀蔕眺實庸流行能無算鄭玄論語注曰算數也屬天地休明山
川受納天地喻帝山川喻王左氏傳王孫滿曰德之休明又伯宗曰川澤納汙山藪藏疾褒采
一介抽揚小善尚書秦穆公曰如有一介臣周書陰符太公曰好用小善不得眞賢也蔡邕玄
表賦曰庶小善之有益故捨耒揚圃奉筆兔園詩曰九月築場圃西京雜記曰梁孝
王好宮室苑圃之樂築兔園也東亂三江西浮七澤言常從子隆也蕭子顯齊書曰隋王
子隆為東中郎將會稽太守後遷西將軍荆州刺史三江越境也七澤楚境也孔安國尚書傳曰正絶流曰亂

原文魚作崖島作島

尚書曰三江既入震澤底定楚辭曰過夏首而西浮子虛賦曰臣聞楚有七澤**弃闊戎旃從容讌語**毛詩曰死生弃闊周禮九旗通帛曰旃劉向七言曰讌處從容觀詩書毛詩曰燕笑語兮是以有譽處兮**長裾日曳後乘載脂**鄒陽上書曰何王之門不可曳長裾乎魏文帝與吳質書曰文學託乘於後車毛詩曰載脂載舝還車言邁**榮立府庭恩加顏色**曹植盤歌行曰長者賜顏色**沐髮晞陽未測涯涘**楚辭曰朝濯髮於湯谷兮夕晞余身乎九陽**撫臆論報早誓肌骨**演連珠曰撫臆論心陳思王責躬表曰抱疊歸蕃刻肌刻骨**不悟滄溟未運波臣自蕩**莊子曰鯤化而爲鳥其名曰鵬海運則將徙於南溟司馬彪曰轉運也又曰莊周謂監河侯曰周顧視車轍中有鮒魚焉曰我東海之波臣也君豈有升斗之水而活我哉**渤澥方春旅翮先謝**滄溟渤澥皆以喻王波臣旅翮皆自喻也解嘲曰若江湖之魚渤澥之鳥**清切藩房寂寥舊蓽**藩房王府舊蓽眺舍也劉楨贈徐幹詩曰拘限清切禁中情無由宣

輕舟送朓之舟也

原本浮作御

左氏傳曰蓽門圭竇之人皆陵其上輕舟反溯弔影獨留言舟反而已留也洛神賦曰浮輕舟而上溯曹子建責躬表曰形影相弔五情愧赧白雲在天龍門不見穆天子傳西王母為天子謠曰白雲在天山陵自出道路悠遠山川間之將子無死尚能復來楚辭曰過夏首而西浮顧龍門而不見王逸曰龍門楚東門也去德滋永思德滋深莊子徐無鬼謂女商曰子不聞夫越之流人乎去國數日見其所知而喜去國旬月見所常見於國中而喜及朞年也見似人者而喜矣不亦去人滋久者思人滋深乎唯待青江可望候歸艎於春渚與王入朝而已史記曰諸候於江渚也杜預左氏傳注曰艅艎舟名也朱邸方開效蓬心於秋實史記曰諸侯朝天子於天子之所立舍曰邸諸侯朱户故曰朱邸莊子謂恵子曰夫子拙於用大則夫子猶蓬之心也夫韓詩外傳簡子曰夫春樹桃李秋得食其實也如其簪屨或存衽席無改韓詩外傳曰少原之野婦人刈蓍薪而失簪哭甚哀買子曰楚昭王亡其踦屨已行二十步復還取之左右曰何惜此王曰

吾悲與之俱出不俱反自是楚國無相弃者韓子曰文公至河命席蓐捐之咎犯聞之曰席蓐所卧也而君弃之臣不勝其哀鄭玄周禮注曰衽席乃單席也雖復身塡溝壑猶望妻子知歸列女傳梁高行曰妾夫不幸早死先狗馬塡溝壑東觀漢記張湛謂朱暉曰願以妻子託朱生攬涕告辭悲來橫集楚辭曰思美人兮攬涕而竚眙又曰涕橫集而成行漢書中山靖王曰不知涕泣之橫集不任犬馬之誠史記丞相青翟曰臣不勝犬馬心

到大司馬記室牋一首

任彥昇 劉璠梁典曰宣德太后以公爲大司馬錄尚書事以任昉爲記室用舊也

記室參軍事任昉死罪死罪伏承以今月令辰肅膺典策劉歆古泉賦曰擇吉日之令辰德顯功高光副四海東觀漢記明帝冊曰剖符封侯或以德顯朱浮與彭寵書曰伯通自伐以爲功高天下含生之倫庇身有地曹植對酒

行曰含生蒙澤草木茂延左氏傳子反曰信以守禮禮以庇身況昉受教君子將二十
年魏文帝令曰況吾託士人之末列曾受教君子哉咳苦改切唾為恩眄睞成飾
莊子孔子謂漁父曰丘幸聞咳唾之音古詩曰眄睞以適意小人懷惠顧知死所論語
子曰小人懷惠左氏傳其友謂狼瞫曰盍死瞫曰吾未獲死所昔承嘉宴屬有緒言提
挈苦結切之旨形乎善謔豈謂多幸斯言不渝梁史曰始高祖遇昉
於竟陵王西邸從容謂昉曰我登三府當以卿為記室昉亦戲高祖曰我若登三事當以卿為騎兵高祖善騎
射也至是故引昉符昔言也莊子孔子謂漁父曰曩者先生有緒言而去漢書厮養卒曰兩人左提右挈滅燕
易矣詩曰善戲謔兮漢書衛青曰臣幸得待罪行閒左氏傳羊舌職曰民之多幸國之不幸詩曰是命不渝毛
萇曰渝變也雖情謬先覺而迹淪驕餌知梁武之必貴為謬先覺也猶仕齊邪是
淪驕餌也論語子曰抑亦先覺者是賢乎漢書桓生欲借書班嗣報曰不絓聖人之網不齅驕君之餌也湯

沐具而非弔大厦構而相賀淮南子曰湯沐具而蟣蝨相弔大厦成而燕雀相賀
憂樂別也明公道冠二儀勳超遂古易曰易有太極是生兩儀楚辭曰遂古之初誰
傳道也將使伊周奉轡桓文扶轂上林賦曰孫叔奉轡羽獵賦曰齊桓曾不足使
扶轂神功無紀作物何稱言聖德幽玄同夫二者既無功而可紀亦何名而可稱莊子曰
神人無功聖人無名司馬彪曰神人無功言脩自然不立功也聖人無名不立名也莊子曰造物者爲人司馬彪曰造物謂道也府朝
初建俊賢翹首阮籍奏記曰羣英翹首俊賢抗足惟此魚目唐突璵璠
魚目似珠璵璠魯玉也雜書曰秦失金鏡魚目入珠韓詩外傳曰白骨類象魚目似珠左氏傳曰季平子卒陽
虎將以璵璠斂孔融汝潁優劣論陳羣曰潁有蕪菁唐突人參也顧己循涯寔知塵忝
千載一逢再造難荅東觀漢記太史官曰耿況千載而一遇者也易曰天造草昧言王者
之恩同於上帝故云再造也雖則殞越且知非報左氏傳齊侯曰小白恐隕越于下毛

詩曰匪報也永以爲好也不勝荷戴屛營之情國語申胥曰昔楚靈王獨行屛營謹

詣廳奉白牋謝聞昉死罪死罪

百辟勸進今上牋一首

任彥昇何之元梁典曰高祖武皇帝諱衍字叔達姓蕭氏本蘭陵郡縣中都里人也劉璠梁典曰帝詔授公梁公加公九錫公辭於是左長史王瑩等勸進公猶謙讓未之許瑩等又牋並任昉之辭也帝謂竟融也史記曰司馬遷自序作今上本紀然遷以漢武見在故云今上也

近以朝命蘊策冒奏丹誠方言曰蘊崇也謂尊崇而加策命也蘊與韞同奉被還命未蒙虛受易曰君子以虛受人搢紳顒顒深所未達司馬相如封禪書曰因雜搢紳先生之略術李奇曰搢插笏於紳紳大帶薛君韓詩章句曰萬人顒顒仰天告愬論語子曰上未

達也蓋聞受金於府，通人之弘致；呂氏春秋曰魯國之法魯人爲人臣妾於諸侯有能贖之者取其金於府子貢贖魯人於諸侯來而辭不取其金孔子曰賜失之矣自今以往魯人不贖人矣鄭玄禮記注曰致之言至也高蹈海隅，匹夫之小節。莊子曰舜以天下讓其友石戶之農石戶之農以舜之德爲未至於是夫負妻戴攜子以入于海終身不反魏書荀攸勸進曰信匹夫細行攸等所大懼是以履乘石而周公不以爲疑，尸子曰昔者武王崩成王少周公旦踐東宮履乘石假爲天子七年周禮曰王行先乘石鄭司農曰乘石王所登上車之石也增玉璜而太公不以爲讓。尚書中候曰王跙田雞水畔至磻溪之水呂尚釣於崖王下拜曰切望公七年乃今見光景于斯尚立變名荅曰望釣得玉璜刻曰姬受命呂佐旌德合昌來提撰尔雒鈐報在齊宋均曰旌理也況世哲繼軌，先德在民，毛詩曰世有哲王晉中興書曰王綏八世德名繼軌左氏傳晉士鞅謂秦伯曰欒武子之德在人如周人思召公焉經綸草昧，歎深微管，易曰雲雷屯君子以經綸

又曰天造草昧論語子曰管仲相桓公霸諸侯一匡天下民到于今受其賜微管仲吾其被髮左衽矣

加以朱方之役荊河是依劉璠梁典曰蕭順之生高帝及軍將軍崔慧景反破左興衆十萬於鍾山宮城拒守豫州聞難投袂而起戰於越城破慧景走追斬之除侍中遷尚書令左氏傳曰冬吳伐楚以報朱方之役杜預曰朱方吳邑也尚書禹貢曰荊河惟豫州

班師振旅大造王室尚書曰班師振旅孔安國曰班還也兵入曰振旅言整衆也左氏傳呂相曰我有大造于西

雖累繭救宋重胝存楚說文曰䵝黑皺也古典切戰國策曰公輸般爲楚設機械將以攻宋墨子聞之百舍重繭往見公輸般輸般服焉請見之王王曰善哉請無攻宋髙誘曰公輸般魯班之子百舍百里一舍也重繭累胝也淮南子曰申包胥累繭重胝七日七夜至于秦庭以見秦王曰使下臣告急秦王乃發軍擊吳果大破之以存楚國胝竹尼切

居今觀古曾何足云而惑甚盜鍾功疑不賞呂氏春秋曰范氏亡有得其鍾者欲負而走則大鍾不可負以椎毀之鍾悅然有音恐人聞之而奪

已遽掩其耳惡聞其過亦由此也漢書蒯通謂韓信曰臣聞勇略震主者身危功蓋天下者不賞皇天后土不勝其酷左氏傳晉大夫謂秦伯曰君履后土而戴皇天是以玉馬駿犇表微子之去金版出地告龍逄之怨劉璠梁典曰東昏荒淫歸政閹竪尚書令懿於中書省飲鴆薨論語比考讖曰殷惑女妲己玉馬走宋均曰女妲己有美色也玉馬喻賢臣奔去也論語陰嬉讖曰庚子之旦金版尅書出地庭中曰臣族虐王禽宋均曰謂殺関龍之後庚子旦庭中地有此版異也龍同姓稱族也王虐殺我必見禽也明公據鞍輟哭厲三軍之志獨居掩涕激義士之心劉璠梁典曰高祖告難於荊州行事蕭穎胄建牙陳伐吴志曰孫策亡權悲感未視事張昭謂權曰方今天下鼎沸何得寢伏哀戚乃扶上馬陳兵而出范曄後漢書曰馬援據鞍顧眄三國名臣頌曰輟哭止哀東觀漢記曰光武兄齊武王以譛遇害上獨居不御酒肉坐卧枕席有涕泣處晉中興書劉隗謂邵續曰莫若亢大順以激義士之心奉忠正以厲軍民之志故能使海若登祇

鼉圖效祉楚辭曰使湘靈鼓瑟兮令海若舞馮夷王逸曰海若海神名也管子曰登山之神有俞兒者長尺人物具焉霸王之君興登山之神見且走馬前走導也爾雅曰鼉蓋也山戎孤竹束馬景從漢書郊祀志曰齊桓公曰寡人北伐山戎過孤竹東馬懸車上辟耳之山東都賦曰天官景從伐罪弔民一匡靖亂尚書曰奉辭伐罪孟子曰湯始征自葛誅其君弔其民論語子曰管仲相桓公一匡天下左氏傳宰孔謂晉侯曰君務靖亂無勤於行匪叨天功實勤濡足左氏傳介之推曰竊人之財猶謂之盜況貪天功以爲己力韓詩外傳曰申徒狄非其世將自投於河崔嘉聞而止之曰聖人仁人民之父母今爲濡足故不救人可乎且明公本自諸生取樂名教鍾離意別傳曰嚴遵與光武皇帝俱爲諸生樂廣曰名教中自有樂地何爲乃爾道風素論坐鎮雅俗王隱晉書劉琨表曰李術以素論門望不可與樵采同日也孫綽子曰或問雅俗曰涇渭分流雅鄭異調不習孫吳遵茲神武曹植上疏曰不取孫吳而闇與之會周易曰古之聰明睿智神

武而不殺者夫驅盡誅之。墍濟必封之俗。史記周公曰後嗣王紂其民皆可誅尚書大傳曰周民可比屋而封也孔安國尚書傳曰濟成也王充論衡曰堯舜之民比屋可封桀紂之民比屋可誅也龜玉不毀誰之功歟。論語曰季氏將伐顓臾冉有季路見於孔子孔子曰虎兕出於柙龜玉毀於櫝中是誰之過歟獨爲君子將使伊周何地謝承後漢書王暢諫劉表曰蘧伯恥獨爲君子何地謂何地自處也某等不達通變實有愚誠周易曰通其變使民不倦不任悾款悉心重謁論語注曰悾悾誠慤也廣雅曰款誠也伏願時膺典冊式副民望左氏傳師曠謂晉侯曰夫君神之主而民之望也

奏記

詣蔣公一首

阮嗣宗藏榮緒晉書曰太尉蔣濟聞籍有才雋而辟之籍詣都亭奏記初濟恐籍不至得記欣然

（遣卒迎之而籍已去濟大怒於是鄉親共喻之籍乃就吏後謝病歸復爲尚書郎籍本有濟世志屬魏晉之際天下多故遂酣飲爲常文帝初欲爲武帝求婚於籍籍醉六十日不得言而已）

籍死罪死罪伏惟明公以含一之德據上台之位（尚書曰伊尹作咸有一德　泰階六符經曰中階上星謂諸侯三公漢書音義曰泰階三台）群英翹首俊賢抗足（易通卦驗曰萬人聞鷄鳴皆翹首）開府之日人人自以爲掾屬辟書始下下走爲首（辟猶召也司馬遷書曰太史公牛馬走應劭漢書注曰走僕也）子夏處西河之上而文侯擁篲（史記曰卜商字子夏禮記曾子謂子夏曰吾事夫子於洙泗之間退而老於西河之上呂氏春秋白圭曰魏文侯師子夏李奇漢書注曰擁篲爲恭也如今卒持篲也）鄒子居黍谷之陰而昭王陪乘（劉向別録曰鄒衍在燕有谷寒不生五穀鄒子吹律而温生黍七略曰方士傳言鄒子在燕其遊諸侯畏之皆郊迎而擁篲鄭玄周禮注曰陪乘參乘也）夫布衣窮居韋帶之士王公大人所以屈體而下之者爲道

存也。鄒陽上書曰布衣窮居之士身在貧賤說苑唐且謂秦王曰大王嘗聞布衣韋帶之士怒乎呂氏春秋曰王公大人從而化之此得之於學也莊子曰若夫人者目擊而道存焉籍無鄒卜之德，而有其陋，猥見採擢，無以稱當。方將耕於東皋之陽，輸黍稷之稅，以避當塗者之路。漢書武帝制曰守文之君當塗之士欲則先王之法以翼戴其世主者甚衆也負薪疲病，足力不強，孟子曰孟子有疾王使人問疾孟仲子對曰昔者有王命有負薪之憂不能造朝列子曰非足力之所及也補吏之召，非所克堪。乞迴謬恩，以光清舉。

文選卷第四十　七月二日日旰　保覽

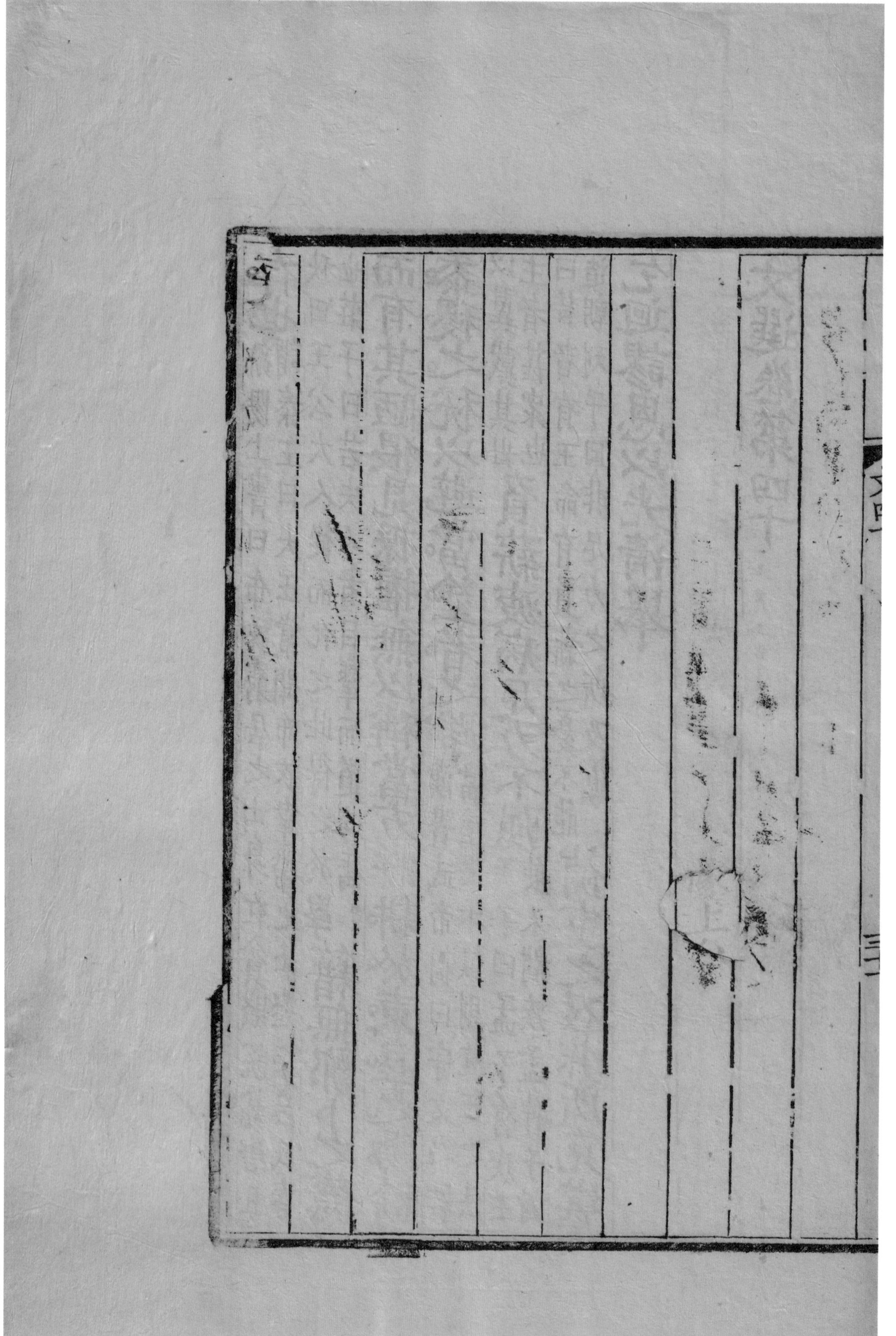

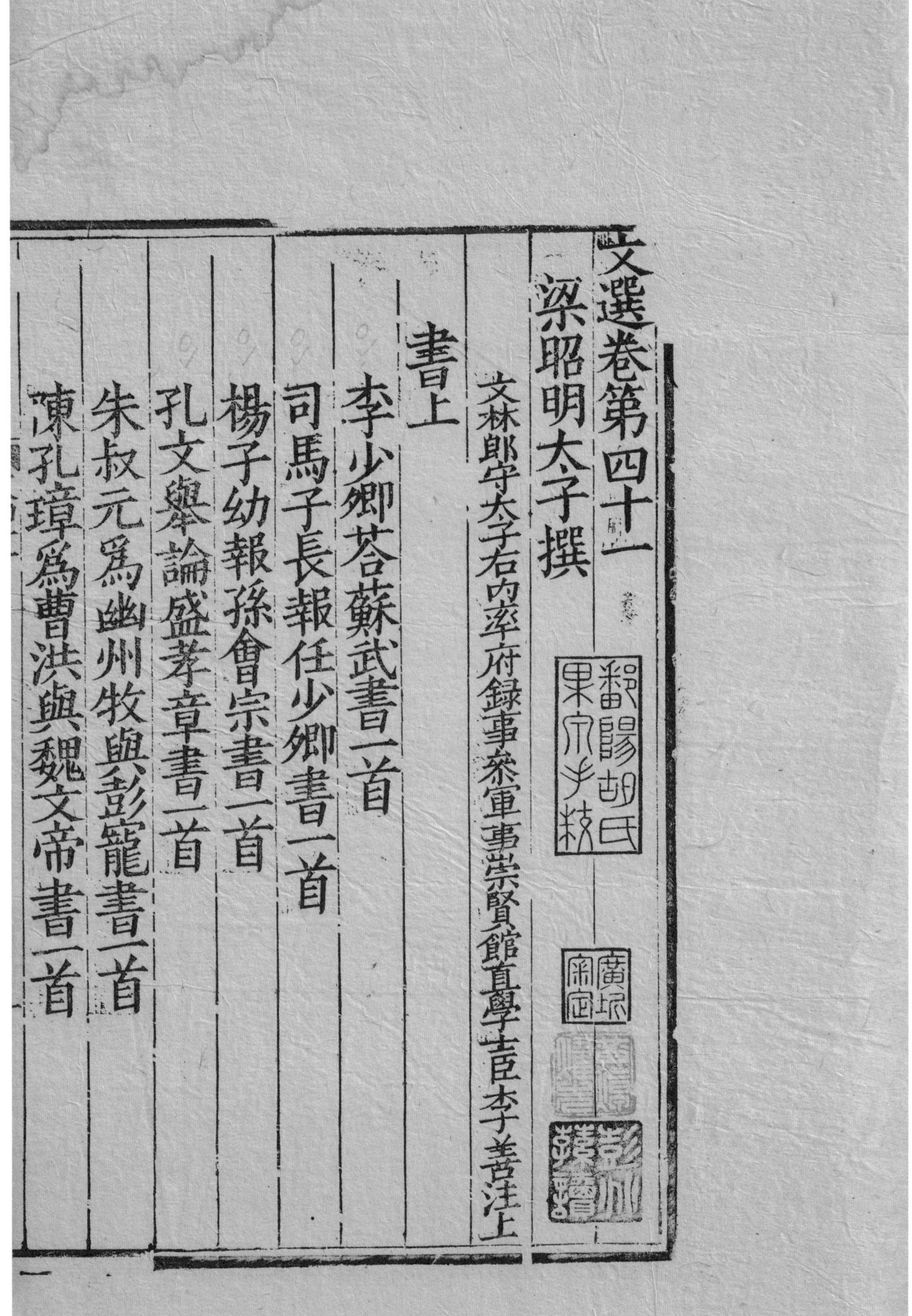

文選卷第四十一

梁昭明太子撰

文林郎守太子右内率府録事參軍事崇賢館直學士臣李善注上

書上

此及長門賦皆作僞之絕工幾於亂真其過於尚書序矣

任主政達言且為不易假有此書誰為致之

此殆建安以後人所為而尤類陳孔璋以其健而微傷繁富也

劉知幾以為齊梁人作則非也

一似子卿不知此等情狀何其傎耶

荅蘇武書一首　李少卿

子卿足下蔡邕獨斷曰陛下者群臣與至尊言不敢指斥天子故呼在陛下者而告之因卑達尊之意也及群臣庶士相與言殿下閣下足下侍者執事之屬皆此類也勤宣令德策名清時左氏傳僖公二十三年狐突對晉惠公曰策名委質貳乃辟也策名謂君簡書臣之名清時謂昭帝之時榮問休暢幸甚幸甚小雅曰非分而得謂之幸遠託異國昔人所悲桓子新論雍門周鼓琴見孟嘗君曰先生鼓琴亦能令悲乎對曰所能令悲者逐赴絕國無相見期若此人者但聞飛鳥之號秋風蕭條則心傷矣望風懷想能不依依昔者不遺遠辱還荅慰誨懃懃有踰骨肉陵雖不敏孝經曰參不敏能不慨然自從初降以至今日身之窮困獨坐愁苦終日無覩但見異類家語孔子曰舜之爲君暢於異類王肅曰異類四方夷狄也韋韝古豆切毳川芮切

太平御覽四百八十九引此篇謂之李陵別傳詳別傳之體裁於漢末亦非西漢所有也（西漢人有別傳者惟東方朔及陵皆後人所為）類聚三十六有蘇武報李陵書全是麗詞也蘇李往復詩文當未必一時所依託

與漢之蘇武時讀之便知此書之偽較然明白

說文曰晨作旅耳

方言夜即言晨

文言亦凌亂

幙以禦風雨羶肉酪漿以充飢渴說文曰韝臂衣也漢書董君綠幘傅韝注曰韝形如射韝以縛左右手以於事便也毛氊幙氊帳也烏孫公主歌曰肉爲食酪爲漿舉目言笑誰與爲歡胡地玄冰邊土慘裂說文曰慘毒也廣雅曰裂分也但聞悲風蕭條之聲涼秋九月塞外草衰夜不能寐側耳遠聽胡笳互動牧馬悲鳴杜摯笳賦序曰笳者李伯陽入西戎所作也傅玄笳賦序曰吹葉爲聲說文作葭毛詩曰騊駼牧馬吟嘯成群邊聲四起晨坐聽之不覺淚下嗟乎子卿陵獨何心能不悲哉與子別後益復無聊賈逵國語注曰聊賴也上念老母臨年被戮妻子無辜並爲鯨鯢左氏傳楚子曰古者明王伐不敬取其鯨鯢而封之以爲大戮杜預曰鯨鯢大魚名以喻不義之人吞食小國身負國恩爲世所悲背恩不報爲負恩也鄭玄禮記注曰負背也子歸受榮我

留受辱命也如何身出禮義之鄉而入無知之俗違弃君親之恩長爲蠻夷之域傷已令先君之嗣先君謂其父當戶也即廣之子更成戎狄之族又自悲矣功大罪小不蒙明察孤負陵心區區之意每一念至忽然忘生陵不難刺七亦切心以自明刎亡粉切頸以見志顧國家於我已矣王逸注離騷曰已矣絕望之辭也殺身無益適足增羞故每攘臂忍辱輒復苟活孟子曰馮婦善搏虎攘臂下車衆皆悅之左右之人見陵如此以爲不入耳之歡來相勸勉異方之樂秖音支令人悲增忉怛耳爾雅曰忉憂也方言曰怛痛也嗟乎子卿人之相知貴相知心前書倉卒七忽未盡所懷故復略而言之昔先帝授陵步卒五千先帝謂武

帝也出征絕域五將失道陵獨遇戰漢書武紀曰天漢二年將軍李廣利出酒泉公孫敖出西河騎都尉李陵將步卒五千出居延時無五將未審陵書之誤而武紀略之集表云臣以天漢二年到塞外尋被詔書責臣不進臣輒引師前到浚稽山五將失道詳此亦不云其名而裹萬里之糧帥徒步之師出天漢之外入强胡之域漢書蕭何曰語天漢其稱甚美臣瓚按流俗語曰天漢其言常以漢配天此美名也以五千之衆對十萬之軍策疲乏之兵當新羈之馬說文曰羈馬絡頭也然猶斬將搴居展切旗追奔逐北史記曰斬將搴旗之士臣瓚按拔取曰搴商君書曰戰勝逐北服虔漢書注曰師敗曰北滅跡掃塵斬其梟帥張晏漢書注曰驍勇也若六博之梟使三軍之士視死如歸呂氏春秋管仲謂齊侯曰平原廣域車不結軌士不旋踵鼓之使三軍之士視死如歸臣不如王子成父陵也不才希當大任呂氏春秋淳于髡曰臣不肖不足以當大任意

謂此時功難堪矣說文作戡戡勝也此堪是地名今傳俗用匈奴既敗舉國興師劉兆穀梁注曰舉盡也更練精兵強踰十萬單于臨陣親自合圍客主之形既不相如而去切步馬之勢又甚懸絶疲兵再戰一以當千然猶扶乗創初良切痛決命爭首漢書曰陵與單于連戰士卒矢傷三創者載輦兩創者將車一創者持兵死傷積野餘不滿百而皆扶病不任干戈然陵振臂一呼創病皆起舉刃指虜胡馬奔走兵盡矢窮人無尺鐵猶復徒首奮呼火故切徒空也言空首奮擊无復甲胄爭爲先登當此時也天地爲陵震怒戰士爲陵飲血血即淚也燕丹子曰太子啼嘘飲淚單于謂陵不可復得便欲引還而賊臣教之遂便復戰賊臣謂管敢也李陵傳云軍候管敢爲軍旅候被校

前書亦僞也

尉笞之五十乃士入匈奴于時匈奴與陵戰至塞恐漢有伏兵欲引還敢曰漢無伏兵匈奴因大進新兵陵戰蘭于山漢軍敗弓矢並盡陵於是遂降）故陵不免耳。昔高皇帝以三十萬衆困於平城，當此之時，猛將如雲，謀臣如雨，然猶七日不食，僅乃得免（史記曰高祖自將擊韓王信遂至平城爲匈奴所圍七日不得食用陳平祕計始得免毛詩曰齊子歸止其從如雲又曰其從如雨何休公羊注曰僅纔也）。況當陵者，豈易爲力哉。而執事者云云（謂漢朝執事之人也），苟怨陵以不死，然陵不死，罪也。子卿視陵豈偷生之士而惜死之人哉。寧有背君親、捐妻子而反爲利者乎。然陵不死，有所爲也，故欲如前書之言，報恩於國主耳（李陵前與蘇子卿書云陵前爲子卿死之計所以然者冀其駈醜虜繇然南馳故且屈以求伸若將不死功成事立則將上報厚恩下顯祖考之明也）。誠以虛死不如立節滅名不如報德也琴操曰重耳將自殺子曰申生虛死子復隨之昔范蠡不殉會稽之恥曹沫士具切不死三敗之辱卒子律切復勾踐之讎報魯國之羞史記曰吳王發精卒擊越敗之越王乃以餘兵五千人保棲於會稽勾踐令大夫種行成於吳吳王赦越勾踐自會稽七年撫循其士民吳王北會諸侯於黃池范蠡曰可矣乃發兵伐吳吳師敗乃請成於越後四年越復伐吳吳師敗吳吳王遂自殺又曰曹沫者魯人以勇力事魯莊公爲魯將與齊戰三戰三北莊公懼乃獻遂邑之地以和猶復以爲將齊桓公許與魯會于柯桓公與莊公既盟于壇上曹沫執匕首刼齊桓公桓公問曰子將何欲曹沫曰齊強魯弱而大國侵魯亦已甚矣今魯城壞壓境君其圖之桓公乃許盡還魯之侵地區區之心切慕此耳何圖志未立而怨已成計未從而骨肉受刑漢書曰公孫敖捕得生口言陵教單于爲兵以備漢於是陵家母弟妻子皆伏誅此陵所以仰天椎直追切心而泣

此段文勢實淋漓恣肆

范書二十八馮傳論注引縶作執

血也足下又云漢與功臣不薄子爲漢臣安得不云爾乎昔蕭樊囚縶韓彭葅醢史記曰相國蕭何爲民請曰長安地狹上林中多空弃地願令民得入田收藁爲獸食上大怒曰相國多受賈人財物乃請吾苑遂下廷尉械繫之又曰高祖病有人惡樊噲黨呂氏即曰上一日宫車晏駕則噲欲以兵盡誅戚氏趙王如意之屬高祖大怒乃使陳平載絳侯代將而即軍中斬噲陳平畏呂氏執噲詣長安又曰陳豨反韓信在長安欲應之事覺呂后使武士縛信斬於長安鍾室又曰彭越反高祖赦之遷處蜀道著青衣行至鄭逢呂后從長安來越泣曰願處故昌邑后許諾既至白上曰彭越壯士也今徙蜀自遺患不如誅之令其舍人告越反遂夷三族黥布傳薛公曰前年醢彭越往年殺韓信說文曰葅肉醬也鼂錯受戮周魏見辜鼂錯已見西征賦漢事曰周勃爲丞相十餘月上乃免丞相就國歲餘每河東尉守行縣至絳絳侯勃自畏恐誅常被甲令家人持兵以自衛其後人有上書告勃欲反下廷尉捕治之又曰竇嬰景帝時吳楚反拜嬰爲大將軍七國破封嬰爲魏其侯坐灌夫罵丞相

劉思祖云二子謂賈范蠡曹沫也容齋續筆曰二子謂上文賈誼亞夫也遐舉猶言往事

田蚡不敬遂論嬰弃市其餘佐命立功之士賈誼亞夫之徒皆信命世之才抱將相之具而受小人之讒並受禍敗之辱卒使懷才受謗能不得展彼二子之遐舉誰不爲之痛心哉左氏傳曰太上有立德其次有立功賈誼已見鵩鳥賦漢書曰周亞夫諫上不用因謝病免相亞夫子爲父買官尚方甲楯五百被召詣廷尉責問曰君侯欲反乎亞夫曰所買乃葬器也何謂反乎吏侵之益怒遂入廷尉不食五日歐血而死孟子曰十年一聖五百年一賢賢聖未出其中有命出者二子謂范蠡曹沬也言諸侯才能者被囚戮不如二子之能雪恥報功也陵先將軍功略蓋天地義勇冠三軍徒失貴臣之意刎身絶域之表此功臣義士所以負戟而長嘆者也何謂不薄哉先將軍謂李廣也貴臣謂衛青也漢書曰元狩四年大將軍衛青擊匈奴廣爲前將軍出塞捕虜知單于所居廣乃自部精兵而令廣出東道東道迴遠廣辭曰臣

結髮而與匈奴戰願居前大將軍不聽廣意色慍怒引兵出東道惑失道後大將軍大將軍因問失道狀欲上書報天子廣未對大將軍長史急責廣廣謂其麾下曰結髮與匈奴大小七十餘戰今幸從大將軍出接單于兵而大將軍令廣部行迴遠又迷失道豈非天哉且廣年六十餘終不復對刀筆之吏遂引刀自剄音義鄭德曰以刀割頸爲剄姑鼎切且足下昔以單車之使適萬乘之虜遭時不遇至於伏劍不顧流離辛苦幾巨依切死朔北之野漢書曰漢遣蘇武以中郎將持節送匈奴使留在漢者匈奴方欲使送武會匈奴緱王長水虞常反匈奴中常以告武副使張勝勝許以貨物與常一人夜亡告之緱王等死虞常生得匈奴使衛律治其事張勝以告武武曰事如此必及我衛律召武受辭武謂惠等屈節辱身雖生何面目以歸漢引佩刀以自刺衛律驚自抱持武武氣絶半日復息乃徙武北海上無人處丁年奉使皓首而歸丁年謂丁壯之年也漢書曰武留匈奴凡十九歲始以強壯出及還鬚髮並白老母終堂生妻去帷漢書陵謂武曰陵來時太

此上官桀之言李少卿安得聞之

觀陵刺殺李緒必不肯為此言

夫人已不幸陵送至陽陵子卿婦年少聞以更嫁此天下所希聞古今所未有也蠻貊之人尚猶嘉子之節況為天下之主乎陵謂足下當享茅土之薦受千乘之賞尚書緯曰天子社東方青南方赤西方白北方黑上冒以黃土將封諸侯各取方土苴以白茅以爲社論語曰道千乘之國漢書曰兵車千乘諸侯之大者聞子之歸賜不過二百萬位不過典屬國漢書元始六年武至京師拜爲典屬國秩中二千石賜錢二百萬無尺土之封加子之勤而妨功害能之臣盡爲萬戶侯親戚貪佞之類悉爲廊廟宰子尚如此陵復何望哉且漢厚誅陵以不死薄賞子以守節欲使遠聽之臣望風馳命此實難矣所以每顧而不悔者也陵雖孤恩漢亦負德言陵無功以報漢爲孤恩漢戮陵母爲負德論語曰德不

雖忠不烈語亦難解蓋即怯夫慕義何處不勉之意

雖忠不烈視死如歸八字一句言其人之志雖非甚烈亦有視死如歸所謂怯夫慕義是也前評大義之意是也解析未允

孤必有鄰昔人有言雖忠不烈視死如歸陵誠能安言陵忠誠能安於死事而主豈復能眷眷乎男兒生以不成名死則葬蠻夷中誰復能屈身稽顙還向北闕使刀筆之吏弄其文墨邪史記張釋之曰秦任刀筆之吏又功臣曰蕭何徒持文墨顯居臣上顧足下勿復望陵嗟乎子卿夫復何言相去萬里人絕路殊生爲別世之人死爲異域之鬼長與足下生死辭矣幸謝故人故人謂任立政大將軍霍光上官桀等勉事聖君足下胤子無恙漢書曰武在匈奴時胡婦生子名通國楚辭曰賴皇天之厚德兮還及君之無恙勿以爲念努力自愛老子曰聖人自愛時因北風復惠德音李陵頓首

○報任少卿書一首

東京賦薛注云走公子自稱走使之人如今言僕爲矣善引此書太史公牛馬走於其下是善釋此文與綜同此文云其父之僕非

謙言不敢居太史公之職不過太史公之牛馬走耳 太史公遷之官也牛馬走謙自稱目若僕也當由連下爲文而注誤絶之不知子長与人書無故尊其父何爲者耶

或曰牛當作先引淮南有先馬走之文然不可施于此 謹按說从漢書改也

楊雄劇秦美新注引蒭之作勤[illegible]

司馬子長漢書曰遷既被刑之後爲中書令尊寵任職故人益州刺史任安而與書責以進賢之義遷報之遷死後其書稍出史記曰任安滎陽人爲衛將軍後爲益州刺史

太史公牛馬走太史公遷父談也走猶僕也言己爲太史公掌牛馬之僕自謙之辭也司馬遷再拜言少卿足下如淳曰少卿任安字也曩者辱賜書教以順於接物推賢進士爲務禮記曰儒有推賢而進意氣懃懃懇懇懃懃懇懇忠款之皃也若望僕不相師而用流俗人之言僕非敢如此也蘇林曰而猶如也禮記曰不從流俗鄭玄曰流俗失俗也僕雖罷駑亦嘗側聞長者之遺風矣側聞謙辭也列子曰吾側聞之禮記曰與長者坐必異席顧自以爲身殘處穢動而見尤言舉動必爲人之所尤過也欲益反損是以

據注義當如此[illegible]刪而易[illegible]也[illegible]語[illegible]說

此二條在[illegible]漢書改 淩 焯

獨鬱悒而與誰語鬱悒不通也楚辭曰獨鬱結其誰語諺曰誰爲爲之孰令聽之誰爲猶爲誰也言已假欲爲善當爲誰爲之乎復欲誰聽之乎蓋鍾子期死伯牙終身不復鼓琴呂氏春秋曰伯牙鼓琴意在太山鍾子期曰善哉巍巍若太山俄而志在流水子期曰善哉湯湯乎若流水子期死伯牙破琴絕絃終身不復鼓琴以爲世無賞音者何則士爲知己者用女爲說己者容戰國策曰晉陽之孫豫讓事知伯知伯寵之及趙襄子殺知伯豫讓逃山中曰嗟乎士爲知己者用女爲悅己者容吾其報智氏矣若僕大質已虧缺矣雖才懷隨和行若由夷隋隋侯珠也和和氏璧也由許由也夷伯夷也終不可以爲榮適足以見笑而自點耳書辭宜荅點辱也往前與我書書宜應荅但有事故不獲荅會東從上來又迫賤事服虔曰從武帝還孟康曰卑賤之事若煩務也如淳曰還爲中書令任職常知中書時偶有賊盜之事晉灼曰賤事家之私事也相見

日淺卒卒無須臾之間文穎曰卒卒促遽之意也間隙也得竭至意今少卿抱不測之罪涉旬月迫季冬如淳曰平居時不肯報其書今安有不測之罪在獄故報往日書欲使其怨以度己也僕又薄從上雍恐卒然不可爲諱李奇曰薄迫也迫當從行善曰難言其死故云不可諱是僕終已不得舒憤懣以曉左右廣雅曰懣悶也楚辭曰惟煩悶以盈胷則長逝者魂魄私恨無窮謂任安恨不見報也請略陳固陋闕然久不報幸勿爲過僕聞之脩身者智之符也符信也愛施者仁之端也取與者義之表也恥辱者勇之決也勇士當於此而果決之立名者行之極也凡人能立志者行中之最極也士有此五者然後可以託於世而列於君子之林矣故禍莫憯於欲利悲莫痛於傷心所可憯者

惟欲之與利爲禍之極也所可痛者唯傷心之事而可爲悲也行莫醜於辱先詬莫大於宮刑醜穢也先謂祖也詬音垢應劭曰詬恥也說文詬或作詢火逅切禮記儒行曰妄常以儒相詬病左氏傳宋元公曰余不忍其詬尋此二書其訓頗同刑餘之人無所比數非一世也所從來遠矣昔衛靈公與雍渠同載孔子適陳家語曰孔子居衛月餘靈公與夫人同車出令宦者雍渠參乘使孔子爲次乘遊過市孔子曰吾未見好德如好色於是恥之去衛過曹此言孔子適陳未詳商鞅因景監見趙良寒心史記商君謂趙良曰我化秦孰與五羖大夫賢趙良曰五羖大夫荆之鄙人也繆公知其賢舉之牛口之下加之百姓之上今君之見秦王也因嬖人景監以爲主非所以爲名也又趙高謂李斯曰釋此不從禍及子孫足爲寒心也同子參乘袁絲變色蘇林曰趙談也與遷父同諱故曰同子漢書曰上朝東宮趙談參乘袁絲伏車前曰臣聞天子所與共六尺輿者皆天下豪英今漢雖乏之人陛下獨奈何與刀鋸餘同載於是上笑下趙

談自古而恥之矣以中才之人事有關於宦豎莫不傷氣而況於慷慨之士乎如今朝廷雖乏人奈何令刀鋸之餘薦天下豪俊哉史記履貂曰臣刀鋸之餘不敢二心僕賴先人緒業廣雅曰緒末也司馬彪莊子注曰緒餘也得待罪輦轂下二十餘年矣所以自惟上之不能納忠效信有奇策才力之譽自結明主次之又不能拾遺補闕招賢進能顯巖穴之士外之又不能備行伍攻城野戰有斬將搴旗之功下之不能積日累勞取尊官厚祿以爲宗族交遊光寵四者無一遂苟合取容無所短長之效可見如此矣上之四事無一遂假欲苟合取容亦無其所也史記蔡澤曰吳起言不苟合行不苟容嚮者僕常厠下大夫之列

陪外廷末議臣瓚曰太史令千石故下大夫也外廷郎令僕射外朝也不以此時引
維綱盡思慮今以虧形爲掃除之隸在闒茸之中闒茸猥賤
也茸細毛也張揖訓詁以爲闒獋劣也呂忱字林曰闒茸不肖也乃欲仰首伸眉論列
是非不亦輕朝廷羞當世之士邪嗟乎嗟乎如僕尚何
言哉尚何言哉且事本末未易明也僕少負不羈之行
長無鄉曲之譽不羈言材質高遠不可羈繫也燕丹子夏扶曰士無鄉曲之譽未可以論行也
主上幸以先人之故使得奏薄伎服虔曰薄伎薄才也出入周衛
之中周衛言宿衛周密也韋昭曰天子有宿衛之官僕以爲戴盆何以望天言人
戴盆則不得望天望天則不得戴盆事不可兼施言己方一心營職不假修人事也故絶賓客之
知士室家之業日夜思竭其不肖之才力禮記曰某之子不肖應劭

夫字當屬下

風俗通曰生子不似父母曰不肖務一心營職以求親媚於主上毛詩曰藹藹多士媚于天子而事乃有大謬不然者夫夫語助也論語子曰有是夫僕與李陵俱居門下素非能相善也趣舍異路太公六韜曰夫人皆有性趣舍不同顏師古曰趣所向也舍所廢也未嘗銜盃酒接慇懃之餘懽然僕觀其爲人自守奇士事親孝與士信臨財廉取與義分別有讓恭儉下人常思奮不顧身以徇國家之急顏師古曰徇從也營也其素所蓄積也言其意中舊所蓄積也僕以爲有國士之風一國之中推而爲士夫人臣出萬死不顧一生之計赴公家之難斯以奇矣新序昭奚恤曰使皆赴湯火蹈白刃出萬死不顧一生司馬子反在此今舉事一不當而全軀保妻子之臣隨而媒孽其短鄭玄周禮注曰孽猶

邱希範与陳伯之書注引旃作氈怖作懼

起躬猶起身也躬自流涕則不詞舊以士無不起為句則

行也臣瓚以爲媒謂遘合會之孽謂生其罪釁也僕誠私心痛之且李陵提步卒不滿五千有五千言不滿皆痛之甚也深踐戎馬之地足歷王庭胡地出馬故曰戎馬單于所居之處號曰王庭垂餌音二虎口横挑彊胡仰億萬之師說文曰挑相呼也李奇曰挑身獨戰不須衆挑茶弔切臣瓚曰挑挑敵求戰也古謂之致師北地高故曰仰與單于連戰十有餘日所殺過平聲半當虜救死扶傷不給顧野王決曰所殺過半當言陵軍殺已過半給供給也旃裘之君長咸震怖旃裘謂匈奴所服也故言旃裘之君乃悉徵其左右賢王舉引弓之人漢書曰匈奴至冒頓最強大置左右賢王以其善射故曰引弓之人一國共攻而圍之轉鬬千里矢盡道窮救兵不至士卒死傷如積子智切然陵一呼勞軍士無不起躬自流涕沫血飲泣更張空拳孟康曰沫

自沫血飲泣以下四句均無主格末句者字獨立不住當以士無不起躬流涕爲句直冠下四句自爲衍文當由一本躬作身或於身字注躬字下後遂誤爲正文故衍耳漢書司馬遷傳無自字可證　焯謹述

音頮善曰頮古沬字言流血在面如盥頮也說文曰頮洗面也李登聲類云拳或作捲此言兵已盡但張空拳以擊耳桓寬鹽鐵論曰陳勝無將帥之兵師旅之衆奮空捲而破百萬之軍何晏白起故事白起雖坑趙卒向使預知必死則前驅空捲猶可畏也況三十萬被堅執銳乎顔師古曰讀爲拳者謬矣拳則屈指不當言張陵時矢盡故張弩之空弓非手拳也李奇曰拳者弩弓也冒白刃北嚮爭死敵者陵未沒時使有來報史記曰陵至浚稽山使麾下騎陳步樂還以聞步樂召見道陵將得士死力上甚悅之漢公卿王侯皆奉觴上壽後數史杜切日陵敗書聞主上爲之食不甘味聽朝不怡大臣憂懼不知所出僕竊不自料其卑賤見主上慘愴怛都割切悼誠欲效其款款之愚款款忠實之皃以爲李陵素與士大夫絕甘分少孝經援神契曰母之於子絕少分甘宋均曰少則自絕甘則分之能得人死力雖古

之名將不能過也身雖陷敗彼觀其意且欲得其當而報於漢張晏曰欲得相當也言欲立効以當罪而報漢恩事已無可奈何其所摧敗功亦足以暴蒲沃切於天下矣謂摧破匈奴之兵其功足暴露見於天下僕懷欲陳之而未有路適會召問即以此指推言陵之功欲以廣主上之意塞睚魚解切眦柴懈切之辭言欲廣主上之意及塞群臣睚眦之辭未能盡明明主不曉以為僕沮貳師而為李陵遊說遂下於理漢書曰初上遣貳師李廣利出令陵為助兵及陵與單于相值而貳師少功上以遷誣罔欲沮貳師而為陵遊說下遷腐刑鄭玄禮記注曰理治獄官也拳拳之忠終不能自列鄭玄禮記子曰回得一善拳拳不失之矣鄭玄曰拳拳捧持之皃說文曰列分解也因為誣上卒從吏議言衆吏議以為誣上家貧貨賂不足以自贖交

行事 往事也

說文佴佽也人志切佽一曰遞也此猶言僕又隨之蠶室耳

江文通詣建平王上書注引佴之作茸以少

遊莫救左右親近不爲一言身非木石獨與法吏爲伍深幽囹圄之中誰可告愬者此眞少卿所親見僕行事豈不然乎李陵既生降隤其家聲蘇林曰家世爲將有名陵降而隤之也顔師古曰隤墜也而僕又佴之蠶室如淳曰佴次也若人相次也人志切今諸本作茸字蘇林注景紀曰作窰室廣大如蠶室故言下蠶室衞宏漢儀以爲置蠶宮令承諸法云請蠶室與罪人從事主天下室者屬[illegible]府顔監云茸推也人勇切推置蠶室之中重爲天下觀笑悲夫悲夫事未易一二爲俗人言也僕之先非有剖符丹書之功漢書曰漢初功臣剖符世爵又曰論功而定封訖於是申以丹書之信重以白馬之盟文史星歷近乎卜祝之間固主上所戲弄倡優所畜流俗之所輕也說文曰倡樂也左氏傳曰鮑氏之圉人爲優杜預曰俳優也假令僕伏法受誅若九

與許也　師古注

剔即髡剔也

牛亡一毛，與螻蟻何以異（螻，螻蛄也。蟻，蚍蜉也。皆虫之微者，故以自喻。）而世又不與能死節者（與，如也。言時人以我之死，又不如能死節者，言死無益也。）特以爲智窮罪極，不能自免，卒就死耳。何也？素所自樹立使然也。人固有一死，或重於太山，或輕於鴻毛，用之所趨異也。（燕丹子荆軻謂太子曰：烈士之節，死有重於太山，有輕於鴻毛者，但問用之所在耳。）太上不辱先，其次不辱身，其次不辱理色（理，道理也。色，顏色也。）其次不辱辭令（辭，謂言辭。令，謂教令。）其次詘體受辱（詘體，謂被縲繫。）其次易服受辱（易服，謂著赭衣。）其次關木索、被箠楚受辱（漢書曰：箠長五尺。說文曰：棰，以杖擊也。箠與棰同。以之笞人，同謂之箠楚。箠楚皆杖木之名也。）其次剔毛髮、嬰金鐵受辱（謂髡鉗也。）其次毀肌膚、斷肢體受辱（謂肉刑也。）最下腐刑極矣。（蘇林曰：宮刑腐

（臭故曰腐刑）傳曰刑不上大夫此言士節不可不勉勵也（禮記文也東方朔別傳武帝問曰刑不上大夫何朔曰刑者所以止暴亂誅不義也大夫者天下表儀萬人法則所以共承宗廟而安社稷也）猛虎在深山百獸震恐及在檻穽之中搖尾而求食積威約之漸也（周禮注曰穿地為塹所以御禽獸其或超踰則陷焉尚書曰杜乃擭斂乃穽言威為人制約漸積至此）故有畫地為牢勢不可入削木為吏議不可對定計於鮮（平聲）也（臣瓚曰以為患吏刻暴雖以木為吏期於不對此疾苛吏之辭也文穎曰未遇刑自殺為鮮明也）今交手足受木索暴肌膚受榜箠幽於圜牆之中（廣雅曰榜擊也圜牆獄也周禮曰以圜土教罷民）當此之時見獄吏則頭槍（七良切）地視徒隸則正惕息何者積威約之勢也及以至是言不辱者所謂強顏耳曷足貴乎

且西伯伯也拘於羑里史記曰季歷卒子昌立是爲西伯西伯文王也崇侯虎譖西伯於殷紂曰西伯積善累德諸侯皆嚮之將不利於帝紂乃囚西伯於羑里王制曰九州之長曰伯注曰伯長也

李斯相也具于五刑史記曰李斯楚上蔡人也從荀卿學帝王之術入秦秦卒用其計二十餘年竟并天下以斯爲丞相二世立以郎中趙高之譖乃具斯五刑腰斬咸陽漢書刑法志曰漢興之初其大辟尚有夷三族之令曰當三族者皆先劓斬左右趾笞殺之梟其首葅其骨肉於市其誹謗詈詛者又斷舌故言具具謂五刑也

淮陰王也受械於陳漢書曰韓信爲楚王都下邳信因行縣邑陳兵出入人有變告信欲反上聞患之用陳平謀僞遊雲夢信謁上於陳高祖令武士縛信載後車信曰果若人言狡兔死良狗烹上曰人告公反遂械信至洛陽赦以爲淮陰侯陳楚之西界也械謂桎梏也

彭越張敖南面稱孤繫獄抵罪史記曰高帝立彭越爲梁王梁王稱疾上使使掩捕梁王囚之洛陽漢書曰趙王張耳高祖五年薨子敖嗣立尚高祖長女魯元公主七年高祖從平城過趙趙王旦暮自上

食禮甚卑有子壻之禮高祖箕踞詈甚慢之趙相貫高
趙午說敖曰天下豪傑並起能者先立今王事皇帝甚
恭皇帝遇王無禮請爲殺之八年上從東垣過貫高等
乃壁人柏人要之置厠上過欲宿心動問縣名爲何曰
柏人上曰柏人者迫於人遂去貫高怨家知其謀反告
之於是逮捕趙王諸反者趙午十餘人皆自剄貫高獨
怒罵曰誰令公等爲之今王實無反謀檻車
與詣長安高下獄曰吾屬爲之王不知也絳侯誅諸
呂權傾五伯囚於請室史記曰絳侯周勃與陳平謀誅
諸呂而立孝文後勃被囚已見
李陵荅蘇武書漢書音義如淳曰
請室請罪之室若今之鍾下也魏其大將也衣赭衣
關三木三木在項及手足也魏其侯已見李陵荅蘇武
書周禮曰上罪梏拲而桎應劭漢書注曰在手
曰梏兩手同械曰拲在足曰桎韋昭曰季布爲朱家鉗
桎兩手合也梏音告拲音拱桎之栗切
奴漢書曰季布楚人也爲任俠有名項籍使將兵數窘
漢王項籍滅高祖購求布千金敢舍匿者罪三族布
匿於濮陽周氏周氏曰漢求將軍急臣敢進計布許之
乃髡鉗布衣褐致廣柳車中與其家僮數十人之魯朱

家賣之朱家心知季布也買置田舍乃之洛陽見汝陰滕公說曰季布何罪臣各爲其主耳君何不從容爲上言之滕公許諾侍閒果言如朱家旨上乃赦布召見謝拜郎中

灌夫受辱於居室

漢書灌夫字仲孺潁陰人也爲太僕時坐與衛尉竇甫飲輕重不得徙爲燕相及竇嬰失勢兩人相爲引重夫過丞相田蚡蚡曰吾欲與仲孺過魏其侯會仲孺有服夫曰將軍廼肯幸臨夫安敢以服爲解請語魏其帳具將軍旦日蚤臨之蚡許諾夫以語嬰嬰益牛酒夜洒掃帳具自旦候伺至日中蚡不來夫不懌夫乃自往迎之蚡尚臥駕往又徐行夫益怒遂以爲隙元光四年蚡取燕王女爲夫人太后詔曰列侯宗室皆往賀嬰爲壽夫行酒至蚡蚡半膝席曰不能滿觴夫怒乃嘻言曰將軍貴人也畢之時蚡不肯行酒次至臨汝侯灌賢方與程不識耳語又不避席夫無所發怒乃罵賢曰生毀程不識不直一錢今日長者爲壽乃效兒女曹呫囁耳語蚡謂夫曰今衆辱程將軍仲孺獨不爲李將軍地乎夫曰今日斬頭穴胷何知程李乎乃起蚡遂怒曰此吾驕灌夫罪也籍福起爲謝按夫項令謝夫愈怒不肯謝蚡乃麾騎縛夫置傳舍長史曰今日召宗室有詔劾灌夫罵坐不敬繫於居室

在塵埃之中橫言之古今一體假言之言無不受辱乎也或以在塵埃之中屬上讀之文理不通

如淳曰百官表居室爲保宮今守宮也此人皆身至王侯將相聲聞鄰國及罪至罔加不能引決自裁在塵埃之中古今一體安在其不辱也由此言之勇怯勢也强弱形也審矣何足怪乎孫子兵法曰治亂數也勇怯勢也强弱形也夫人不能早自裁繩墨之外以稍陵遲至於鞭箠之間乃欲引節斯不亦遠乎古人所以重施刑於大夫者殆爲此也夫人情莫不貪生惡死念父母顧妻子至激於義理者不然乃有所不得已也言激於義理者則不念父母顧妻子也今僕不幸早失父母無兄弟之親獨身孤立少卿視僕於妻子何如哉言己輕妻子故反問之且勇者不必死節言勇烈之人不必死於名節也造次自裁耳怯夫慕義何

善据下改

魏文帝典論〻文注引
文王作西伯

處不勉焉言怯夫慕義以自立名何處不勉於死哉言皆勉勵自殺僕雖怯懦欲苟
活亦頗識去就之分矣何至自沈溺縲紲之辱哉孔安國曰
縲紲墨索也紲攣也所以拘罪人且夫臧獲婢妾晉灼曰臧獲敗敵所破虜爲奴隷韋昭曰
羌人以婢爲妻生子曰獲奴以善人爲妻生子曰臧荆楊海岱淮濟之間罵奴曰獲齊之北鄙燕之北郊凡人
男而歸婢謂之臧女而歸奴謂之獲皆異方罵奴婢之醜稱也由能引決况僕之不得
已乎所以隱忍苟活幽於糞土之中而不辭者恨私心
有所不盡鄙陋没世而文彩不表於後世也論語曰君子疾没世
而名不稱古者富貴而名摩滅不可勝記唯倜儻非常之人
稱焉廣雅曰俶儻卓異也蓋文王拘而演周易周易曰易之興也當文王與紂之事
邪又曰作易者其有憂患邪史記本紀曰崇侯譖西伯於殷紂曰西伯積善累德諸侯皆向之將有不利於帝

紂乃囚西伯於羑里西伯演易之八卦爲六十四地理志曰河内湯陰有羑里城西伯所拘韋昭曰羑音酉蒼頡篇曰演引之也仲尼厄而作春秋史記孔子曰吾道不行矣何以自見於後世哉乃約魯史而作春秋屈原放逐乃賦離騷史記曰屈原名平楚之同姓爲楚懷王左司徒博文強志敏於辭令王甚任之上官大夫與之同列心害其能懷王使原爲憲令原草稾未定上官大夫見而欲奪之不與因讒之曰王使屈原爲令衆莫不知每令出平伐其功以爲非我莫爲王也王怒而踈之平病聽之不聰作離騷經左丘失明厥有國語漢書曰國語左丘明著失明未詳孫子臏脚其法脩列史記曰孫臏與龐涓俱學兵法涓事魏惠王自以爲能不及臏乃陰使人召臏臏至涓恐其賢於己則以法刑斷其兩足而黥之欲隱勿見齊使者田忌善客待之於是田忌進孫子於威王威王問兵法而師之其後魏伐趙趙急請救於齊齊威王欲將臏臏曰刑餘之人不可於是乃以田忌爲將而孫子爲師居輜重中主爲計謀田忌從之魏果去邯鄲與齊戰於桂陵大破魏軍不韋遷蜀世傳

劉子玄云何不云虞卿窮愁著書八篇

呂覽史記曰呂不韋大賈人也莊襄王即位三年薨太子正立爲王尊不韋爲相國號仲父當是時魏有信陵楚有春申趙有平原齊有孟嘗皆下士喜賓以相傾呂不韋以秦之强大招士厚遇之乃致食客三千人是時諸侯多辯士如荀卿之徒著書布於天下不韋乃使其客人人著所聞集論爲八覽十二紀三十餘萬言以爲備天下之物古今之事號曰呂氏春秋布咸陽市門懸千金其上延諸侯遊士賓客有能增損一字與千金及始皇帝壯太后通不韋恐禍及已私求嫪毐爲舍人詐令以腐罪告之遂得侍太后與太后通九年人有告嫪毐實非宦者下吏治之得情實事連相國秦王恐其爲變乃賜不韋書曰君何功於秦秦封君河南食十萬户君何親於秦號稱仲父後與家屬徙處蜀飲鴆而死韓非囚秦說難孤憤史記曰韓非者韓之公子也見韓稍弱以書諫王王不能用非心廉直不容於邪枉之臣觀往者得失之變故作孤憤五蠹說難十餘萬言秦王見孤憤五蠹之書曰嗟乎寡人得見此人與游死不恨矣李斯曰此韓非所著書秦因急攻韓韓乃遣非使秦秦王悅之未信用李斯姚賈毀之曰韓非韓之諸公子也今王欲并諸侯非終爲韓不爲秦

郝志祖曰不遜與不敏同謙詞也

此人情也令王不用久留而歸之此自遺患也不如以過法誅之秦王爲然下吏治非李斯使人遺藥使自殺韓非欲自陳不得見秦王後悔之使人赦而非已死矣說難孤憤韓子之篇名也詩三百篇大氐聖賢發憤之所爲于僞切作也論語曰詩三百孔安國曰篇之大數也爾雅曰氐致也郭璞曰音怡此人皆意有鬱結不得通其道故述往事思來者言故述往前行事思令將來人知已之志乃如左丘無目孫子斷足終不可用退而論書策以舒其憤思垂空文以自見空文謂文章也自見已情僕竊不遜近自託於無能之辭論語子曰唯女子與小人爲難養也近之則不孫網羅天下放失舊聞略考其行事綜其終始稽其成敗興壞之紀上計軒轅下至于茲爲十表本紀十二書八章世家三十列傳七十凡百三十篇亦欲以

已改是以二字漢書及別本

曹子建与楊德祖書注引誤作之

究天人之際，通古今之變，成一家之言。草創未就，會遭此禍，惜其不成，已就極刑而無慍色。僕誠以著此書，藏諸名山，傳之其人，通邑大都，其人謂與己同志者。則僕償前辱之責，雖萬被戮，豈有悔哉！然此可爲智者道，難爲俗人言也。且負下未易居，下流多謗議。負累之下未易可居。論語曰：君子惡居下流而訕上者也。僕以口語遇此禍，重爲鄉黨所笑，以汙烏卧切辱先人，亦何面目復上父母之丘墓乎？雖累百世，垢彌甚耳！是以腸一日而九迴，居則忽忽若有所亡，出則不知其所往。莊子：魯哀公問仲尼曰：衛有惡人焉，曰哀駘他。夫寡人而行寡人恤焉，若有亡也。庚桑子曰：吾聞至人尸居環堵之室，不知所如往。每念斯恥，汗未嘗不發背沾衣也。身直爲闒闟之臣寧得自引於深藏若穴邪故且從俗浮沈與時俛仰以通其狂惑鬻子曰吾聞之於政也知善不行者謂之狂知惡不改者謂之惑夫狂與惑者聖人之戒也今少卿乃教以推賢進士無乃與僕私心剌力割切謬乎今雖欲自雕瑑曼辭以自飾如淳曰曼美也戰國策蘇秦曰夫從人飾辯曼辭高主之節行曼音萬無益於俗不信適足取辱耳要之死日然後是非乃定書不能悉意略陳固陋謹再拜

○報孫會宗書一首

楊子幼漢書楊惲字子幼華陰人以才能稱譽爲常侍騎與太僕戴長樂相失坐事免爲庶人惲見已失爵位遂歸家閒居自治產業起室以財自娛歲餘友人安定太守西河孫會宗與惲書諫之言大臣廢退當杜門惶懼爲可憐之意不當治

惲前為光祿勳

産業通賓客有稱譽惲乃作此書報之

惲材朽行穢文質無所底論語曰文質彬彬然後君子包氏曰彬彬文質相半之皃

也底致也幸賴先人餘業得備宿衛遭遇時變以獲爵位漢書

曰霍氏謀反惲先聞知奏霍氏伏誅惲封爲平通侯終非其任卒與禍會足下哀

其愚矇賜書教督以所不及爾雅曰督正也懇懃甚厚然竊恨

足下不深惟其終始而猥隨俗之毀譽也猥猶曲也言鄙陋

之愚心則若逆指而文過言過會宗之指自文飾己之過論語子曰小人之過也必

文孔安國曰文飾其過不言實也默而自守恐違孔氏各言爾志之義

論語曰顏淵季路侍子曰盍各言爾志故敢略陳其愚惟君子察焉惲家

方隆盛時乘朱輪者十人二千石皆得乘朱輪位在列卿爵爲通

漢書及別本

漢書及別本

侯揔領從官應劭曰舊曰徹侯避武帝諱故爲通言其功德通於王室也從天子侍從官也與聞政事曾不能以此時有所建明以宣德化又不能與群僚并力陪輔朝廷之遺忘已負竊位素飡之責久矣論語子曰臧文仲其竊位者歟知柳下惠之賢而不與立毛詩曰彼君子兮不素飡兮懷祿貪勢不能自退曽子曰君子不安貴位不懷厚祿遂遭變故橫被口語身幽北闕妻子滿獄口語即戴長樂所告也如淳漢書注曰上章者於公車有不如法者以付北軍尉北軍尉以法罰之楊惲上書遂幽北闕公車門所在也當此之時自以夷滅不足以塞責史記司馬欣謂章邯曰趙高欲以法誅將軍塞責豈得全其首領復奉先人之丘墓乎左氏傳宋公曰君以大夫之靈得保首領以沒于地伏惟聖主之恩不可勝量君子遊道樂以忘憂史記曰陳平遊道日廣論語曰樂以忘憂

此宣〻帝〻所以必報〻之也不能送終有既語言而子勃〻怨懟不服罪已甚矣　又云惲〻發禍由說以忘罪耳

漢書及別本任參并爲范尚書議吏部封參第一集注引琴作瑟

小人全軀說以忘罪楚辭曰與波上下偷以全吾軀乎竊自念過已大矣行已虧矣長爲農夫以沒世矣是故身率妻子勠力耕桑國語曰勠力一心灌園治產以給公上蘇林漢書注曰充縣官之賦斂不意當復用此爲譏議也夫人情所不能止者聖人弗禁故君父至尊親送其終也有時而既終謂終沒也既盡也張晏漢書注曰喪不過三年臣見放逐降居二月復初臣之得罪已三年矣田家作苦歲時伏臘漢書曰秦繆公作伏祠孟康曰六月伏日也風俗通禮傳曰夏曰嘉平殷曰清祀周曰大蜡故改爲臘亨羊炰羔斗酒自勞家本秦也能爲秦聲婦趙女也雅善鼓琴奴婢歌者數人酒後耳熱仰天撫缶而呼嗚嗚應劭漢書注曰缶瓦器也秦人擊之以節歌李斯上書曰擊甕叩缶而呼嗚嗚快耳者真秦聲也其

別本作力邪也

詩曰田彼南山蕪穢不治種一頃豆落而爲萁張晏漢書注曰山高在陽人君之象也蕪穢不治朝廷荒亂也一頃百畝以喻百官也言豆者貞直之物零落在野喻已見放弃也其曲而不直言朝臣皆諂諛也臣瓚按田彼南山蕪穢不治言於王朝而遇民亂也種一頃豆落而爲萁雖盡忠効節徒勞而無獲也人生行樂耳須富貴何時是日也拂衣而喜奮袖低昂頓足起舞誠淫荒無度不知其不可也惲幸有餘祿方糴賤販貴逐什一之利什一謂十中之一也尚書大傳曰王者十一而稅此賈豎之事汙烏卧切辱之處惲親行之下流之人衆毀所歸言處下流爲衆惡毀所舉不寒而慄雖雅知惲者猶隨風而靡尚何稱譽之有楚辭曰丗從容而變化隨風靡而成行董生不云乎明明求仁義常恐不能化民者卿大夫之意也明明

稟即凜也與正与丙儔之意相反

求財利常恐困乏之者庶人之事也漢書董仲舒對策曰夫皇皇求財利常恐匱乏者庶人之意也皇皇求仁義常恐不能化人者大夫之意也故道不同不相爲謀今子尚安得以卿大夫之制而責僕哉論語曰道不同不相爲謀言今我親行賈豎之事安得責我卿大夫之制乎夫西河魏土文侯所興有段干木田子方之遺風史記李克謂翟璜曰魏成子東得子夏田子方段干木此三人者君皆師之稟然皆有節槩知去就之分頃者足下離舊土謂去西河臨安定安定山谷之間昆夷舊壤毛詩序曰文王西有昆夷之患北有玁狁之難鄭玄曰昆夷西戎也子弟貪鄙豈習俗之移人哉言豈隨懷安貪鄙之俗而移人之本性者哉於今乃睹子之志矣方當盛漢之隆願勉旃毋多談

此文當在朱叔元之後

論盛孝章書一首

孔文舉 與魏太祖虞預會稽典録曰盛憲字孝章器量雅偉舉孝廉補尚書郎遷吴郡太守以疾去官孫策平定吴會誅其英豪憲素有名策深忌之初憲與少府孔融善憂其不免禍乃與曹公書由是徵爲都尉詔命未至果爲權所害子匡奔魏位至征東司馬

歲月不居時節如流國語文姜曰日月不居人誰不安傳毅詩曰徂年如流尠兹暇日五十之年忽焉已至公爲始滿融又過二公謂曹操言公年始滿五十融過於二歲也海内知識零落殆盡惟有會稽盛孝章尚存其人困於孫氏妻孥湮沒孫氏已見上文毛詩曰樂爾妻孥孔安國尚書大傳曰孥子也單子獨立孤危愁苦若使憂能傷人此子不得永年

矣。春秋傳曰：諸侯有相滅亡者，桓公不能救，則桓公恥之。公羊傳曰邢亡孰亡之蓋狄滅也曷爲不言蓋狄滅之爲桓公諱也曷爲爲桓公諱上無天子下無方伯天下諸侯有相滅亡者桓公不能救則桓公恥之今孝章實丈夫之雄也，天下談士依以揚聲，而身不免於幽縶，命不期於旦夕。吾祖不當復論損益之友，而朱穆所以絕交也。論語子曰益者三友損者三友吾祖即謂孔子也後漢朱穆感世澆薄莫尚敦厚著絕交論以矯之公誠能馳一介之使，加咫尺之書，左氏傳晉行人子員對鄭王子伯駢曰君有楚命不使一介行李告於寡君漢書廣武君曰發一乘之使奉咫尺之書則孝章可致，友道可弘矣。今之少年喜謗前輩，或能譏評孝章。孝章要爲有天下大名，九牧之人所共稱嘆。九牧猶九州也左氏傳王孫蒲曰貢金九牧孫卿子曰文王鑒於殷紂此其所以伐殷王而受九牧也燕君市駿馬之骨非欲以騁道里乃當以招絕足也戰國策郭隗謂燕昭王曰臣聞古之人君有市千里馬者三年而不得於是遣使者賫千金之貨將市於他國未至而千里之馬已死使者乃以五百金買死馬之首以歸其君大怒曰所求者本不市死馬何故損金市死馬乎將誅之使者對曰死馬尚市之況生者乎天下必知君之好也馬將至矣於是朞年而千里馬至者三焉惟公匡復漢室宗社將絕又能正之術實須得賢珠玉無脛胡定切而自至者以人好之也況賢者之有足乎韓詩外傳曰蓋胥謂晉平公曰珠出於海玉出於山無足而至者好之也士有足而不至者君不好也昭王築臺以尊郭隗隗雖小才而逢大遇竟能發明主之至心故樂毅自魏往劇辛自趙往鄒衍自齊往史記曰燕昭王於破燕之後卑身厚幣以禮賢者謂郭隗曰齊因孤之國亂而襲破燕孤知國

小力少不足以報然誠得賢士與共圖以雪先王之讎也願先生視可者得身事之隗曰王必欲致士先從隗始況賢於隗者豈遠千里哉於是昭王爲隗改築宮而師事之樂毅自魏往鄒衍自齊往劇辛自趙往向使郭隗倒懸而王不解居蟹切臨難而王不拯孟子曰當今之時万乘之國行仁政民悅而歸之猶解倒懸也又曰今燕虐其民而王征之人以爲將拯已於水火之中也則士亦將高翔遠引莫有北首音獸燕路者矣漢書廣武君曰牛酒以享士大夫北首燕路凡所稱引自公所知而復有云者欲公崇篤斯義因表不悉

爲幽州牧與彭寵書一首

朱叔元范曄後漢書曰朱浮字叔元沛國蕭人也初從世祖爲大司馬主簿遷偏將軍從破邯鄲後乃爲大將軍幽州牧守薊城浮少有才能頗欲勵正風迹收士心

辟召州中涿郡王岑之屬以爲從軍事及王莽時故吏二千石皆引置幕府乃多發諸郡倉穀贍其妻子漁陽太守以爲天下未定不宜多置官屬以費軍食不從其令浮密奏寵遣吏迎妻而不迎其母又受貨賄殺害友人多聚兵穀意計難量寵既積怨聞遂大怒舉兵攻浮浮以書責之

蓋聞智者順時而謀愚者逆理而動常竊悲京城太叔以不知足而無賢輔卒自棄於鄭也左氏傳曰鄭武公生莊公及共叔段姜氏愛共叔段欲立之亟請於武公公弗許及莊公即位爲之請制公曰制巖邑也虢叔死焉他邑唯命請京使居之謂之京城太叔既而太叔令西鄙北鄙貳於已公子呂曰國不堪貳君將若之何公曰不義不暱厚將崩太叔完聚繕甲兵具卒乘將襲鄭公聞其期曰可矣命子封帥車二百乘以伐京京叛太叔段段入于鄢公伐諸鄢五月辛丑太叔出奔共書曰鄭伯克段于鄢伯通以名字典郡有佐命之

功名字謂聲譽遠聞也漢書曰陳遵劉竦僕著名字佐命已見李陵書臨民親職愛惜倉庫而浮秉征伐之任欲權時救急言朱浮所以招致賓客者此亦權時救急也二者皆爲國耳即疑浮相譖何不詣闕自陳而爲滅族之計乎朝廷之於伯通蔡邕獨斷云朝廷者不敢指斥君故言朝廷恩亦厚矣委以大郡任以威武事有柱石之寄情同子孫之親漢書大司農田延年謂霍光曰將軍爲國柱石匹夫媵母尚能致命一飡左氏宣公二年傳曰初趙宣子畋于首山見靈輒餓問其病對曰不食三日矣食之舍其半問之曰宦三年矣未知母之存否今近矣請以遺使盡之而爲之簞食與肉旣而與爲公介靈公比以趙盾驟諫伏甲將攻殺之靈輒乃倒戟以禦之又戰國策曰楚王伐中山中山君亡有二人荷戈而從之中山君顧二人曰子何爲者對曰昔臣之父嘗餓且死君捨飡以餔臣父臣之父且死曰中山君有事汝必赴之是以今來死君之難中山君曰以

一杯羹而亡國以一飡而獲二死士勝毋未詳豈有身帶三綬職典大邦而不顧恩義生心外叛者乎三綬者古人兼官者一官一綬也范曄後漢書曰更始使謁者韓鴻持節徇北州承制得專拜二千石以下鴻至薊以寵鄉閭故人相見大喜拜寵偏將軍行漁陽太守世祖又以書招寵寵乃發步騎三千人歸世祖世祖承制封建忠侯賜號大將軍伯通與吏民語何以爲顏行步拜起何以爲容坐卧念之何以爲心引鏡窺景何以施眉目舉厝建功何以爲人惜乎棄休令之嘉名造梟䲭之逆謀捐傳葉之慶祚招破敗之重災高論堯舜之道不忍桀紂之性生爲世笑死爲愚鬼不亦哀乎伯通與耿俠遊范曄後漢書曰吳漢說寵從世祖會上谷太守耿況亦使功曹寇恂詣寵結謀共歸世祖又曰況字俠遊俱起佐命同被國恩俠遊謙

讓屢有降挹之言。蒼頡篇曰：挹，損也。而伯通自伐，以爲功高天下。孔安國尚書傳曰：自功曰伐。往時遼東有豕，生子白頭，異而獻之，行至河東，見羣豕皆白，懷慙而還。若以子之功高論於朝廷，則爲遼東豕也。白頭豕，未詳。今乃愚妄，自比六國。張晏漢書注曰：齊、燕、楚、韓、趙、魏。六國之時，其勢各盛，廓土數千里，勝兵將百萬，故能據國相持，多歷年所。今天下幾里，列郡幾城，奈何以區區漁陽而結怨天子？區區，言小也。公羊傳曰：司馬子反謂楚王曰：以區區之宋，猶有不欺之臣。此猶河濵之民捧土以塞孟津，多見其不知量也。論語曰：叔孫武叔毀仲尼。子貢曰：仲尼，日月也，無得而踰焉。人雖欲自絕，其何傷於日月乎？多見其不知量也。方今天下適定，海內願安，士無賢不肖，皆樂立名

驕後漢書及別本

胡說

胡說

於世而伯通獨中風狂走自捐盛時內聽嬌婦之失計外信讒邪之諛言東觀漢記曰浮密奏寵上徵之寵既自疑其妻勸寵無應徵今漁陽大郡兵馬衆多奈何爲人所奏而棄此去寵與所親信吏計議吏皆怨浮勸寵止不應徵長爲羣后惡法永爲功臣鑒戒豈不誤哉或本云永爲羣后惡法今檢范曄後漢書有此一句然東觀漢記亦載此書大意雖同辭旨全別蓋録事者取舍有詳略矣定海內者無私讎勿以前事自疑願留意顧老母少弟凡舉事無爲親厚者所痛而爲見讎者所快范曄後漢書曰寵齊獨在便室蒼頭子密等三人因寵臥寐共縛著牀又以寵命呼其妻妻入大驚晝夜後解寵手令作記告城門將軍云今遣子密等至子后蘭卿所速開門出勿稽留之書成即斬寵及妻頭置囊中便持記馳出城因以詣闕封爲不義侯

爲曹洪與魏文帝書一首

魏志曰曹洪字子廉太祖從弟

張孟陽劍閣銘注一人作一夫萬夫作萬人

使不載琳集亦似子康自为矣　劉本

陳孔璋　陳琳集曰琳爲曹洪與文帝牋文帝集序曰上平定漢中族父都護還書與余盛稱彼方土地形勢觀其辭如陳琳所叙爲也

十一月五日洪白前初破賊情奓意奢説事頗過其實得九月二十日書得文帝書讀之喜笑把玩無猒亦欲令陳琳作報琳頃多事不能得爲念欲遠以爲懽故自竭老夫之思左氏傳趙孟曰老夫罪戾是懼辭多不可一一粗舉大綱以當談笑漢中地形實有險固四嶽三塗皆不及也左氏傳司馬侯曰四嶽三塗九州之險也杜預曰東嶽岱南嶽衡西嶽華北嶽恒三塗在河南陸渾縣南彼有精甲數萬臨高守要一人揮戟萬夫不得進漢書朱買臣曰一人守險千人不得上而我軍過之若駭鯨之決細網奔兕之觸魯縞

漢書韓安國曰強弩之末力不能穿魯縞音義曰縞曲阜之地俗善作之既皆輕細故以喻之爾雅曰繒之細者曰縞未足以喻其易雖云王者之師有征無戰漢書淮南王安上書曰臣聞天子之兵有征無戰言莫之敢校不義而強古人常有左氏傳叔向謂趙孟曰不義而強其斃必速故唐虞之世蠻夷猾夏尚書舜典曰咎繇蠻夷猾夏寇賊姦宄周宣之盛亦讎大邦毛詩曰蠢爾蠻荊大邦為讎詩書歎載言其難也斯皆憑陵恃遠故使其然是以察茲地勢謂為中才處之殆難倉卒司馬遷報任少卿書曰夫中才之人事有關於宦豎者莫不傷氣來命陳彼妖惑之罪敘王師曠蕩之德豈不信然文帝答洪書曰今魯包凶邪之心肆蠱惑之政天兵神指師徒無暴樵牧不臨是夏殷所以喪苗扈所以斃尚書帝曰咨禹惟時有苗不率汝徂征又曰啟與有扈戰于甘之野我之所以克彼

之所以敗也。不然，商周何以不敵哉。左氏傳鬬廉曰師克在和不在衆商周之不敵君之所聞也昔鬼方聾昧，崇虎讒凶，殷辛暴虐，三者皆下科也。三科之中此等爲下科然高宗有三年之征，文王有退脩之軍，盟津有再駕之役，周易曰高宗之伐鬼方三年克之左氏傳曰子魚言於宋公曰文王聞崇德亂伐之軍三旬而不降退而脩德復伐之因壘而降尚書曰惟十有一年武王克殷又曰一月戊午師渡孟津然後殪戎勝殷，有此武功。尚書曰天乃大命文王殪戎殷誕受厥命焉有星流景集，飈奪霆擊，長驅山河，朝至暮捷，若今者也。戰國策曰樂毅輕卒銳兵長驅至齊由此觀之，彼固不逮下愚。彼張魯也下愚指鬼方等則中才之守不然明矣。在中才則謂不然。若中才守之則蒸可得也而來示乃以爲彼之惡稔，雖有孫田墨氂力而切猶無所救竊又疑焉文帝荅曹洪書曰今魯罪兼苗桀惡稔厲莽縱使宋翟妙機械之巧田單騁奔牛之誑孫吳勒入陣之變猶无益也何者古之用兵敵國雖亂尚有賢人則不伐也是故三仁未去武王還師論語曰微子去之箕子爲之奴比干諫而死孔子曰殷有三仁焉史記曰周武王東觀兵於孟津諸侯皆曰紂可伐矣武王曰未知天命未可也乃還師聞殺王子比干囚箕子於是曰殷有重罪不可不伐宮奇在虞晉不加戎左氏傳曰晉侯假道於虞以伐虢宮之奇諫曰虢虞之表也虢亡虞必從之諺所謂輔車相依脣亡齒寒其虞虢之謂乎弗聽宮之奇以其族行曰虞不臘矣在此行也不再舉矣季梁猶在強楚挫謀左氏傳曰楚王侵隋隋使少師董成鬬伯比言於楚子曰吾不得志於漢東也我則使然我張吾三軍而被吾甲兵以武臨之漢東之國隋爲大隋張必弃小國小國離楚之利也請羸師以張之熊率且比曰季梁在何益注曰季梁隋賢臣也曁至衆賢奔紕勑律切三國爲墟明其無道有人

猶可救也。且夫墨子之守，縈帶爲垣，高不可登，折箸爲械，堅不可入。墨子曰公輸爲雲梯必取宋於是見公輸九設攻城之機變墨子九距之公輸般之攻城械盡子墨子之守圉有餘公輸般出而曰吾知所以距子矣吾不言子墨子亦曰吾知子之所以距我者吾不言之王問其故子墨子曰公輸子之意不過欲殺臣殺臣宋莫能守乃可攻也然臣之弟子禽滑釐三百人已持守圉之器在宋城上而待楚寇矣雖殺臣不能絕也楚王曰善吾請無攻也若乃距陽平，據石門，周地圖記曰褒谷西有古陽平關劉淵林蜀都賦注曰石門在漢中之西攄八陣之列，騁奔牛之權，雜兵書曰八陣一曰方陣二曰圓陣三曰牝陣四曰牡陣五曰衝陣六曰輪陣七曰浮沮陣八曰鴈行陣史記曰田單爲將軍破燕城時以千餘牛爲絳繒衣畫以五綵龍文東兵刃於角灌脂束葦於尾燒之鑿城數十穴夜縱牛壯士五千人隨其後牛尾熱怒而奔燕軍夜大驚牛尾炬火光明炫燿燕軍視之皆龍文所觸盡死傷五千人因銜枚擊之而城中鼓譟從之老弱皆擊銅器爲聲聲動天地燕軍大駭敗走齊人遂夷殺其將騎劫燕軍大亂奔走齊人追亡逐北所過城邑叛燕歸田單而齊七十餘城皆復爲齊乃迎襄王於莒焉肯土崩魚爛哉漢書徐樂上書曰臣聞天下之患在於土崩公羊傳曰其言梁亡何自亡也魚爛而亡何休注曰魚爛自內發設令守無巧拙皆可攀附則公輸已陵宋城樂毅已拔即墨奚墨翟之術何稱田單之智何貴老夫不敏未之前聞左氏傳趙孟曰老夫罪戾是懼禮記檀弓曰我未之前聞蓋聞過高唐者效王豹之謳孟子淳于髡曰昔王豹處淇而西河善謳緜駒處高唐而齊女善歌按此文當過高唐者效緜駒之歌但文人用之誤遊睢息惟切渙者學藻繢之綵陳留記曰襄邑渙水出其南睢水經其北傳云睢渙之間出文章故其黼黻絺繡日月華蟲以奉宗廟御服焉間自入益部仰司馬楊王遺風有子勝斐然之志司馬相如楊雄王褒也墨子曰二三子復於子墨子曰告子勝仁子墨子曰未必然也告子爲

家丘不當引邴原別傳爲證孫崧之言於瑋之未達也

法五字當屬上句下

報 別本

晤 別本

仁猶跂以爲長偃以爲廣不可久也論語曰吾黨之小子狂簡斐然成章故頗奮文辭異於他日。怪乃輕其家丘謂爲倩七靖切人邴原別傳曰原遊學詣孫崧崧曰君以鄭君而舍之以鄭君爲東家丘也原曰君以鄭君爲東家丘以僕爲西家愚夫耶是何言歟夫綠驥垂耳於林坰弔屈原曰驥垂兩耳服鹽車爾雅曰野外謂之林林外謂之坰鴻雀戢翼於汙池周禮有牧田鴻雀鳥之通稱也毛詩曰鴛鴦在梁戢其左翼列子楊朱謂梁王曰鴻鵠高飛不集汙池褻之者固以爲園囿之凡鳥外廄之下乘也穀梁傳晉荀息曰君何不以屈産之乘借道乎公曰此晉國之寶也荀息曰取之中廄置之外廄及整蘭筋相馬經云一筋從玄中出謂之蘭筋玄中者目上陷如井字蘭筋豎者千里揮勁翮陵厲清浮顧盼千里豈可謂其借翰於晨風假足於六駮哉爾雅曰晨風鸇也毛詩曰隰有六駮毛萇曰駮如馬倨牙食虎豹恐猶未信丘言必

大噱也洪白孟康漢書注曰丘空也此雖假孔子名而實以空爲戲也或无丘言二字漢書曰趙李諸侍中皆談笑大噱說文曰噱大笑也

文選卷第四十一

七月二夕　侃誦

文選卷第四十二

梁昭明太子撰

文林郎守太子右内率府録事參軍事崇賢館直學士臣李善注上

書中

書記當使瑀作書与韓遂瑀因於馬上具草書成呈之曹公攬筆欲有所定而竟不能增損

此亦極耳

應休璉與滿公琰書一首

與侍郎曹長思書一首

與廣川長岑文瑜書一首

與從弟君苗君胄書一首

爲曹公作書與孫權一首吳書曰孫策初與魏武俱事漢

裴周瑜魯肅諫權曰將軍承父兄餘資兼六郡之衆兵精糧多何區區而受制於人也權遂據江東西連蜀漢與劉備和親故作書與權望得來同事漢也

阮元瑜魏志曰阮瑀字元瑜宏才卓逸不羣聞於俗太祖爲司空召爲軍謀祭酒又管記室書檄多瑀所作又轉丞相倉曹屬卒文章志曰陳留人也

意跛　從潘來說

離絶以來于今三年無一日而忘前好亦猶姻媾之義恩情已深爾雅曰壻之父曰姻婦之父曰婚毛詩箋曰重婚曰媾吳志曰策并江東曹公力未能逞且欲撫之乃以弟女配策小弟匡又爲子彰取賁女皆禮辟策弟權翊又命揚州刺史嚴象舉茂才違異之恨中間尚淺也孤懷此心君豈同哉每覽古今所由改趣因緣侵辱或起瑕釁心忿意危用成大變心既忿恨意不自安若韓信傷心於失楚彭寵積望於無異漢書曰高祖徙信爲楚王後以爲淮陰侯信知漢畏其能稱疾不朝由此日怨陳豨反高祖自將往信陰使人之豨所而與家人謀夜詐赦諸官徒奴欲發兵襲呂后太子范曄後漢書曰光武至薊彭寵上謁自負功德光武接之不能滿以此懷不平光武知之以問幽州牧朱浮浮對曰陛下昔倚爲北道主人寵謂至當延閤握手交歡並坐今旣不然所以失望也盧綰嫌畏於已隙英布憂迫於情漏此事之緣也

馥嘗請援伐吴

漢書曰上立盧綰爲燕王初上如邯鄲擊陳豨燕王盧綰亦擊其東北豨使王黄求救於匈奴綰亦使其臣張勝於匈奴勝至胡燕王臧荼子衍亡在胡見勝曰公何不令燕且緩豨而與胡和事寛得長王燕勝以爲然廼令匈奴兵擊燕綰疑勝與胡反上書請族勝勝還報具道所以爲者綰寤廼詐論他人以脱勝家屬使得爲匈奴間而陰使范齊之豨所欲令連兵無決漢既斬豨其裨將降言燕王綰使范齊通謀豨所上使使召綰綰稱病於是上曰綰果反矣乃遣樊噲伐燕又曰黥布爲淮南王漢誅梁王彭越盛其醢以徧賜諸侯至淮南王王大恐陰令人部聚兵伺旁郡警急賁赫爲布中大夫上變言布謀反有端可先未發誅也淮南王疑其上言國陰事漢使又來頗有所驗遂族赫家發兵反

孤與將軍恩如骨肉割授江南不屬本州豈若淮陰捐舊之恨楊州舊屬江南江南之地盡屬焉今魏徙楊州於壽春而孫權全有江南之地故云屬本州也江都圖經曰江西壽春屬魏魏楊州刺史鎮壽春捐舊或爲捐奪誤

抑遏劉馥相厚益隆寧放朱浮顯露之奏魏志劉馥字元也

貸故貸其前事也

從今史記亦訛當依此注

潁沛國人也太祖方有袁紹之難謂馥可任以東南之事遂爲楊州刺史後漢書曰朱浮爲幽州牧奏漁陽守彭寵多買兵器不迎母寵遂反無匿張勝貸他改切故之變張勝有故於胡盧綰匿之而加恩貸也貸或爲貳匪有陰構賁音肥赫之告固非燕王淮南之舋也而忍絕王命明棄碩交實爲佞人所構會也史記蘇秦謂齊王曰此弃仇讎而得石交者也碩与石古字通論語子曰遠佞人動聽因形設象易爲變觀戰國策曰曾參殺人人有告曾參母母不信又有人告之母又不信須臾又有人告之母乃投杼而起示之以禍難激之以耻辱大丈夫雄心能無憤發吳志曰周瑜云受制於人豈與南面稱孤同哉昔蘇秦説韓羞以牛後韓王按劒作色而怒雖兵折地割猶不爲悔人之情也戰國策蘇秦爲楚合從説韓王曰臣聞鄙諺曰寧爲雞尸不爲牛從今西面交臂而臣事

暢字不當有

秦何以異於牛從也夫以大王之賢也挾強韓之名臣切爲大王羞之韓王忿然作色攘臂按劒仰天曰寡人雖死其不事秦延叔堅戰國策注曰尸雞中主也從牛子也從或爲後非也仁君年壯氣盛緒信所嬖楚辭曰竊悲申包胥之氣盛宋均詩緯注曰緒業也既懼患至兼懷忿恨不能復遠度孤心近慮事勢遂齎見薄之決計兼翻然之成議加劉備相扇揚事結釁連推而行之想暢本心不願於此也周易曰推而行之存乎通孤之薄德位高任重幸蒙國朝將泰之運蕩平天下懷集異類家語注曰異類夷狄也喜得全功長享其福而姻親坐離厚援生隙漢書谷永曰因而生隙常恐海內多以相責以爲老夫苞藏禍心陰有鄭武取胡之詐左氏傳趙孟曰老夫罪戾是懼焉能恤遠又曰楚公子圍聘于鄭鄭使行人子羽與之言曰大國无

乃苞藏禍心以圖之。韓子曰：昔者鄭武公伐胡，先以其子妻胡君以娛其意，因而問於群臣曰：吾所用兵，誰可伐者？大夫關其思對曰：胡可。武公怒而戮之，曰：胡兄弟之國也，子言伐之何？胡君聞之，以鄭親己，遂不備鄭。鄭人襲胡，取之也。乃使仁君翻然自絶，以是忿忿，懷慙反側，常思除棄小事，更申前好，小事，忿恨。前好，謂婚姻。二族俱榮，流祚後嗣，以明雅素中誠之效。抱懷數年，未得散意。昔赤壁之役，遭離疫氣，燒舡自還，以避惡地，非周瑜水軍所能抑挫也。江陵之守，物盡穀殫，無所復據，徙民還師，又非瑜之所能敗也。赤壁，地名，在荊州下。吳志曰：曹公臨荊州，權遣周瑜、程普爲左右督，各領萬人，與劉備俱進，遇於赤壁，大破曹公軍，燒其餘舡，引退。士卒飢疫，死者太半。備、瑜等復追至南郡，公遂北還，留曹仁於江陵。瑜、仁相守歲餘，所殺傷甚衆，仁委城走。荊土本非己分，我盡與君，冀取其

其餘謂荆州以外

此變謂赤壁江陵荆州之事

自遂於此不復還之，謂權因此自遂其心，不復還念，注非

焯云：謂此言權與孫氏結好，不復還之，之與下顧開德音相反。注以爲仍必荆州之土不復還我，殊非。此書前後并無欲還荆州之意也

言故

餘言荆州之土非我之分今盡以與君實冀取其餘地耳非相侵肌膚有所割損也列子孟孫陽謂禽子曰有侵若肌膚獲萬金者若爲之乎曰爲之思計此變無傷於孤何必自遂於此不復還之呂言我尚冀君之餘地何必荆州之土不復還我哉高帝設爵以延田橫光武指河而誓朱鮪榮美切君之負累豈如二子漢書高紀曰初田橫攻彭越項羽已滅橫懼誅與賓客士入海上恐其久爲亂遣使赦橫曰橫來大者王小者侯謝承後漢書曰光武攻洛陽朱鮪守之上令岑彭說鮪曰赤眉已得長安更始爲胡殷所反害今公誰爲守乎鮪曰大司徒公被害鮪与其謀誠知罪深不敢降耳彭還白上上謂彭復往明曉之夫建大事不忌小怨今降官爵可保況誅罰乎上指水曰河水在此吾不食言是以至情願聞德音毛詩曰彼美孟姜德音不忘往年在譙新造舟舡取足自載以至九江貴欲觀湖漅之形定江濱之民耳魏志曰建安十四年

二月軍至譙作輕舟治水軍自渦入淮出肥水吳志曰初曹公恐江濱郡縣爲權所略徵令內移轉相警備自廬江九江蘄春廣陵十餘萬皆東渡江江西遂虛合肥以南唯有晥城裴松之吳志注曰渦徂了切非有深入攻戰之計將恐議者大爲己榮左氏傳楚子曰安人之亂以爲己榮自謂策得長無西患重以此故未肯迴情然智者之慮慮於未形達者所規規於未兆金匱曰明者見於未萌智者避危於無形是故子胥知姑蘇之有麋鹿輔果識智伯之爲趙禽漢書伍被謂淮南王曰昔伍子胥諫吳王曰臣今見麋鹿遊姑蘇之臺也越絶書曰姑蘇臺名夫差所造高見三百里戰國策曰智伯與韓魏圍趙於晉陽張孟談陰見韓魏之君曰智伯伐趙趙亡則二君爲之次二君乃與孟談陰約夜遣人入晉陽智果見二君說智伯曰二主色動而變必背君矣不如殺之智伯曰不可智果見言之不聽出便易姓爲輔氏穆生謝病以免楚難鄒陽北遊不同吳禍漢書

割江〻表謂操自捨棄江南也

曰穆生不嗜酒楚王戊常設醴後忘設焉穆生退曰可以逝矣遂謝病去後戊乃與吳王通謀遂應吳王反又曰鄒陽仕吳吳王有邪謀陽奏書諫吳王王不納去之梁從孝王遊此四士者豈聖人哉徒通變思深以微知著耳范子計然曰見微知著以君之明觀孤術數量君所據相計土地豈勢少力乏不能遠舉割江之表宴安而已哉甚未然也若恃水戰臨江塞要欲令王師終不得渡亦未必也夫水戰千里情巧萬端越為三軍吳曾不禦漢潛夏陽魏豹不意江河雖廣其長難衛也左氏傳曰越子伐吳吳子禦之笠澤夾水而陳越子為左右句卒使夜或左或右鼓譟而進吳師分以禦之越子以三軍潛涉當吳中軍而鼓之吳師大亂遂敗之漢書曰韓信為左丞相進擊魏王豹魏王豹盛兵蒲坂塞臨晉信迺益為疑兵陳舡欲渡至於臨晉而伏兵從夏陽以木罌渡軍襲安邑魏王豹驚張兵

注

別本無

迎信信遂虜豹而歸凡事有宜不得盡言將修舊好而張形勢更
無以威脅重敵人重威重也言以威重迫脅敵人然有所恐恐書無益
何則往者軍逼而自引還今日在遠而興慰納辭遜意
狹謂其力盡適以增驕不足相動但明效古當自圖之
耳昔淮南信左吴之策漢書曰淮南王安謀反日夜與左吴等按輿地圖部署兵所從
出入漢隗囂納王元之言范曄後漢書曰隗囂字季孟天水人更始亂囂亡歸天水招聚
其衆自稱西州上將軍遣子恂詣闕囂將王元說囂曰天水完富天下士馬最强元請一丸泥東封函谷此萬
世一時也囂心然元計遂反彭寵受親吏之計彭寵已見朱浮與彭寵書三夫不
寤終爲世笑梁王不受詭勝竇融斥逐張玄二賢既覺
福亦隨之願君少留意焉漢書曰梁孝王怨袁盎廼與羊勝公孫詭之屬陰使人刺

殺袁盎天子意梁逐賊果梁使之遣使覆案梁事捕公孫詭羊勝皆匿王後宮韓安國泣諫王王乃令出之勝詭皆自殺梁王使韓安國因長公主謝上怒稍解范曄後漢書竇融字周公扶風人也行西河五大郡大將軍事遥聞光武即位心欲東向隗囂使辯士張玄遊說西河曰今各據土宇與隴蜀合從高可為六國下不失尉陀融召豪傑計議遂決策東向奉書獻馬光武賜融璽綬為涼州牧封安豐侯後遷大司空

若能內取子布外擊劉備吳志曰張昭字子布以効赤心用復前好則江表之任長以相付高位重爵坦然可觀上令聖朝無東顧之勞下令百姓保安全之福君享其榮孤受其利豈不快哉若忽至誠以處僥倖婉彼二人不忍加罪婉猶親愛也二人劉備張昭也所謂小人之仁大仁之賊大雅之人不肯為此也韓子曰行小忠則大忠之賊也班固漢書贊曰大雅卓爾不羣河間獻王近之矣若憐子

劉繇據豫章不久旋即病卒孫策西伐江夏還過豫章收載繇喪見吴志繇傳此云云作乃在孫策薨後權據江東之時劉繇死久矣豫章距命之言恐涉虛飾

○人兵減損以上降者之言也求進軍諸將之言

○加懷言加以也

布願言俱存亦能傾心去恨順君之情更與從事取其後善史記曰王温舒從諸名禍猾吏與從事廣雅曰從行也但禽劉備亦足爲効開設二者審處一焉聞荆楊諸將並得降者皆言交州爲君所執豫章距命不承執事吴志曰孫輔字國儀假節交州刺史遣使與曹公相聞事覺權幽縶之數歲卒又曰劉繇字正禮避亂淮浦詔遣爲楊州刺史繇不敢之州遂南保豫章疫旱並行人兵減損各求進軍其言云云孤聞此言未以爲悦然道路既遠降者難信幸人之災君子不爲左氏傳曰秦飢使乞糴于晉晉人弗與慶鄭曰背施無親幸災不仁且又百姓國家之有加懷區區樂欲崇和庶幾明德來見昭副不勞而定於孤益貴是故按兵守次遣書致意古者兵交使在其中左氏傳曰

願仁君及孤虛心回晉欒書伐鄭鄭使伯蠲行成晉人殺之非禮也兵交使在其間可也意以應詩人補袞之歎而慎周易牽復之義毛詩曰袞職有闕惟仲山甫補之周易曰牽復吉濯鱗清流飛翼天衢良時在茲勗之而已

與朝歌令吳質書一首

魏文帝

典略曰質爲朝歌長大軍西征太子南在孟津小城與質書漢書曰魏郡有朝歌縣

五月十八日丕白季重無恙爾雅曰恙憂也塗路雖局官守有限爾雅曰局近也孟子曰吾聞有官守者不得其職則去願言之懷良不可任毛詩曰願言思子杜預左氏傳注曰任當也足下所治僻左書問致簡益用增勞每念昔日南皮之遊漢書勃海郡有南皮縣誠不可忘既妙思六經逍遙百氏莊子孔子謂老聃曰丘治詩書禮樂易春秋六經自以爲久矣淮南子曰百家

箏蒙恬所造

異說各有所出彈碁間設終以六博藝經曰碁正彈法二人對局白黑碁各六枚先列碁相當更先控三彈不得各去控一碁先補角世說曰彈碁出魏宮大躲以巾角拂碁子也高談娛心哀筝順耳馳騁北場旅食南館儀禮曰尊上旅食于門鄭玄注曰旅衆也上衆謂未得正祿所謂庶人在官者浮甘瓜於清泉沉朱李於寒水白日既匿繼以朗月同乘竝載以遊後園輿輪徐動參從無聲清風夜起悲笳微吟樂往哀來愴然傷懷列女傳陶荅子妻曰樂極必哀莊子仲尼曰樂未畢哀又繼之余顧而言斯樂難常足下之徒咸以爲然今果分別各在一方元瑜長逝化爲異物司馬遷荅任少卿書曰則長逝者魂魄私恨無窮鵩鳥賦曰化爲異物又何足患莊子曰假於異物託於同體郭象曰今死生聚散變化無方皆異物也每一念至何時可言方今蕤賓紀時景風

扇物禮記曰仲夏之月律中蕤賓天氣和暖衆果具繁時駕而遊北遵河曲從者鳴笳以啓路文學託乘於後車毛詩曰命彼後車謂之載之節同時異物是人非我勞如何毛詩曰道之云遠我勞如何今遣騎到鄴故使枉道相過行矣自愛老子曰聖人自愛丕白

與吳質書一首典略曰初徐幹劉楨應瑒阮瑀陳琳王粲等與質並見友於太子二十二年魏大疫諸人多死故太子與質書

魏文帝

二月三日丕白歲月易得別來行復四年行猶且也三年不見東山猶歎其遠況乃過之思何可支毛詩曰我徂東山滔滔不歸自我不見于今三年杜預左氏傳注曰不支不能相支持也雖書疏往返未足解其勞

人壽百年百年乃已分内耳有故曰百年已分

此下當与論文參看

結昔年疾疫親故多離其災徐陳應劉一時俱逝痛可言邪昔日遊處行則連輿止則接席何曾須臾相失每至觴酌流行絲竹並奏酒酣耳熱仰而賦詩楊惲報孫會宗者曰酒後耳熱仰天撫缶當此之時忽然不自知樂也謂百年已分可長共相保何圖數年之間零落略盡言之傷心頃撰其遺文都爲一集廣雅曰撰定也都凡也觀其姓名已爲鬼録追思昔遊猶在心目而此諸子化爲糞壤可復道哉觀古今文人類不護細行鮮能以名節自立尚書曰不矜細行終累大德而偉長獨懷文抱質恬惔寡欲有箕山之志可謂彬彬君子者矣論語子曰文質彬彬然後君子桓子新論雍門周曰身財高妙懷質抱真老子曰少私寡欲呂

徐山東壽光人　陳廣陵人　應汝南人　劉泰安人

典論幹時有逸气然非粲匹也

典論應瑒和而不壯劉楨壯而不密

大氐子桓論文以遒健不弱為貴耳 文以風骨為主出於此

典論稱粲之初征登樓洗文雖張蔡不能過

文之繁簡隱顯百狀千名而最足手弱耳有舉世所勞熟語文律而文反不顯者大氐由于斯

氏春秋曰昔堯朝許由於沛澤之中曰請屬天下於夫子許由遂之箕山之下著中論二十餘篇成一家之言辭義典雅足傳于後此子爲不朽矣魏志曰徐幹字偉長北海人太祖召以爲軍謀祭酒轉太子文學以道德見稱著書二十篇號曰中論司馬遷書曰通古今之變成一家之言德璉常斐然有述作之意論語曰斐然成章又曰述而不作其才學足以著書美志不遂良可痛惜間者歷覽諸子之文對之抆淚旣痛逝者行自念也楚辭曰孤行吟而抆淚孔璋章表殊健微爲繁富公幹有逸氣但未遒耳其五言詩之善者妙絶時人言其詩之善者時人不能逮也元瑜書記翩翩致足樂也仲宣續自善於辭賦言仲宣最少續彼衆賢自善於辭賦也續或爲獨惜其體弱不足起其文典論論文曰文以氣爲主氣之清濁有體弱謂之體弱也

至於理非精則文不師古乃有後世之名為流俗所揩[?]其氣弱之致也然氣之強弱不可強為學之精粗學者精粗可以盡力吾儕亦為所可為而已

魏文以漢靈帝中平四年生至獻帝建安二十二年立為太子時年三十一　德薄位尊年長才退所以修復歎息也

至於所善古人無以遠過昔伯牙絕絃於鍾期仲尼覆醢於子路痛知音之難遇傷門人之莫逮呂氏春秋曰子期死而伯牙乃破琴絕絃禮記曰孔子哭子路於中庭有人弔者而夫子拜之既哭進使者而問故使者曰醢之矣遂命覆醢諸子但為未及古人自一時之儁也今之存者已不逮矣後生可畏來者難誣然恐吾與足下不及見也論語子曰後生可畏焉知來者之不如今年行已長大所懷萬端時有所慮至通夜不瞑志意何時復類昔日已成老翁但未白頭耳光武言年三十餘在兵中十歲所更非一東觀漢記光武賜隗囂書曰吾年已三十餘在兵中十歲所更非一猷浮語虛辭耳吾德不及之年與之齊矣以犬羊之質服虎豹之文無眾星之明假日月之光法言

易語難易之易言草動常爲世所觀見何时容易其乎此亦德不及之而言
憂虞既深所以爲昔之娛樂
秉 注及古詩校
附吳質爲元城縣令

曰敢問質曰羊質而虎皮見草而悅見豺而戰文子曰百星之明不如一月之光賈子曰圭之與瓦若日月之與星也動見瞻觀何時易乎恐永不復得爲昔日遊也少壯眞當努力古詩曰少壯不努力老大乃傷悲年一過往何可攀援莊子北海若曰年不可攀時不可止消息盈虛終則又始古人思炳燭夜遊良有以也古詩曰晝短苦夜長何不秉燭遊秉或作炳頃何以自娛頗復有所述造不東望於邑裁書敘心楚辭曰長呼吸以於邑丕白

與鍾大理書一首魏志曰鍾繇字元常魏國初建爲大理魏略曰後太祖征漢中太子在孟津聞繇有玉玦欲得之而難公索使臨淄侯轉因人說之繇即送之太子與繇書

魏文帝

丕白良玉比德君子珪璋見美詩人禮記孔子曰君子比德於玉毛詩曰

承上而惟舉垂棘和璧文乃參錯可以爲式

顒顒昂昂如珪如璋晉之垂棘魯之璵璠宋之結緑楚之和璞垂棘見下文左氏傳曰季平子卒陽虎將以璵璠斂戰國策應侯謂秦王曰宋有結緑楚有和璞此二者而爲天下之名器也價越萬金貴重都城尹文子曰魏有田父耕于野得玉徑尺不知其玉也弃之于野鄰人盜之以獻魏王魏王召玉工相之玉工賀曰敢賀大王得天下之寳臣所未甞見王問其價玉工曰此無價以當之五城之都即可一觀魏王立賜獻者千金長食上大夫之禄有稱疇昔流聲將來孔子家語曰流聲後裔是以垂棘出晉虞虢雙禽左氏傳曰晉荀息請以屈産之乗與垂棘之璧假道於虞以伐虢虞公許之宮之奇曰虞不臘矣晉滅虢虢公醜奔京師旋館於虞遂襲虞滅之和璧入秦相如抗節孝經援神契曰抗節厲義通乎至德竊見玉書稱美玉白如截肪黒譬純漆赤擬雞冠黄侔蒸栗王逸正部論曰或問玉符曰赤如雞冠黄如蒸栗白如猪肪黒如純漆玉之符也通俗文曰脂在腰曰肪音方側

○因荀仲茂連下為句

聞斯語未覩厥狀雖德非君子義無詩人高山景行私所仰慕毛詩曰高山仰止景行行止然四寶邈焉已遠秦漢未聞有良比也求之曠年不遇厥眞私願不果飢渴未副許慎淮南子注曰果成也孔叢子子思謂魯穆公曰君若飢渴待賢近日南陽宗惠叔稱君侯昔有美玦聞之驚喜笑與抃會說文曰抃拊手也當自白書恐傳言未審未敢作書是以令舍弟子建因荀仲茂荀氏家傳曰荀宏字仲茂爲太子文學時從容喻鄙旨乃不忽遺厚見周稱周稱謂緜書也鄴騎既到寶玦初至捧匣跪發五內震駭緜在鄭城太子在孟津也李陵詩曰行行且自割無令五內傷繩窮匣開爛然滿目延篤與李文德書曰吾誦伏犧氏之易煥兮爛兮其滿目猥以蒙鄙之姿得覩希世之寶不煩一介

之使不損連城之價既有秦昭章臺之觀而無藺生詭奪之誑史記曰趙惠文王得和氏之璧秦昭王聞之使人遺趙王書願以十五城易璧趙王遂使相如奉璧西入秦秦王坐章臺見相如相如奉璧奏王相如視秦王無意償趙城乃前曰璧有瑕請指之王授相如相如持璧倚柱怒髮上衝冠曰觀大王無償趙城色故臣復取璧大王必欲急臣臣頭與璧俱碎於柱矣嘉貺益腆敢不欽承謹奉賦一篇以讚揚麗質丕白

與楊德祖書一首

典略曰臨淄侯以才捷愛幸秉意投脩數與脩書論諸才人優劣

曹子建

植白數日不見思子爲勞想同之也僕少小好爲文章迄至于今二十有五年矣然今世作者可略而言也昔仲宣獨步於漢南孔璋鷹揚於河朔仲宣在荆州故曰漢南孔璋廣陵人

在冀州袁紹記室故曰河朔仲長子昌言曰清如水碧潔如霜露輕賤世俗高立獨步此士之次也毛詩曰惟師尚父時惟鷹揚

偉長擅名於青土公幹振藻於海隅

徐偉長居北海郡禹貢之青州也故云青土公幹東平寧陽人也寧陽邊齊故云海隅呂氏春秋曰東方爲海隅青州齊也

德璉發跡於此魏足下高視於上京

德璉南頓人也近許都故曰此魏脩太尉之子故曰上京

當此之時人人自謂握靈蛇之珠家家自謂抱荆山之玉

淮南子曰隨侯之珠高誘曰隋侯見大蛇傷斷以藥傅而塗之後蛇於大江中銜珠以報之因曰隋侯之珠韓子曰楚人和氏得玉璞於楚山之中奉而獻之文王使玉人治其璞而得寶

吾王於是設天網以該之頓八紘以掩之今悉集茲國矣

吾王謂操也崔寔本論曰舉弥天之網以羅海内之雄淮南子曰九州之外是有八澤八澤之外乃有八紘

然此數子猶復不能飛軒絕跡一舉千里

韓詩外傳蓋胥曰鴻鵠一

舉千里所恃者六翮爾以孔璋之才不閑於辭賦而多自謂能與司馬長卿同風譬畫虎不成反爲狗也東觀漢記曰馬援誡子嚴書曰效杜季良而不成陷爲天下輕薄子所謂畫虎不成反類狗也前書嘲之反作論盛道僕讚其文夫鍾期不失聽于今稱之列子曰伯牙善鼓琴鍾子期善聽吾亦不能忘歎者畏後世之嗤余也世人之著述不能無病僕常好人譏彈其文有不善者應時改定荀子曰有人道我善者是吾賊也道我惡者是吾師也昔丁敬禮常作小文使僕潤飾之論語曰行人子羽脩飾之東里子產潤色之僕自以才不過古卧切若人辭不爲也若人謂敬禮也論語子謂子賤君子哉若人包曰若人若此之人也敬禮謂僕卿何所疑難文之佳惡吾自得之後世誰相知定吾文者邪

与吾不相知而焉貴言吾文邪其旨乎此非欲假力于建以與後世也

文殊蘊藉乃知休文之云雲協以東此懲睹乎為不善措詞 劉本

要作此才才而議作此之利病古今作止一 劉季緒数

吾常歎此達言以爲美談公羊傳曰魯人至今以爲美談昔尼父之文辭與人通流至於制春秋游夏之徒乃不能措一辭禮記曰魯哀公曰嗚呼尼父史記曰孔子文辭有可與共者至于春秋子游子夏之徒不能贊一辭過此而言不病者吾未之見也蓋有南威之容乃可以論其淑媛于戀切爲劉季緒張本戰國策曰晋平公得南威三日不聽朝遂推而遠之曰後世必有以色亡國者爾雅曰美女爲媛有龍泉之利乃可以議其斷丁段切割戰國策蘇秦說韓王曰韓之劒戟龍淵大阿陸斷牛馬水擊鴻鴈劉季緒才不能逮於作者摯虞文章志曰劉表子官至樂安太守著詩賦頌六篇而好詆丁禮切訶呼歌切文章掎居綺切摭之石切利病說文曰訶大言也又曰掎偏引也昔田巴毀五帝罪三王呰紫五霸於稷下一旦而服千人魯連一說使終身

春秋說題辭曰孔子作春秋一萬八千字九月而書成以授游夏之徒不能改一字

劉季標辨命論注引其作於

讀此可以忘饑暑稱識者漢武讀大人而飄飄有凌雲氣之意吾之讀此其快相如

相與稱之相付也

杜口魯連子曰齊之辯者曰田巴辯於狙丘而議於稷下毀五帝罪三王一日而服千人有徐劫弟子曰魯連謂劫曰臣願當田子使不敢復說七略曰齊有稷城門也齊談說之士期會於稷下者甚衆漢書鄧公謂景帝曰内杜忠臣之口劉生之辯未若田氏今之仲連求之不難可無息乎毛萇詩傳曰息止也人各有好尚蘭茝昌待切蓀蕙之芳衆人所好而海畔有逐臭之夫喻人評文章愛好不同也呂氏春秋曰人有大臭者其親戚兄弟妻妾知識无能與居者自苦而居海上人有悅其臭者晝夜隨而不去咸池六莖樂動聲儀之發衆人所共樂而墨翟有非之之論豈可同哉曰黃帝樂曰咸池漢書曰顓項作六莖樂墨子有非樂篇今往僕少小所著辭賦一通相與夫街談巷說必有可采擊轅之歌有應風雅漢書曰小說家者街談巷語道聽塗說之所造也崔駰曰竊作頌一篇以當野人擊轅之歌班固集曰擊轅相杵亦

足樂也匹夫之思未易輕棄也我此一通同匹夫之思也辭賦小道固
未足以揄揚大義彰示來世也昔楊子雲先朝執戟之
臣耳猶稱壯夫不爲也漢書曰楊雄奏羽獵賦爲郎然郎皆執戟而侍也東方朔荅客
難曰官不過侍郎位不過執戟揚子法言曰彫蟲篆刻壯夫不爲也吾雖德薄位爲蕃侯
猶庶幾勠力上國流惠下民國語曰勠力一心四子講德論曰質敏以
流惠建永世之業留金石之功尚書王曰與國咸休永世无窮吴越春秋樂師謂越
王曰君王德可刻金石豈徒以翰墨爲勳績辭賦爲君子哉若吾
志未果吾道不行則將采庶官之實録辯時俗之得失
班固漢書司馬遷贊曰有良史之才其文直其事該不虛美不隱惡故謂之實録應劭曰言其實録事也定
仁義之衷成一家之言司馬遷書曰通古今之變成一家之言雖未能藏

此魏志注

此篇華言過繁未為粹美

傳

之於名山，將以傳之於同好。司馬遷書曰：僕誠以著此書，藏之名山。尚書序曰：好古博雅君子，與我同志，亦所不隱也。

此要之，一召切。皓首豈今日之論乎！其言之不慙，恃惠子之知我也。不慙，恃鮑子之知我。張平子書曰：其言之不慙，恃鮑子之知我。

明早相迎，書不盡懷。植白。

與吴季重書一首　典略曰：質出為朝歌長，臨淄侯與質書。

曹子建

植白季重足下：前日雖因常調，得為密坐，曹大家欽器頌曰：侍帝王之密坐。雖燕飲彌日，其於別遠會稀，猶不盡其勞積也。毛詩曰：彌終也。若夫觴酌凌波於前，簫笳發音於後，足下鷹揚其體，鳳歎虎視，鷹揚已見上文。足下謂季重也。鳳以喻文也，虎以喻武也。歎猶歌也。取美壯之意。山海經曰丹穴之山有鳥名曰鳳飲食自歌自舞易曰虎視眈眈謂蕭曹不足儔衛霍不足侔也左顧右盻謂若無人豈非吾子壯志哉史記曰荊軻與高漸離歌於市已而相泣傍若无人過屠門而大嚼慈躍切雖不得肉貴且快意桓子新論曰人聞長安樂則出門向西而笑知肉味美對屠門而大嚼當斯之時願舉太山以爲肉傾東海以爲酒伐雲夢之竹以爲笛斬泗濱之梓以爲箏尚書曰雲土夢作乂孔安國曰雲夢之澤在江南尚書曰泗濱浮磬食若填巨壑飲若灌漏巵莊子湻芒謂苑風曰夫大壑之爲物也注焉而不滿取之而不竭淮南子曰今夫霤水足以溢壺榼而江河不能實漏巵其樂固難量豈非大丈夫之樂哉然日不我與曜靈急節楚辭曰角宿未旦曜靈焉藏廣雅曰曜靈日也面有逸景之速別有參商之闊左氏傳子產曰昔高辛氏有二子伯曰閼伯季

曰實沈不相能后帝不臧遷閼伯于商丘主辰商人是因故辰爲商星遷實沈於大夏主參唐人是因其季葉曰唐叔故參爲晉星思欲抑六龍之首頓羲和之轡楚辭曰貫鴻濛以東竭兮維六龍於扶桑又曰吾令羲和弭節兮折若木之華閉濛汜之谷楚辭曰折若木以拂日兮聊逍遙以相佯王逸曰若木在崑崙言折取若木以拂擊蔽日使之還還却也楚辭曰出自陽谷次於濛汜天路髙邈良久無緣仲長子昌言曰蕩蕩乎若昇天路而不知夫所登也懷戀反側如何如何得所來訊文采委曲曄若春榮瀏若清風荅賔戲曰摛藻如春華毛詩曰吉甫作頌穆如清風楚辭曰秋風瀏以蕭蕭兮申詠反覆曠若復面其諸賢所著文章想還所治復申詠之也所治謂朝歌也可令憙許記切事小吏諷而誦之周禮曰諷誦言語鄭玄曰背文曰諷以聲節之曰誦夫文章之難非獨今也古之君子猶亦病諸論語子曰

自趙君至而蔽據篇末注似本無有特無則文不貫

言不好伎可也迴車於朝歌云云名則太過矣

堯舜其猶病諸家有千里驥而不珍焉人懷盈尺和氏無貴矣言驥及和氏以希爲貴今若家有千里人懷盈尺即驥及和氏寧得珍貴乎呂氏春秋曰所爲貴驥者爲其一日千里也淮南子曰聖人不貴尺璧而重寸陰韓子曰楚人和氏得玉璞於楚山之中遂名曰和氏之璧夫君子而知音樂古之達論謂之通而蔽墨翟不好伎何爲過朝歌而迴車乎足下好伎值墨翟迴車之縣想足下助我張目也又聞足下在彼自有佳政夫求而不得者有之矣未有不求而得者也法言曰學者所以有求爲君子求而不得者有矣未有不求而得之者也且改轍易行非良樂之御呂氏春秋曰古之善相馬者若趙之王良秦之伯樂九盡其妙也左氏傳曰晉趙鞅納衛太子于戚將戰郵無恤御杜預曰郵無恤王良也易民而治非楚鄭之政戰國策曰趙告謂趙王曰臣聞之聖人不易民而教智者不變

俗而勸史記曰循吏楚有孫叔敖鄭有子産而二國俱治是不易之民也願足下勉之而已
矣適對嘉賓口授不悉往來數相聞曹植白植集此書別題云夫爲君子而不知音樂古之達論謂之通而蔽墨翟自不好伎何謂過朝歌而迴車乎足下好伎而正值墨氏迴車之縣想足下助我張目也今本以墨翟之好伎置和氏无貴矣之下蓋昭明移之与季重之書相映耳

荅東阿王書一首　吳季重

質白信到奉所惠貺發函伸紙是何文采之巨麗而慰
喻之綢繆乎夫登東嶽者然後知衆山之邐迤也奉至
尊者然後知百里之卑微也法言曰觀書者譬如觀山升東嶽而知衆山之邐迤也況介丘乎下句蓋季重自況也自旋之初伏念五六日至于旬時尚書曰要囚服念五六日至于旬時
精散思越惘若有失非敢羨寵光之休

此數句偶一效之則可屢用則可憎厭矣

慕猗頓之富毛詩曰既見君子爲龍爲光毛萇曰龍寵也孔叢子子產問子順曰臣屢於財聞猗頓善殖貨欲學之然先生同國也當知其術願以告我荅曰然我知之猗頓魯之窮士也耕則常飢桑則常寒聞朱公富往之問牛于朱公告之曰子欲速富當畜五牸於是乃適河大畜牛羊于猗氏之南十年之間其滋息不可計貲擬王公馳名天下以興富於猗氏一曰猗頓誠以身賤犬馬德輕鴻毛戰國策魯連說張相國曰鴻毛之輕也而不能自舉至乃歷玄闕排金門升玉堂三輔舊事曰未央宮北有玄武闕解嘲曰歷金門上玉堂有日矣伏虛檻於前殿臨曲池而行觴楚辭曰坐堂伏檻臨曲池既威儀虧替言辭漏渫思列反雖恃平原養士之懿愧無毛遂燿穎之才史記曰秦之圍邯鄲使平原君求救合從於楚約與食客門下有勇士文武備具者二十人偕得十九人餘无可取者毛遂自讚於平原君平原君曰夫賢士之處俗譬若錐之處囊中其末立見今在左右未有所稱誦是先生无所有也毛遂曰臣今日

請處囊中耳使遂早得處囊中乃穎脫而出非特其末見而已深蒙薛公折節之禮而無馮諼火爰切三窟之効漢書曰淮南王折節下士戰國策曰齊人有馮諼者貧乏不能自存使人屬孟嘗君願寄食門下孟嘗君曰諾孟嘗問門下諸客誰習會計能為文收債於薛者乎馮諼曰能於是約車促裝單衣載契而辭問曰收債畢何市而反孟嘗君曰視吾家所寡有者驅而之薛矯命以債賜諸人因燒其券人稱萬歲長驅到齊孟嘗君見之曰何市而反曰竊計君家所無不有所乏者義爾為君市義孟嘗不悅後有毀孟嘗君於湣王孟嘗君就國于薛未至百里老幼迎於道中孟嘗君顧馮諼曰先生為文市義乃今見矣馮諼曰狡兎有三窟免其死耳今君有一未得高枕而卧也請為君復鑿二窟孟嘗君乃與車五十乘金五百斤西遊於梁梁惠王聘孟嘗君君齊王聞之君臣恐懼使太傅謝孟嘗君曰願君顧先王之宗廟姑反國統民馮諼謂孟嘗君請先王之祭器立宗廟於薛廟成還謂孟嘗君曰三窟已就請君髙枕為樂矣屢獲信陵虛左之德又無侯生可述之美史記曰魏公子置酒大會賓客

此風諫也

公子從車騎虛左自迎夷門侯生侯生攝衣冠直載公子上坐不讓欲以觀公子公子執轡愈恭侯生謂公子曰今日嬴之為公子亦足矣市人皆以嬴為小人而以公子為長者能下士也凡此數者乃質之所以憤積於胷臆懷眷而悄邑者也若追前宴謂之未究傾海為酒并山為肴伐竹雲夢斬梓泗濱然後極雅意盡歡情信公子之壯觀非鄙人之所庶幾也封禪書曰天下之壯觀周易曰顏氏之子其殆庶幾乎若質之志實在所天左氏傳箴尹克黃曰君天也思投印釋黻朝夕侍坐鑽仲父之遺訓覽老氏之要言仲父仲尼也老氏老子也對清酤而不酌抑嘉肴而不享毛詩曰既載清酤又曰嘉肴脾臄使西施出帷嫫母侍側越絕書曰越王乃飾美女西施使大夫種獻之於吳王楚辭曰西施媠而不得見兮嫫母勃屑而日侍王逸曰嫫母醜女也斯盛德之

所臨明哲之所保也周易曰日新之謂盛德毛詩曰既明且哲以保其身若乃近者之觀實盪鄙心秦箏發徽二八迭奏楚辭曰挾秦箏而彈徽又曰二八齊容起鄭舞塤簫激於華屋靈鼓動於座石舞賦曰燿華屋而熺洞房周禮曰靈鼓靈鼗鼓也耳嘈嘈於無聞情踴躍於鞍馬謂可北懾肅慎使貢其楛矢南震百越使獻其白雉家語曰孔子之陳陳惠公賓之有隼集庭而死楛矢貫之惠公使使如孔子之館問之孔子曰昔武王克商於是肅慎氏貢楛矢石砮其長尺有咫故銘其楛曰肅慎氏貢矢以分太姬配虞胡公而封諸陳王肅曰肅慎北夷國名也楛木名也砮箭鏃也太公金匱曰武王伐殷四夷聞各以來貢越裳獻白雉重譯而至又況權備夫何足視乎還治諷采所著觀省英瑋實賦頌之宗作者之師也漢書曰司馬相如蔚爲辭宗賦頌之首衆賢所述亦各有志昔趙武過平聲鄭

七子賦詩春秋載列以爲美談左氏傳曰趙武與諸侯大夫會過鄭鄭伯享趙孟於垂隴七子從趙孟曰十子從君以寵武也請皆賦詩以卒君貺武亦以觀七子之志子展賦草虫伯有賦鶉之奔奔子西賦黍苗之四章子產賦隰桑子大叔賦野有蔓草叔段賦蟋蟀公孫段賦桑扈質小人也無以承命又所荅貺辭醜義陋申之再三赧然汗下尚書曰至于再至于三小雅曰面慙曰赧此邦之人閑習辭賦三事大夫莫不諷誦何但小吏之有乎毛詩曰三事大夫莫肯夙夜重惠苦言訓以政事史記衛鞅曰苦言藥也甘言疾也惻隱之恩形乎文墨謝承後漢書曰甄豐惻隱之恩發於自然墨子迴車而質四年雖無德與民式歌且舞淮南子曰曾子至孝不過勝母里墨子非樂不入朝歌鄒陽上書曰里名勝母曾子不入邑號朝歌墨子迴車毛詩曰雖无德與女式歌且舞式作或者非儒墨不同固以久矣然一旅

之衆不足以揚名左氏傳伍員曰少康有衆一旅杜預曰一旅伍百人也步武之間不足以騁跡司馬法曰六尺曰步禮記曰堂上接武鄭玄注曰武跡也若不改轍易御將何以効其力哉今處此而求大功猶絆良驥之足而責以千里之任檻猨猴之勢而望其巧捷之能者也淮南子曰兩絆騏驥而求其致千里置猨檻中則與豚同非不巧捷也無所肆其能也不勝見恤謹附遣白荅不敢繁辭其質白

與滿公琰書一首賈弼之山公表注曰滿寵子炳字公琰爲別部司馬

應休璉公琰前日曾過休璉至明日欲遣書謝值公琰又使人來召璩璩別事不得往故爲報

璩白昨者不遺猥見照臨雖昔侯生納顧於夷門毛公

受眷於逆旅無以過也夷門侯嬴也已見吳季重荅東阿王書史記曰趙有處士毛公藏於博徒薛公藏於賣漿家魏公子欲見之兩人自匿不肯見公子聞所在乃閒步往從此兩人遊甚歡左氏傳荀息曰今虢為不道保於逆旅外嘉郎君謙下之德内幸頑才見誠知己歡欣踴躍情有無量是以奔騁御僕宣命周求陽書喻於詹何楊倩說於范武說苑曰宓子賤將適單父陽書謂子賤曰吾少賤無以送子今贈子以釣道夫投綸錯餌迎而吸之者楊鱎也其爲魚味薄而美若亡若存若食若不食者魴其爲魚味厚子賤至單父冠蓋迎之者交接於道子賤曰陽書所謂楊鱎者也乃請耆老尊賢與之共化列子曰詹何楚人也以獨繭爲綸芒鍼爲鈎荆篠爲竿剖粒爲餌而引盈車之魚韓子曰宋人有酤酒者升概甚平遇客甚謹爲酒甚美懸幟甚高然而不售酒酸怪其故問其所知閭長者楊倩曰汝狗猛曰狗猛則酒美何故而不售曰人畏焉或令孺子懷錢挈壺甕而往酤狗迎而齕之此酒所以酸不售也夫國亦然有道之士懷其術而

書今說苑作晝剉本亦作晝陽書亦喻求魚楊倩亦喻沽酒

此述留炳飯也

今本韓非子此文沒有宋人酤酒者有莊氏云云未審所此文范武之譌否

欲以輔萬乘之主大臣爲猛狗迎而齕之人主之所以蔽脅而有道之士所以不用也范武未詳故使鮮魚出於潛淵，芳旨發自幽巷。繁俎綺錯，羽爵飛騰。楚辭曰：瑶漿蜜勺實羽觴些。漢書音義曰：羽觴作生爵形。儀禮曰：請媵爵。鄭玄曰：今文媵多作騰。牙曠高徽，義渠哀激。列子：伯牙善鼓琴。左氏傳曰：師曠侍於晉侯。杜預曰：師曠，晉樂太師也。許慎淮南子注曰：鼓琴循絃謂之徽。戰國策曰：義渠君之魏。高誘曰：義渠，西戎國名也。其樂未聞。當此之時，仲孺不辭同產之服，孟公不顧尚書之期。漢書曰：灌夫字仲孺。夫嘗有姊服，過丞相田蚡。蚡從容曰：吾欲與仲孺過魏其侯，會仲孺有服。夫曰：將軍乃肯幸臨魏其侯，夫安敢以服爲辭。又曰：陳遵字孟公，嗜酒好賓客，每取客車轄投井中，雖有急終不去。嘗有部刺史奏事過遵，值其飲，刺史候遵霑醉時，突入見遵母，叩頭白曰：當對尚書有期會狀。母廼令刺史從後閤出去。徒恨宴樂始酣，白日傾夕，驪駒就駕，意不宣展。漢書曰：諸博士共持酒肉勞王式，江翁謂歌吹諸生曰：歌驪駒王式曰聞之於師客歌驪駒主人歌客毋庸歸今諸君爲主人日尚早未可也服虔曰大戴禮篇客欲去歌之文穎曰其辭曰驪駒在門僕夫具存驪駒在路僕夫整駕追惟耿介迄于明發楚辭曰獨耿介而不隨毛詩曰明發不寐適欲遣書會承來命知諸君子復有漳渠之會夫漳渠西有伯陽之館北有曠野之望伯陽即老子也詩曰率彼曠野高樹翳朝雲文禽蔽綠水沙場夷敞清風肅穆是京臺之樂也得無流而不反乎淮南子曰令尹子瑕請飲莊王許諾子瑕具於京臺莊王不往曰吾聞京臺者南望獵山北臨方皇左江右淮其樂忘歸若吾薄德之人不可以當此樂也恐流而不能自反高誘曰京臺高臺也方皇大澤也適有事務須自經營何休公羊傳注曰適遇也不獲侍坐良增邑邑邑邑不樂也因白不悉璩白

與侍郎曹長思書一首　應休璉

璩自足下去後甚相思想叔田有無人之歌闉闍有匪存之思風人之作豈虛也哉毛詩曰叔于田巷無居人又曰出其闉闍有女如荼又曰雖則如雲匪我思存闉音因闍音都王肅以宿德顯授何曾以後進見拔魏志曰王肅字子雍黃初中爲散騎黃門侍郎臧榮緒晉書曰何曾字穎考陳國人也曾弱冠累遷散騎侍郎給事黃門郎東觀漢記梁商上書曰猥復超起宿德論語子曰後進於禮樂君子也皆鷹揚虎視有萬里之望薄援助者不能追參於高妙復歛翼於故枝桓子新論曰昔顏淵有高妙次聖之才聞一知十塊然獨處有離羣之志淮南子曰卓然獨立塊然幽處禮記子夏曰吾離羣索居亦已久矣汲黯樂在郎署何武耻爲宰相千載揆之知其有由也漢書曰汲黯字長孺拜淮陽太守黯伏地謝不受印綬臣願爲中郎出入禁闥臣之願也又曰何武字君公爲御史司空多所舉奏號爲煩碎不稱賢公耻義未

詳德非陳平門無結駟之跡漢書曰陳平家貧好讀書張負隨平至其家家負郭窮巷以席爲門然門外多長者車轍學非楊雄堂無好事之客漢書曰揚雄家素貧嗜酒人稀至其門時有好事者載酒肴從雄遊學才劣仲舒無下帷之思家貧孟公無置酒之樂漢書曰董仲舒廣川人以學春秋孝景時爲博士下帷講誦又曰陳遵字孟公嗜酒每大飲賓客滿堂遵過寡婦左阿君置酒歌謳遵起舞跳梁樂之悲風起於閨闥紅塵蔽於机榻幸有袁生時步玉趾樵蘇不爨清談而巳左氏傳楚芊薳啓彊謂魯侯曰今君若步玉趾辱見寡君也漢書廣武君李左車說成安君曰樵蘇後爨師不宿飽晉灼曰樵取薪也蘇取草也有似周黨之過平聲閔子東觀漢記日太原閔貢字仲叔與周黨相遇含菽飲水無菜茹也夫皮朽者毛落川涸者魚逝蔡邕正論曰皮極則毛落水涸則魚逝其勢然也春生者繁華秋榮者零悴周書陰符

太公曰春道生萬物榮秋道成萬物零自然之數豈有恨哉聊爲大弟陳其苦懷耳想還在近故不益言璩白

與廣川長岑文瑜書一首 廣川縣時旱祈雨不得作書以戲之

應休璉

璩白頓者炎旱日更增甚沙礫銷鑠草木焦卷呂氏春秋曰湯時大旱七年煎沙爛石山海經曰十日所落草木焦卷處涼臺而有鬱蒸之剩切之煩浴寒水而有灼爛之慘宇宙雖廣無陰以憩雲漢之詩何以過此毛詩雲漢曰赫赫炎炎云我無所鄭玄曰言無所芘蔭而處也土龍矯首於玄寺泥人鶴立於闕里淮南子曰聖人用物若用朱絲約芻狗若爲土龍以求雨芻狗待之而求福土龍待之而得食高誘曰土龍致雨雨而成穀故待土龍之神而得穀食玄寺道揚也風

俗通曰尚書御史所止皆曰寺故後代道場及祠宇皆取其稱焉淮南子曰西施毛嫱猶倛醜也高誘曰倛醜請雨土人也司馬彪續漢書梅福上書曰仲尼之廟不出闕里修之歷旬靜無徵效明勸教之術非致雨之備也知恤下人躬自暴露拜起靈壇勤亦至矣司馬彪續漢書曰郡國旱各掃除社稷公卿官長以次行雩禮求雨昔夏禹之解陽盱殷湯之禱桑林淮南子曰禹爲水以身解於陽盱之河湯苦旱以身禱於桑林之祭高誘曰爲治水解禱以身爲質解讀解除之解陽盱河蓋在秦地桑山之林能興雲致雨故禱之盱音紆言未發而水旋流辭未卒而澤滂沛說苑曰湯之時大旱七年使人持三足鼎而祝山川盖辭未已而天下大雨也今者雲重積而復散雨垂落而復收得無賢聖殊品優劣異姿割髮宜及膚翦爪宜侵肌乎呂氏春秋曰昔殷湯尅夏而大旱五年湯乃身禱於桑林於是翦其髮𠝹其手自以爲犧用祈福於

上帝民乃甚悅雨乃大至鄘音鄘　周征殷而年豐衛伐邢而致雨　左氏傳衛人伐邢於是衛大旱寗莊曰昔周飢克殷而年豐今邢方無道諸侯無伯天其或者欲使衛討邢乎從之師興而雨　善否之應甚於影響未可以爲不然也　尚書曰惠迪吉從逆凶惟影響　想雅思所未及謹書起予　論語子曰起予者商也　應璩白

與從弟君苗君胄書一首

此書言欲歸田故報二從弟也

應休璉

璩報間者北遊喜歡無量登芒濟河曠若發矇　說文曰芒洛北大阜也禮記曰昭然若發蒙矣如淳漢書注曰以物蒙覆其頭而爲發去其人欲之耳　風伯掃途　雨師灑道　韓子師曠曰黃帝合鬼神於太山之上風伯進掃雨師灑道列仙傳曰赤松子爲雨師　按轡清路周望山野亦既至止酌彼春酒　詩曰亦既見止又曰至止

原文作便娟

肅肅又曰爲此春酒接武茅茨涼過大夏禮記曰堂上接武鄭玄曰武跡也說文曰屋以草蓋曰茨淮南子曰大夏增加擬於崑崙高誘曰大夏大屋也涼或作椋非也扶寸肴脩味踰方丈尚書大傳曰扶寸而合不崇朝而雨天下鄭玄曰四指爲扶扶音膚墨子曰美食方丈目不能徧視口不能徧味逍遥陂塘之上吟詠菀音鬱柳之下淮南子曰禹有陂塘之事毛詩曰菀彼柳斯結春芳以崇佩折若華以翳日楚辭曰紉秋蘭以爲佩又曰春蘭兮秋菊毛萇詩傳曰崇充也若華已見曹植與吴季重書弋下高雲之鳥餌出深淵之魚蒲且子餘切讚善便嬛一緣切稱妙何其樂哉列子詹何曰臣聞蒲且子之弋弱弓微繳乘風振之連雙鶬於青雲之上用心專也淮南子曰雖有鉤鍼芳餌加以詹何便嬛之妙猶不能與罔罟爭得也高誘曰便嬛白翁時人也七發曰蜎蠉詹何之倫然便嬛即蜎蠉也雖仲尼忘味於虞韶楚人流遯於京臺無以過也論語曰子

在齊聞韶三月不知肉味曰不圖爲樂之至於斯也京臺已見應休璉與滿公琰書班嗣之書信不處矣漢書曰桓生欲借其書班嗣報曰漁釣一壑則萬物不奸其志栖遲一丘則天下不易其樂來還京都塊然獨處營宅濱洛困於囂塵晏子春秋曰景公欲更晏子之宅近市湫隘囂塵不可居思樂汶上發於寤寐論語曰季氏使閔子騫爲費宰閔子騫曰善爲我辭焉如有復我者則吾必在汶上矣昔伊尹輟耕郅惲投竿思致君於有虞濟蒸人於塗炭孟子曰伊尹耕於有莘之野而樂堯舜之道湯使人以幣聘之囂囂然湯三使往聘之既而幡然改之曰與我處畎畝之中是以樂堯舜之道吾豈若使是君爲堯舜之君哉吾豈若使是民爲堯舜之民哉吾豈若於吾身親見之哉東觀漢記曰郅惲字君章汝南人也鄭次都隱於弋陽山中惲即去從次都止漁釣甚娛留數十日惲喟然歎曰天生俊士以爲民也鳥獸不可與同羣子從我爲伊尹乎將爲許巢而去堯舜也次都曰吾年耄矣安得從子子勉正性命勿勞神以害生告別而去惲客

下注及別本

州郡常礼官師授邑謂辟入幕府也

於江夏鄳舉孝廉爲郎尚書曰民墜塗炭而吾方欲秉耒耜於山陽沈鉤緡

於丹水。知其不如古人遠矣。漢書河內郡有山陽縣又上黨郡高都縣有莞谷丹

水所出莞音管然山父不貪天地之樂曾參不慕晉楚之富亦

其志也山父即巢父也譙周古考史曰許由夏常居巢故一號巢父琴操曰許由夏則巢居冬則穴處

飢則仍山而食渴則仍河而飲堯大其志禪爲天子由曰放髮優游所以安己不懼非以貪天下也孟子曾子

曰晉楚之富不可及也彼以其富我以吾仁彼以其爵我以吾義吾何慊之前者邑人念弟

無巳欲州郡崇禮官師授邑誠美意也歷觀前後來入

軍府至有皓首猶未遇也漢書賈誼上疏曰古者內有公卿大夫外有公侯伯子男

然後有官小史延及庶人徒有飢寒駿奔之勞尚書曰駿奔走俟河之清人

壽幾何左氏傳子駟曰周詩有之曰俟河之清人壽幾何杜預曰言人壽促而河清遲也且宦

無金張之援，遊無子孟之資。漢書金日磾贊曰夷狄亡國羈虜漢庭七葉内侍何其盛矣又張湯賛曰張氏子孫相繼自宣元已來爲侍中中常侍者凡十餘人功臣之後唯有金氏張氏漢書曰霍光字子孟驃騎將軍去病之弟也而圖富貴之榮，望殊異之寵，是隴西之遊，越人之射耳。淮南子曰夫乘舟而惑者不知東西見斗極則曉然而寤矣性亦人之斗極有自見也則不失物之情無以自見則動而惑譬若隴西之遊愈躁愈沈又曰越人學遠射參天而發適在五步之内不易其儀時已變矣而守其故譬猶越之射爾幸賴先君之靈，免負擔之勤。左氏傳陳公子完曰免於罪戾弛於負擔追蹤丈人，畜雞種黍。論語曰子路從而後遇丈人以杖荷蓧子路問曰子見夫子乎丈人曰四體不勤五穀不分孰爲夫子植其杖而耘止子路宿殺雞爲黍而食之漢書鄭朗曰修農圖之疇畜雞種黍潛精墳籍，立身揚名，斯爲可矣。孝經曰立身行道揚名於後世無或遊言，以增邑邑。禮記曰大人不倡遊言鄭玄曰遊浮也不可用之詁郊牧之田宜以爲意爾雅[illegible]郊周禮[illegible]土宇吾將老焉左氏傳曰隱公使營菟裘吾將老焉菟音塗劉杜二生想數往來朱明之期已復至矣爾雅曰夏爲朱明相見在近故不復爲書慎夏自愛璩白

文選卷第四十二

壬戌七月初四日　侃讀

初四日當作初三日或係柏閱　焯

移 意補

文選卷第四十三

梁昭明太子撰

文林郎守太子右内率府録事參軍事崇賢館直學士臣李善注上

書下

別本注題下皆當依此補

集載與呂長悌絶交書云古之君子絶交不出醜言然此言乃激切已甚想彼乃朋友間細故此則關於出處大節彼所對者為惡人故當遜辭此則本為同志一旦乖異遂不能不有懷耶

字 別本

義文 別本

經常也

孔德璋北山移文

與山巨源絶交書一首

魏氏春秋曰山濤爲選曹郎舉康自代康荅書拒絶因自說不堪流俗而非薄湯武大將軍聞而惡焉

嵇叔夜

康白足下昔稱吾於潁川吾常謂之知言稱謂說其情不願仕也愜其素志故謂知言也虞預晉書曰山嵚守潁川嵇康文集録注曰河内山嵚守潁川山公族父莊子曰狂屈豎聞之以黃帝爲知言然經怪此意尚未熟悉於足下何從便得之也言常怪足下何從而便得吾之此意也前年從河東還顯宗阿都說足下議以吾自代晉氏八王故事注曰公孫崇字顯宗譙國人爲尚書郎嵇康文集録注曰阿都呂仲悌東平人也康與呂長悌絶交書曰少知阿都志力閑華每喜足下家復有此弟事雖不行知足下故不知之言不知己之情足下傍通多可而少怪言足下傍

○狹中即淺之促中也

○今字至耳字為一句言性所不堪不可強告雖有達人亦不能學空知之耳

通衆藝多有許可少有疑怪言寛容也周易曰六爻發揮旁通情也法言曰或問行曰旁通厥德李軌曰應萬變而不失其正者唯旁通乎吾直性狹中多所不堪偶與足下相知耳偶謂偶然非本志也爾雅曰偶遇也郭璞曰偶値也間聞足下遷惕然不喜恐足下羞庖人之獨割引尸祝以自助莊子曰庖人雖不治庖尸祝不越樽俎而代之手薦鸞刀漫平聲之羶腥毛詩曰執其鸞刀以啓其毛莊子北人無擇曰帝欲以辱行漫我高誘呂氏春秋注曰漫汙也故具爲足下陳其可否吾昔讀書得并介之人或謂無之今乃信其真有耳并謂兼善天下也介謂自得無悶也趙岐孟子章句曰伯夷柳下惠介然必偏中和爲貴性有所不堪真不可強今空語同知有達人無所不堪外不殊俗而內不失正與一世同其波流而悔吝不生耳空語猶虛說也共知有通達之人至於世

○自老子至接輿皆其性然也

事無所不堪言已不能則而行之也太玄經曰君子內正而外馴莊子曰與物委虵而同其波周易曰悔吝者憂虞之象也老子莊周吾之師也親居賤職柳下惠東方朔達人也安乎卑位吾豈敢短之哉史記曰莊子名周嘗為蒙漆園吏列仙傳曰李耳為周柱下史轉為守藏史論語曰柳下惠為士師漢書曰東方朔著論設客難已位卑以自慰諭孟子曰為貧仕者辭尊居卑又曰位卑言高罪也又仲尼兼愛不羞執鞭子文無欲卿相而三登令尹是乃君子思濟物之意也莊子仲尼謂老聃曰兼愛無私仁之情也論語子曰富而可求雖執鞭之士吾亦為之子張問令尹子文三仕為令尹無喜色三已之無慍色舊令尹之政必以告新令尹何如子曰忠矣所謂達能兼善而不渝窮則自得而無悶孟子曰古之人窮則獨善其身達則兼善天下又曰柳下惠遺佚而不怨厄窮而不憫以此觀之故堯舜之君世許由之巖棲呂氏春秋曰昔

韓詩外傳云朝廷之士爲祿故入而不出山林之士爲名故往而不返

堯朝許由於霈澤之中曰請屬天下於夫子許由遂之箕山之下張升反論曰黃綺引身巖棲南岳子房之佐漢，接輿之行歌，其揆一也。漢書曰上封良爲留侯行太子少傅事論語曰楚狂接輿歌而過孔子孟子曰先聖後聖其揆一也仰瞻數君，可謂能遂其志者也。賈逵國語注曰遂從也故君子百行，殊塗而同致，循性而動，各附所安。周易子曰天下同歸而殊塗一致而百慮淮南子曰循性而行或害或利論語讖曰貧而無怨循性動也故有處朝廷而不出，入山林而不反之論。班固漢書贊曰山林之士往而不能反朝廷之士入而不能出二者各有所短且延陵高子臧之風，長卿慕相如之節，志氣所託，不可奪也。左氏傳吳子諸樊既除喪將立季札季札辭曰曹宣公之卒也諸侯與曹人不義曹公將立子臧子臧去之遂弗爲也以成曹君君子曰能守節君義嗣也誰能奸君有國非吾節也札雖不才願附於子臧以無失節史記曰司馬相如字長卿其親名之犬子相

俗箋刺史曰修奉以保終性命存神養和以明後君奉密誑之夕情庶可及不善耶

幽憤詩母兄鞠育有慈無威恃愛肆姐不訓不師

嵇喜見康傳曰學不師授博洽多聞

○常作當

幽憤詩託好老莊賤物貴身志在守樸養素全真

如既學慕藺相如之爲人更名相如吾每讀尚子平臺孝威傳慨然慕之想其爲人英雄記曰尚子平有道術爲縣功曹休歸自入山擔薪賣以供食飲范曄後漢書曰向子平隱居不仕性尚中和好通老易尚向不同未詳又曰臺佟者字孝威魏郡人隱於武安山鑿穴爲居采藥爲業佟徒冬切史記太史公曰余讀孔氏書想見其爲人少加孤露母兄見驕不涉經學性復疏嬾筋駑肉緩頭面常一月十五日不洗不大悶癢不能沐也每常小便而忍不起令胞中略轉乃起耳又縱逸來久情意傲散簡與禮相背嬾與慢相成孔安國論語注曰簡與也言性簡略與禮相背也而爲儕類見寬不攻其過又讀莊老重增其放放謂放蕩故使榮進之心日穨任實之情轉篤此由禽鹿少見馴育則服從教制長而見羈則狂顧

出懷詩惜此穢恐頗以臧
不飲感惜悲懷恒若癢瘡
据此是將夜不溺於酒
之集載宗戒云見醉
董董便止慎不當至困
醉不能自裁也此嵇阮
之異

資注及晉書

頓纓赴蹈湯火楚辭曰狂顧南行王逸曰狂猶遽也雖飾以金鑣饗以嘉肴逾思長林而志在豐草也毛詩曰茀厥豐草茀甫物切阮嗣宗口不論人過吾每師之而未能及至性過人與物無傷唯飲酒過差耳莊子仲尼謂顔回曰聖人處物不傷物者物不能傷也李尤盃銘曰飲無求辭饒以相娛荒沈過差可不慎與至爲禮法之士所繩疾之如讎幸頼大將軍保持之耳孫盛晉陽秋曰何曾於太祖坐謂阮籍曰卿任性放蕩敗禮傷教若不革變王憲豈得相容謂太祖宜投之四裔以絜王道太祖曰此賢素羸病君當恕之吾不如嗣宗之賢而有慢弛之闕資材量也又不識人情闇於機宜無萬石之慎而有好盡之累漢書曰萬石君石奮長子建爲郎中令奏事事下建讀之驚恐曰書馬者與尾而五今迺四不足一獲譴死矣其爲謹慎雖他皆如是又曰建奏事於上前即有可言屛人乃言極切至延見如不

對夜虞禍之將蓋不自賦也憤時嫉而龍性難馴終于被害哀哉

不得搖謂不得動—痺謂腳髍也

能言若好盡謂言則盡情不知避忌久與事接疵釁日興雖欲無患其可得乎又人倫有禮朝廷有法自惟至熟有必不堪者七甚不可者二臥喜晚起而當關呼之不置一不堪也東觀漢記曰汝郁再徵載病詣公車尚書勑郁自力受拜郁乘輂白衣詣止車門臺遣兩當關扶郁入拜郎中抱琴行吟弋釣草野而吏卒守之不得妄動二不堪也危坐一時痺必寐切不得搖管子曰少者之事先生出入恭敬如有賓客危坐向師顏色無作說文曰痺濕病也性復多蝨瑟把蒲巴搔無已而當裹以章服揖拜上官三不堪也素不便書又不喜作書而人閒多事堆案盈机不相酬荅則犯教傷義欲自勉強則不能久四不堪也不喜弔喪而人道以此為重已為未見恕者所

詭故變舊也

此所非薄者僞湯武周孔也

此事會顯言此乃明爲世人所知 孫志祖從絶句 非夜自知何其明對

促中小心褊急之謂也

怨至欲見中傷者言人於己爲未見有矜恕之者而纔有所怨乃至欲見中傷言被疾苦也雖瞿音句然自責然性不可化班固漢書惠帝贊曰聞叔孫通之諫則瞿然欲降心順俗則詭故不情新序卜偃謂晉侯曰天子降心迎公周書曰飾貌者不情亦終不能獲無咎無譽如此五不堪也周易曰括囊無咎無譽不喜俗人而當與之共事或賓客盈坐鳴聲聒耳杜預左氏傳注曰聒讙也囂塵臭處千變百伎在人目前六不堪也心不耐煩而官事鞅掌機務纏其心世故繁其慮七不堪也毛詩曰或棲遲偃仰或王事鞅掌尚書曰一日二日萬機又每非湯武而薄周孔在人間不止此事會顯世教所不容此甚不可一也剛腸疾惡輕肆直言遇事便發此甚不可二也以促中小心之性

統此九患，不有外難，當有内病，寧可久處人間邪？又聞道士遺言，餌术黄精，令人久壽，意甚信之。（蒼頡篇曰：餌，食也。本草經曰：术黄精，久服輕身延年。）遊山澤，觀魚鳥，心甚樂之。一行作吏，此事便廢，安能舍其所樂，而從其所懼哉？夫人之相知，貴識其天性，因而濟之。禹不偪伯成子高，全其節也。（莊子曰：堯治天下，伯成子高立爲諸侯。堯授舜，舜授禹，伯成子高辭爲諸侯而耕。禹往見之，則耕在野。禹趨就下風而問焉。子高曰：昔堯治天下，不賞而民勸，不罰而民畏。今則賞罰而民且不仁，德自此衰，刑自此立，後世之亂自此始矣。耕而不顧。）仲尼不假蓋於子夏，護其短也。（家語曰：孔子將行，雨無蓋。門人曰：商也有。爲孔子曰：商之爲人也，嗇短於財。吾聞與人交者，推其長者，違其短者，故能久也。王肅曰：短参嗇甚也。）近諸葛孔明不偪元直以入蜀，（蜀志曰：潁川徐庶，字元直。曹公來征，先主在楚）

據別本校添删

度内言濤所知也

聞之率其衆南行亮與徐庶並從爲曹公所追破庶母見獲庶辭先主而指其心曰本與將軍共圖王霸之業者以此方寸之地也今已失老母方寸亂矣無益於事請從此別遂詣曹公魏略曰庶名福 華子魚不强幼安以卿相 魏志曰華歆字子魚平原人也文帝即位拜相國黄初中詔公卿舉獨行君子歆舉管寧帝以安車徵之又曰管寧字幼安北海人也華歆舉寧寧遂將家屬浮海還郡詔寧爲太中大夫固辭不受 此可謂能相終始眞相知者也足下見直木必不可以爲輪曲者不可以爲桷蓋不欲以枉其天末令得其所也故四民有業各以得志爲樂管子曰士農工商四民者國之石民也 唯達者爲能通之此足下度内耳不可自見好章甫强越人以文冕也莊子曰宋人資章甫而適越越人敦髮文身無所用之司馬彪曰敦斷也章甫冠名也 己嗜臭腐養鴛雛以死鼠也莊子曰惠子相梁莊子往見之

別本校語

抱朴子養生論云善養生者先除六害然後可以延駐於百年何者是也一曰薄名利二曰禁聲色三曰廉貨財四曰損滋味五曰除佞妄六曰去沮嫉六者不除修養之道徒設耳

自試猶自問也

無事猶無用也

由此觀之叔夜之頹放有所為而然矣豈獨陶潛避俗翁未必能達道也哉

新失母兄之歡謂母兄新沒集有思親詩可證非謂嵇母兄也

或謂惠子曰莊子來欲代子相於是惠子恐搜於國中三日三夜莊子往見之曰南方有鳥名鵷雛子知之乎夫鵷雛發南海而飛於北海非梧桐不止非竹實不食非醴泉不飲於是鴟得腐鼠鵷雛過之仰天而視之曰嚇今子欲以子國嚇我邪吾頃學養生之術方外榮華去滋味游心於寂寞以無為為貴高誘呂氏春秋傳曰外猶賤也莊子曰夫恬淡寂寞虛無無為此天地之平而道德之篤也縱無九患尚不顧足下所好者又有心悶疾頃轉增篤私意自試不能堪其所不樂言己所不樂之事必不能堪而行之自卜已審若道盡塗窮則已耳足下無事冤之令轉於溝壑也左氏傳曰侍者謂楚王曰老而無子知擠於溝壑矣吾新失母兄之歡意常悽切女年十三男年八歲未及成人況復多病顧此悢悢力向如何可言王隱晉書曰紹字延祖十歲而孤事母孝謹國語曰晉趙

嬲俗字也今案非嬲草書之譌漢魏間之俗字若斌嬲之類多矣

營以惑也煩業不必懷討之無益營之莫解作惑非是乏之無用也謹言非離營華乃真無用於黄門而隆非有貞心也

武冠見韓獻子獻子曰戒之此謂成人鄭玄禮記注曰女子以許嫁爲成人廣雅曰悢悢悲也今但願守陋巷教養子孫時與親舊叙闊陳説平生濁酒一盃彈琴一曲志願畢矣足下若嬲嬲擿嬈也音義嬲與嬈同奴了切之不置不過欲爲官得人以益時用耳足下舊知吾潦倒麤疎不切事情自惟亦皆不如今日之賢能也若以俗人皆喜榮華獨能離之以此爲快此最近之可得言耳言俗人皆喜榮華而已獨能離之以此爲快此最近已之情可得言之耳然使長才廣度無所不淹而能不營乃可貴耳鄭玄禮記注曰淹復漬也若吾多病困欲離事自全以保餘年此真所乏耳言已離於俗事以自安全保其餘年此乃真性之所乏耳非如長才廣度之士而不營之豈可見黄門而稱貞哉若趣平欲

此上擬宋

其登王塗期於相致時爲權益一旦迫之必發其狂疾自非重怨不至於此也野人有快炙背而美芹子者欲獻之至尊列子曰宋國有田父常衣縕黂至春自暴於日當爾時不知有廣夏隩室緜纊狐貉顧謂其妻曰負日之暄人莫知之以獻吾君將有賞也其室告之曰昔人有美戎菽甘枲莖與芹子對鄉豪稱之鄉豪取嘗之苦於口躁於腹衆哂之雖有區區之意亦已疏矣李陵書曰孤負陵區區之意願足下勿似之其意如此既以解足下并以爲別

嵇康白

爲石仲容與孫皓書

臧榮緒晉書曰石苞字仲容太祖輔政都督揚州諸軍事進位征東大將軍又曰太祖遣徐劭孫郁至吳將軍石苞令孫楚作書與孫皓劭至吳不敢爲通

孫子荆

苞白蓋聞見機而作周易所貴小不事大春秋所誅周易曰君子見幾而作不俟終日左氏傳曰楚子伐鄭子展曰小所以事大信也小國無信兵亂日至亡無日矣此乃吉凶之萌兆榮辱之所由興也是故許鄭以銜璧全國曹譚以無禮取滅左氏傳楚子圍許蔡侯將許僖公見楚子於武城許男面縛銜璧楚子問諸逢伯對曰昔武王克殷微子啓如是王親釋其縛禮而命之使復其所楚子從之又曰楚子圍鄭克之鄭伯肉袒牽羊以逆王曰其君能下人退三十里而許之平又曰晉公子重耳奔狄及曹曹共公聞其駢脅欲觀其裸浴薄而觀之及即位晉侯圍曹又曰齊桓公之出也過譚譚不禮焉及其入也諸侯皆賀譚又不至冬齊師滅譚譚無禮也載籍既記其成敗古今又著其愚智矣不復廣引譬類崇飾浮辭鄭玄孝經注曰引譬連類尚書序曰翦截浮辭苟以夸大爲名更喪忠告之實論語曰忠告而善道之不可則止無自辱焉今粗

論事勢以相覺悟昔炎精幽昧歷數將終東觀漢記曰漢以炎精布燿或幽而光尚書曰天之歷數在爾躬桓靈失德災釁並興孝桓孝靈漢二帝也漢書詔策曰大禹能亡失德豺狼抗爪牙之毒生人陷荼炭之艱漢書杜文謂孫寶曰豺狼當路尚書曰夏有昏德民墜塗炭荼與塗字通用於是九州絕貫皇綱解紐周禮曰職方乃辨九州之國使同貫利荅賓戲曰廓帝紘恢皇綱四海蕭條非復漢有太祖承運神武應期春秋緯曰五德之運各象其類宋均曰運錄運也周易曰古之神武不殺者夫河圖閭苞受曰弟感苗裔出應期征討暴亂克寧區夏尚書曰用肇造我區夏協建靈符天命既集曹植大魏篇曰大魏應靈符天祿乃始毛詩曰有命既集遂廓洪基奄有魏域曹植魏德論曰武創洪基克土光厥德毛詩曰奄有四方則神州中岳器則九鼎猶存河圖括地象曰崑崙東南地方五千里名曰神州中

疇意改　晉書及別本作酬

有五岳地圖帝王居之左氏傳王孫滿曰成土定鼎於郟鄏史記曰秦取周九鼎世載淑美重國語祭公謀父曰奕世載德尚書王曰昔我君光相襲文王武王宣重光新亭孔子曰聖人雖生異世相襲若規矩冏知四隩之攸同天下之壯觀也尚書曰九州攸同四隩既宅封禪書曰此事天下之壯觀也公孫淵承籍父兄世居東裔魏志曰公孫度字叔濟本遼東襄平人度知中國擾攘自立爲遼東侯度死子康嗣位康死子晃淵等皆小衆立晃子恭爲遼東太守淵脅奪恭位景初元年徵淵淵遂發兵逆於遼東自立爲燕王擁帶燕胡馮凌險遠左氏傳子產曰今陳介恃楚衆馮陵獘邑講武盤桓不供職貢國語虢文公曰古者三時務農一時講武周禮曰制其職各以其所能制其貢各以其所有家語孔子曰古者分異姓以遠方之職貢所以無志服也內傲帝命外通南國乘桴滄流交疇貨賄葛越布於朔土貂馬延平吳會魏志曰公孫淵遣使南通孫權往來賂遺權使張彌

曰漢

許晏等齎金玉珍寶立爲燕王論語子曰乘桴浮于海孔安國尚書傳曰卉服葛越魏志曰夫餘國出名馬貂犹自以爲控弦十萬奔走足用漢書匈奴傳曰控弦之士三十餘萬信能右折燕齊左振扶桑凌轢沙漠南面稱王也山海經曰湯谷上有扶木扶木者扶桑也史記曰楚靈王兵强凌轢中原說文[illegible]漠北方流沙也漢書李陵歌曰經萬里兮度沙漠周易曰聖人南面而聽天下宣王薄伐猛銳長驅魏志曰景初二年遣大司馬宣王征淵斬淵傳首洛陽戰國策曰樂毅輕卒銳兵長驅至齊師次遼陽而城池不守漢書曰遼東郡有遼陽縣桴鼓一震而元凶折首左氏傳曰援桴而鼓周易曰有嘉折首獲非其醜然後遠跡疆埸列郡大荒史記樂毅書曰吳王遠跡至郢班固漢書述曰列郡祁連山海經有大荒收離聚散咸安其居毛詩序曰萬民離散不安其居民庶悅服殊俗款附尚書曰萬姓悅服過秦論曰餘威震于殊俗自茲遂隆九野

清泰淮南子曰所謂一者上通九天下貫九野高誘曰九野八方中央也東夷獻其樂器肅愼貢其楛矢范曄後漢書曰東夷自少康已後世服王化獻其樂舞魏志曰常道鄉公景元三年肅愼國遣使重譯來貢弓長三尺五寸三十張楛矢長一尺八寸石砮三百枚曠世不羈應化而至崔寔本論曰孝宣帝方外安靜單于稽顙來朝百世不羈之厲也巍巍蕩蕩想所具聞論語子曰大哉堯之爲君蕩蕩乎民無能名焉巍巍乎其有成功吳之先主起自荊州遭時擾攘播潛江表吳志曰董卓專朝政孫堅亦舉兵荊州討卓引軍還住魯陽范曄後漢書馮衍上疏曰遭擾攘之時値兵革之際劉備震懼亦逃巴岷蜀志曰益州牧劉璋迎先主入益州至涪璋勑諸將勿復關通先主大怒進圍成都璋降先主領益州遂依丘陵積石之固張載劍閣銘曰巖巖梁山積石峩峩三江五湖浩汗無涯漢書曰吳有三江五湖之利也假氣游魂迄于四紀魏明帝善哉行曰權實豎子備則亡

虜假氣游魂鳥魚爲伍二邦合從子容東西唱和漢書合從連衡力政爭強毛詩曰叔
兮伯兮唱予和汝互相扇動距捍中國自謂三分鼎足之勢可
與泰山共相終始漢書曰蒯通說韓信曰方今足下三分天下鼎足而居戰國策呂不韋曰
其寧泰山相國晉王輔相帝室魏志曰咸熙元年進晉公爵爲王文武桓桓
志厲秋霜荀悅申鑒曰人主怒如秋霜廟勝之筭應變無窮孫子曰夫未戰
而廟勝得筭多者也又曰言出奇正者無窮如天地獨見之鑒與衆絕慮春秋元命苞曰
明王獨見四海歸往主上欽明委以萬機魏志曰陳留王奐字景明封常道鄉公高貴鄉
公卒公卿議迎立尚書曰放勛欽明萬幾已見上文長轡遠御妙略潛授偏師同
心上下用力稜威奮伐罙入其阻漢書曰[illegible]報李廣曰威稜[illegible]鄰國毛詩
曰罙入其阻裒荆之旅毛萇曰罙深也并敵一向奪其膽氣孫子兵法曰併敵一向千里殺將又曰三軍可奪氣將軍

武帝
憺乎

可奪心小戰江介則成都自潰曜兵劒閣而姜維面縛魏志曰景元四年使征西將軍鄧艾鎮西將軍鍾會伐蜀艾自陰平先登至江介西蜀衛將軍諸葛瞻列陣待艾艾遣子惠唐亭侯忠等大破之斬瞻進軍到雒劉禪遣使奉皇帝璽綬爲箋詣艾會統十餘萬衆分從斜谷駱谷入平行至漢中姜維守劒閣距會維等聞瞻已破以其衆東入巴劉禪詣艾降勅維等令降於會維詣會降商君書曰小戰勝逐北無過五里左氏傳曰凡民逃其上曰潰面縛已見上文開地五千列郡三十師不踰時梁益肅清穀梁傳曰伐不踰時戰不逐奔使竊虢之雄稽顙絳闕禮記曰拜而後稽顙傅玄西都賦曰巍巍絳闕球琳重錦充於府庫左氏傳曰齊侯歸衛侯夫人重錦三十兩夫虢滅虞亡韓并魏徙左氏傳曰晉滅虢虢公醜奔京師遂襲虞滅之執虞公史記曰秦始皇十七年攻韓得韓王安二十三年攻魏其王請降此皆前鑒之驗後事之師也戰國策張孟談謂趙襄子曰前事不忘後事之師又南

當引常武王旅嘽嘽如飛如翰

中呂興深覩天命吳志曰交阯郡吏呂興等殺太守孫諝使使如魏請太守及兵蟬蛻內向願爲臣妾淮南子曰蟬飲而不食三十日而蛻孝經曰治家者不敢失於臣妾外失輔車脣齒之援內有毛羽零落之漸左氏傳宮之奇曰諺所謂輔車相依脣亡齒寒而徘徊危國冀延日月此猶魏武侯却指河山以自強大殊不知物有興亡則所美非其地也史記曰吳起者衛人也魏武侯浮西河而下中流顧謂吳起曰美哉山河之固此魏之寶也起對曰在德不在險若君不修德則舟中之人盡爲敵國也武侯曰善方今百僚濟濟儁乂盈朝尚書曰百僚師師又曰俊乂在官虎臣武將折衝萬里毛詩曰進厥虎臣闞如虓虎晏子春秋孔子曰不出鐏俎之間而折衝千里之外晏子之謂也國富兵強六軍精練新序曰孫叔敖相楚國富兵強思復翰飛飲馬南海毛詩曰翰飛戾天鄭玄曰翰高也李陵與蘇武書曰陵當爲單于畜兵養士循先將軍之令將飲馬河洛收珠南海自頃國

上字自宋皆不誤
自字不誤

家整治器械禮記曰聖人異器械鄭玄曰器械兵甲也修造舟楫簡習水戰
伐樹北山則太行木盡高誘呂氏春秋注曰太行山在河内野王縣北濬决河
洛則百川通流尚書大傳曰百川趨於海樓船萬艘蘇勞千里相望漢書
曰江淮以南樓舡十萬自剡木以來舟車之用未有如今日之盛
者也周易曰黄帝堯舜剡木爲舟剡木爲檝驍勇百萬畜力待時役不再
舉今日之謂也六韜太公謂武王曰聖人興兵爲天下除患去賊非利之也故役不再籍一舉而畢
然主上眷眷未便電邁者以爲愛民治國道家所尚老子
曰愛人治國能無知乎崇城自卑文王退舍左氏傳子魚言於宋公曰文王聞崇侯德
亂而伐之軍三旬而不降退修教而復伐之因壘而降故先開示大信喻以存亡殷
勤之旨往使所究若能審識安危自求多福毛詩曰永言配命自

晉書

求多福靡然改容祗承往告漢書曰陸賈說尉佗佗於是靡然起坐謝賈稱臣奉漢約追慕南越嬰齊入侍漢書曰南越王胡立天子使嚴助往喻意南越王胡遣其子嬰齊入侍宿衛北面稱臣伏聽告策禮記曰君之南鄉也荅陽之義也臣之北面也荅君也則世祚江表永爲藩輔左氏傳王賜齊侯命曰世祚太師豐報顯賞隆於今日矣若（猶）侮慢不式王命然後謀力雲合指麾風從范睢後漢書張綱謂張嬰曰大兵雲合豈不危乎雍益二州順流而東青徐戰士列江而西荊揚兗豫爭驅八衝征東甲卒虎步秣陵征東即石苞也李陵詩曰幸託不肖驅且當猛虎步漢書丹陽郡有秣陵縣爾乃皇輿整駕六師徐征羽檄燭日旌旗流星羽鳥羽也漢書高祖曰吾以羽檄徵天下兵檄或爲校遊龍曜路歌吹盈耳周禮曰凡馬八尺爲龍樂稽耀嘉曰武王興師誅于商

萬國咸喜前歌後舞論語子曰洋洋乎盈耳哉士卒奔邁其會如林尚書曰受率其旅若林煙塵俱起震天駭地渴賞之士鋒鏑爭先忽然一旦身首橫分宗祀屠覆取誡萬世引領南望良以寒心左氏傳穆叔謂晉侯曰引領西望曰庶幾乎高唐賦曰寒心酸鼻夫治膏肓者必進苦口之藥決狐疑者必告逆耳之言左氏傳曰晉景公夢疾爲二豎子一曰居肓之上一曰居膏之下若我何史記曰沛公入秦宮樊噲諫沛公不聽張良曰忠言逆耳利於行良藥苦口利於病願公聽樊噲言楚辭曰心猶豫而狐疑如其迷謬未知所投恐俞附見其巳困扁鵲知其無功也列子曰楊朱之友曰季梁得病七日大漸謁醫俞氏俞氏曰汝始則胎氣不足乳湩有餘疾非一朝一夕之故其所由來者漸矣季梁曰良醫也且食之史記號中庶子曰上古之時醫病不以湯液又曰扁鵲過齊桓侯客之入朝見曰君有疾在腠理不療將深桓侯曰寡人無疾過五

竊疑此延祖諱之之辭如非嵇呂性還何以有平滌九區恢維宇宙之議乎生之言乃其實矣然舊注引干寶晉紀太祖徙呂安遠郡遂有與康太祖惡之追收下獄康理之俱死魏氏春秋云安亦至烈有濟世志力

日扁鵲復見曰君有疾在腸胃間不療將深桓侯不應後五日扁鵲復見望桓侯而走桓侯使人問其故扁鵲曰疾其在骨髓雖司命無奈何今在骨髓臣是以無請也後五日桓侯體痛使人召扁鵲扁鵲已逃去桓侯遂死郭璞穆天子傳注曰湩乳汁也竹用切勉思良圖惟所去就左氏傳令尹子常曰敢弗良圖曾子曰君子慎其所去就石苞白

與嵇茂齊書

趙景真嵇紹集曰趙景真與從兄茂齊書時人誤謂呂仲悌與先君書故具列本末趙至字景真代郡人州辟遼東從事從兄太子舍人蕃字茂齊與至同年相親至始詣遼東時作此書與茂齊干寶晉紀以爲呂安與嵇康書二說不同故題云景真而書曰安

安白昔李叟入秦及關而歎梁生適越登岳長謡列子曰楊

如果真歸就州辟未可为不得已

與 依任文改

朱南之沛老聃西游於秦邀於郊至梁而遇老子老子中道仰天歎曰始以汝爲可教今不可教也楊朱曰請聞其過老子曰睢睢而盱盱而誰與居范曄後漢書梁鴻字伯鸞扶風人也東出關過京師作五噫之歌曰陟彼北邙兮噫顧瞻帝京兮噫宮室崔嵬兮噫人之劬勞兮噫遼遼未央兮噫肅宗聞而非之求鴻不得居齊魯之間又去適吴然老子之歎不爲入秦梁鴻長謡不由適越且復以至郊爲及關升邙爲登岳斯蓋取意而略文也夫以嘉遯之舉猶懷戀恨況乎不得已者哉周易曰嘉遯貞吉惟別之後離群獨游背榮宴辭倫好經迴路涉沙漠鳴雞戒旦則飄爾晨征燕禮曰燕小臣戒盥者鄭玄曰警戒告語焉陳琳武軍庫賦曰啓明戒旦長庚告昏日薄西山則馬首靡託漢書楊雄反騷曰恐日薄於西山左氏傳荀偃曰唯余馬首是瞻尋歷曲阻則沈思紆結乘高遠眺則山川悠隔或乃迴飇狂厲白日寢光踦𨇾交錯陵隰相望徘徊

風波潛駭危機密發此不得為此言

按轡而歎息五字當有

景真本代郡人寧得云北土之性難以託根也

九皐之內慷慨重皐之巔毛詩曰鶴鳴九皐進無所依退無所據涉澤求蹊披榛覓路嘯詠溝渠良不可度斯亦行路之艱難然非吾心之所懼也至若蘭茝傾頓桂林移植根萌未樹牙淺絃急常恐風波潛駭危機密發斯所以怵惕於長衢按轡而歎息也喻身之危也根萌未樹故恐風波潛駭牙淺紘急故懼危機密發也本或有於長衢之下云按轡而歎息者非也又北土之性難以託根投人夜光鮮不按劒鄒陽上書曰夜光之璧以闇投人於道衆人莫不按劒也今將植橘柚於玄朔蔕華藕於脩陵曹植橘賦曰背江洲之氣煖處玄朔之肅清淮南子曰夫以其所脩而游不用之鄉若樹荷山上畜火井中也表龍章於裸壤奏韶舞於聾俗固難以取貴矣龍袞龍之服也章章甫之冠也裸壤文身也莊子曰宋人資章

朝霞四語似複而非複，以有疲劬無覩無聞諸字故耳

甫適諸越越人斷髮文身無所用之又肩吾曰聾者無以與乎鐘鼓之聲夫物不我貴則莫之與莫之與則傷之者至矣周易曰無交而求則人不與也莫之與則傷之者至矣飄颻遠遊之士託身無人之鄉總轡遐路則有前言之艱懸鞌陋宇則有後慮之戒前言之艱謂經迴路涉沙漠以下也後慮之戒謂北土之性難以託根以下也朝霞啓暉則身疲於遄征蔡琰悲憤詩曰遄征日遐邁太陽戢曜則情劬於夕惕正歷曰日太陽也周易曰夕惕若厲肆目平隰則遼廓而無覩極聽脩原則淹寂而無聞吁其悲矣心傷悴矣然後乃知步驟之士不足爲貴也若迺顧影中原憤氣雲踊哀物悼世激情風烈龍睇大野虎嘯六合猛氣紛紜雄心四據阮元瑜爲曹公與孫權書曰大丈夫雄心能無憤發思躡雲

假使呂真所作何乃酷似其師

毋亦除子乃叔夜未嘗不與聞徽之此文而信

惟此節不似叔夜生平無以詳知也然叔夜本高門姬侍蓄亦所有未足爲病且其薦信尊養以安期敬視爲不求然則弄姿帷房信有之乎更觀酒色今人枯之篇是文與荒酒異趣矣

此豎其乃心王室也

梯橫奮八極披艱掃穢蕩海夷岳范曄後漢書田邑與馮衍書曰欲摇太山蕩北海蹴崐崙使西倒蹋太山令東覆平滌九區恢維宇宙斯亦吾之鄙願也劉騊駼郡太守箴曰大漢遵因化洽九區時不我與垂翼遠逝周易曰明夷于飛垂其翼君子于行三日不食有攸往鋒距靡加翅翮摧屈自非知命誰能不憒悒者哉周易曰樂天知命故不憂吾子植根芳苑擢秀清流布葉華崖飛藻雲肆俯據潛龍之淵仰蔭棲鳳之林榮曜眩其前豔色餌其後良儔交其左聲名馳其右翱翔倫黨之間弄姿帷房之裏從容顧眄綽有餘裕俯仰吟嘯自以爲得志矣豈能與吾同大丈夫之憂樂者哉去矣嵇生永離隔矣煢煢飄寄臨沙漠矣悠悠三

毋堅其乃心王室也

千路難涉矣攜手之期邈無日矣思心彌結誰云釋矣無金玉爾音而有遐心〔毛詩曰無金玉爾音而有遐心〕身雖胡越意存斷金〔淮南子曰自其異者視之肝膽胡越也周易曰二人同心其利斷金〕各敬爾儀敦履璞沇〔毛詩曰各敬爾儀〕繁華流蕩君子弗欽臨書悢然知復何云

與陳伯之書〔劉璠梁典曰帝使呂僧珍寓書於陳伯之丘遲之辭也伯之歸于魏為通散常侍何之元梁典云天監五年前平南將軍陳伯之以其衆自壽陽歸降不書伯之前史失之梁史以為丘遲與伯之書〕

丘希範

遲頓首陳將軍足下無恙幸甚幸甚將軍勇冠三軍才為世出〔李陵與蘇武書曰陵先將軍功略蓋天地義勇冠三軍蘇武荅李陵書曰每念足下才為世生器為時出〕棄鷰雀之小志慕鴻鵠以高翔〔史記曰陳涉嘗為人傭耕輟耕壟上

悵恨久之曰苟富貴無相忘傭者笑而應之曰若爲傭耕何富貴也陳涉太息曰嗟乎鷰雀安知鴻鵠之志哉

昔因機變化遭遇明主劉璠梁典曰高祖得陳虎牙幢主蘇隆厚加禮賜使致命江州刺史陳伯之伯之虎牙父也蘇隆還稱伯之許降乃遣鄧元起前驅逼之伯之聞師近以應義師立功立事開國稱孤延篤與張奐書曰烈士殉名立功立事周易曰大君有命開國承家老子曰王侯自稱孤寡不穀朱輪華轂擁旄萬里何其壯也史記蒯通說武信君曰令范陽令乘朱輪華轂班固涿邪山祝文曰杖節擁旄征人伐鼓荀悅漢記曰今之州牧號爲萬里漢書樊噲說高祖曰始陛下定天下何其壯也如何一旦爲奔亡之虜聞鳴鏑而股戰對穹廬以屈膝又何劣邪漢書曰冒頓乃作爲鳴鏑音義曰箭鏑也如今鳴箭史記曰魏勃退立股戰漢書烏孫公主歌曰穹廬爲室兮旃爲牆音義曰穹廬旃帳也喻巴蜀文曰交臂受事屈膝請和漢書樊噲曰今天下已定又何憊邪尋君去就之際非有他故直以

不能内審諸己外受流言呂氏春秋曰君子必審諸己然後任尚書曰管叔乃流言於國沈迷猖獗以至於此劉公幹雜詩曰沈迷領簿書回回自昏亂蜀志先主謂諸葛亮曰孤遂用猖獗至于今日志猶未已聖朝赦罪責功棄瑕録用鄒潤甫爲諸葛穆荅晉王令曰高世之君赦罪責功略小收大吳志陸瑁與暨豔書曰此乃漢高棄瑕録用之時也推赤心於天下安反側於萬物東觀漢記曰上破銅馬等封降賊渠率諸將未能信賊亦兩心上勑降賊各歸營勒兵待上輕騎入按行賊營賊將曰蕭王推赤心置人腹中安得不效死又曰漢兵破邯鄲誅王郎收文書得吏人謗毀公言可擊者數千章公會諸將燒之曰令反側子自安將軍之所知不假僕一二談也長楊賦曰僕嘗倦談不能一二其詳朱鮪涉丁牒切與喋同血於友于張繡剚刃於愛子漢主不以爲疑魏君待之若舊謝承後漢書曰光武攻洛陽朱鮪守之上令岑彭説鮪曰赤眉已得長安更始爲胡殷所反害今公誰爲

守乎鮪曰大司徒公被害鮪與其謀誠知罪深不敢降耳彭還白上上謂彭復往明曉之夫建大事不忌小怨今降官爵可保況誅罰乎春秋合誠圖曰戰龍門之下涉血相創如淯漢書注曰殺血滂沱爲喋血尚書曰孝乎惟孝友于兄弟魏志曰建安二年公到宛張繡降既而悔之復反公與戰軍敗爲流矢所中長子昂弟子安民遇害四年張繡率衆降封列侯漢書曰蒯通說范陽令曰慈父孝子所不敢剚刃公之腹者畏秦法也李奇曰東方之人以物挿地中皆爲剚也況將軍無昔人之罪而勳重於當世夫迷塗知反往哲是與楚辭曰迴朕車而復路及迷塗之未遠不遠而復先典攸高主上屈法申恩吞舟是漏范曄後漢書明帝詔曰先帝不忍親親之恩枉屈大法鹽鐵論曰明王茂其德教而緩其刑罰網漏吞舟之魚將軍松柏不翦親戚安居仲長子昌言曰古之葬松柏梧桐以識其墳高臺未傾愛妾尚在桓子新論雍門周說孟嘗君曰千秋萬歲後高臺既已傾曲池又已平悠悠爾心亦何可言

毛詩曰青青子衿悠悠我心今功臣名將鴈行有序應劭漢官儀典職楊喬糾羊汞曰柔知丞郎鴈行威儀有序佩紫懷黃讚帷幄之謀魏書荀攸勸進曰諸將佩紫懷金蓋以數百史記蔡澤曰懷黃金之印結紫綬於腰東觀漢記詔鄧禹曰將軍深執忠孝與朕謀謨帷幄乘軺建節奉疆埸之任如淳漢書注曰二馬爲軺傳漢書曰終軍爲謁者使行郡國建節敕出關左氏傳曰齊人來侵魯疆疆吏來告公曰疆埸之事慎守其一並刑馬作誓傳之子孫漢書曰漢王即皇帝之位論功而封之申以丹書之信重以白馬之盟將軍獨靦顏借命驅馳氊裘之長寧不哀哉毛詩曰有靦面目司馬遷書曰氊裘之君長咸震懼夫以慕容超之強身送東市姚泓之盛面縛西都沈約宋書曰慕容超大掠淮北宋公表請北伐遂屠廣固超踰城走高胥獲之送超京師斬于建康又曰公以舟師進討至洛陽王鎮惡尅長安生禽姚泓執送泓斬于建康市左氏傳曰楚子圍許許僖公見楚子於武城面縛銜璧

故知霜露所均，不育異類；禮記曰天之所覆地之所載日月所照霜露所墜李陵與蘇武書曰但見異類姬漢舊邦，無取雜種。姬周姓也漢書曰匈奴凡二十四長呼衍氏蘭氏後有須卜氏此三姓其貴種也北虜僭盜中原，多歷年所，魏收後魏書曰太祖道武諱珪改稱魏王都平城孝文皇帝諱宏自平城遷都洛陽東觀漢記曰北虜遣使和親尚書周公曰故殷陟配天多歷年所惡積禍盈，理至燋爛。周易曰惡不積不足以滅身故惡積而不可掩燋爛見下文况偽孽昏狡，自相夷戮，魏收後魏書曰世宗宣武帝諱恪景元三年蕭衍廢其主寳融自借立稱梁宣武即位凡一十六年然梁武之初當宣武之日偽孽蓋指宣武也虞預晉書西陽王羕上書曰朱旗南指自相夷戮部落攜離，酋豪猜貳。晉中興書曰胡俗以部落為種類屠各取豪貴文穎漢書注曰羌胡名大師為酋國語伯陽父曰國之將亡百姓攜貳韋昭曰攜離也貳二心也方當繫頸蠻邸，懸首藁街。漢書曰沛公至霸上秦王子嬰係頸以維又陳湯上疏曰斬郅支

妙極

首及名王以下宜縣頭藁街蠻夷邸間而將軍魚游於沸鼎之中鷰巢於飛幕之上不亦惑乎袁崧後漢書朱穆上疏曰養魚沸鼎之中棲鳥烈火之上用之不時必也燋爛左氏傳曰吳季札曰夫子之在此也猶鷰巢于幕之上暮春三月江南草長雜花生樹羣鶯亂飛見故國之旗鼓感平生於疇日撫絃登陴婢移切豈不愴悢袁宏漢獻帝春秋臧洪報袁紹書曰每登城勤兵望主人之旗鼓感故交之綢繆撫弦搦矢不覺涕流之覆面也左氏傳曰晉邊吏讓鄭曰今執事撊然授兵登陴所以廉公之思趙將吳子之泣西河史記曰廉頗爲趙將伐齊大破之拜爲上卿趙孝成王卒悼襄王立使樂乘代之頗怒攻樂乘遂奔魏之大梁久之魏王不能信用而趙亦數困於秦兵趙王思復得廉頗廉頗亦思復用於趙王以爲老遂不召呂氏春秋曰吳起治西河王錯譖之魏武侯武侯使人召吳起至岸門止車而立望西河泣數下其僕曰竊觀公之志視天下若舍屣今去西河而泣何也吳起雪泣應

之曰子弗識也君誠知我而使我畢能秦必可亡西河今君聽讒人之議不知我西河之爲秦不久矣起入荆西河果入秦**人之情也將軍獨無情哉**司馬遷與任安書曰夫人情莫不念父母顧妻子莊子惠子曰人故無情乎**想早勵良規自求多福**魏志明帝報王朗詔曰欽納至言思聞良規多福已見上文**當今皇帝盛明天下安樂**皇帝梁武也解嘲曰遭盛明之世漢書曰孝惠高后時天下安樂**白環西獻楛矢東來**世本曰舜時西王母獻白環及佩家語孔子曰昔武王尅商於是肅愼氏貢楛矢石砮**夜郎滇池解辮請職朝鮮昌海蹶角受化**漢書曰夜郎滇池皆椎結嶲昆明編髮漢拜唐蒙郎中遂見夜郎王多同又曰始楚威王時使將軍莊𫏋將兵略巴黔中𫏋至滇池欲歸報會秦奪楚黔中郡道塞不通以其衆王滇池又朝鮮王蒲燕人孝惠高后時蒲爲外臣又曰西域有昌蒲海一名鹽澤去玉門陽關三百餘里孟子曰武王之伐殷也百姓若崩厥角趙岐曰厥角叩頭以額角犀厥地也**唯北狄野心掘强沙塞**

荅死者書晉有庾亮荅孔坦矣何焯謂此非書乃荅書序其言甚非

之間欲延歲月之命耳左氏傳令尹子文曰諺云狼子野心漢書伍被說淮南王曰東保會稽南通勁越屈強江淮之間可以延歲月之壽耳范曄後漢書匈奴論曰世祖用事諸夏未遑沙塞之事

中軍臨川殿下何之元梁典曰高祖即位以宏爲臨川郡王天監三年以宏爲中軍將軍明

德茂親揔兹戎重劉璠梁典曰天監四年詔臨川王宏北討于寶晉紀河間王顒表曰成都王穎明德茂親功高勳重晉中興書桓温檄曰幕府不才忝荷戎重弔民洛汭伐罪秦中孟子曰湯始征自葛始誅其君弔其民尚書曰東至于洛汭又曰奉詞伐罪漢書田肯曰陛下既得韓信又治秦中若遂不改方思僕言聊布往懷君其詳之顏延之和謝靈運詩曰聊用布所懷丘遲頓首

重答劉秣陵沼書

劉璠梁典曰劉沼字明信爲秣陵令

劉孝標劉峻自序曰峻字孝標平原人也生於秣陵縣朞月歸故鄉八歲遇桑梓顛覆身充僕圉齊永

明四年二月逃還京師後爲崔豫州刑獄叅軍梁天監中詔峻東掌石渠閣以病乞骸骨後隱東陽金華山

劉侯既重有斯難值余有天倫之戚竟未之致也孝標集有沼難辨命論書穀梁傳曰兄弟天倫也何休曰兄先弟後天之倫次尋而此君長逝化爲異物魏文帝與吴質書曰元瑜長逝化爲異物緒言餘論蘊而莫傳莊子謂漁父曰曩者先生有緒言而去子虛賦曰願聞先生之餘論或有自其家得而示余者余悲其音徽未沬昧而其人已亡楚辭曰芳菲菲而難虧兮芳至今猶未沬王逸曰沬已也孫卿子曰其器存其人亡以此思哀則哀將焉不至青簡尚新而宿草將列風俗通曰劉向别録殺青者直治青竹作簡書之耳禮記曰朋友之墓有宿草而不哭焉泣然不知涕之無從也禮記門人曰防墓崩孔子泫然流涕又曰孔子之衛遇舊館人之喪入而哭之遇一

哀而出涕曰子惡夫涕之無從也雖隙駟不留尺波電謝墨子曰人之生平地上無幾何也譬之猶駟而過郄也郄古隙字也陸機詩曰寸陰無停晷尺波豈徒旋而秋蕣春蘭英華靡絕楚辭曰春蘭兮秋菊長無絕兮終古故存其梗槩更酬其旨東京賦曰其梗槩如此若使墨翟之言無爽宣室之談有徵墨子曰昔周宣王殺其臣杜伯而不辜杜伯曰吾君殺我而不辜若以死者爲無知則止矣若死而有知不出三年必使吾君知之期三年周宣王合諸侯而田於圃車數百乘從數千人滿野日中杜伯乘白馬素車朱衣冠執朱弓挾朱矢追宣王射之車上中心折脊殪車中伏弢而死若書之說觀之則鬼神之有豈可疑哉漢書曰文帝受釐宣室因感鬼神事問鬼神之本賈誼具道所以然之故冀東平之樹望咸陽而西靡蓋山之泉聞絃歌而赴節聖賢冢墓記曰東平思王冢在東平無鹽人傳云思王歸國京師後葬其冢上松柏西靡宣城記曰臨城縣南四十里蓋山高百許丈有舒姑泉昔有舒氏女與其父析

移善補

羲漢書

昔字以下别本提行是也

薪此泉處坐牽挽不動乃還告家比還唯見清泉湛然女母曰吾女本好音樂乃絃歌泉涌迴流有朱鯉一雙今作樂嬉戲泉固涌出也文賦曰舞者赴節以投袂但懸劒空壠有恨如何劉向新亭曰延陵季子將西聘晉帶寶劒以過徐君徐君不言而色欲之季子爲有上國之事未獻也然心許之矣致使於晉顧反則徐君死於是以劒帶徐君墓樹而去

移書讓太常博士并序　劉子駿漢書曰劉歆字子駿向少子也少通詩書能屬文爲黃門郎至中壘校尉王莽篡位爲羲和京兆尹卒

歆親近欲建立左氏春秋及毛詩逸禮古文尚書皆列於學官哀帝令歆與五經博士講論其義諸儒博士或不肯置對言諸博士既不肯立左氏而又不肯與歆論議相對也歆因移書太常博士責讓之曰昔唐虞既衰而三代迭興聖帝明王累

劉申叔云孔子以六經教授當僅録經文其參考之語詮釋之詞則大抵以口耳相傳而講説之時或旁徵事實以廣見聞或判斷是非以資啓詮或雜引他説以證異聞弟子各記所聞故所記互有詳略或詳故事或舉微言詳於此者或略於彼所記既有詳略因之而即有異同溯厥源流咸為仲尼所述此春秋所由分為三詩所由分為四也

商君書靳令篇民不貴學則愚愚則無外交國安不殆

韓非子和氏篇商君教孝公燔詩書而行法令又云

徹篇摩主為學者可忘

起相襲其道甚著周室既微而禮樂不正道之難全也如此是故孔子憂道不行歷國應聘自衛反魯然後樂正雅頌乃得其所論語子曰吾自衛反魯然後樂正雅頌各得其所修易序書制作春秋以記帝王之道論語讖曰自衛反魯刪詩書修春秋春秋元命苞孔子曰丘作春秋王道成及夫子沒而微言絕七十子卒而大義乖論語讖曰子夏六十四人共撰仲尼微言重遭戰國棄籩豆之禮理軍旅之陳孔氏之道抑而孫吳之術興論語曰衛靈公問陳於孔子孔子對曰俎豆之事則嘗聞之矣軍旅之事未之學也漢書曰孫子兵法八十二篇又曰吳起三十八篇陵夷至于暴秦燔經書殺儒士設挾書之法行是古之罪道術由此遂滅漢書武帝制曰大道微缺陵夷至于桀紂之行作史記李斯曰臣請天下敢有藏詩書百家語者悉詣

廷尉雜燒之以古非今者族又盧生爲始皇求仙藥亡去始皇大怒使御史桉問諸生諸生犯禁者四百六十八人皆坑之咸陽

漢興，去聖帝明王遐遠，仲尼之道又絕，法度無所因襲。時獨有一叔孫通略定禮儀，漢書叔孫通曰臣願頗采古禮與秦儀雜就之上曰可天下惟有易卜，未有他書。漢書曰秦燔書而易爲筮卜之書傳者不絕至於孝惠之世，乃除挾書之律。漢書曰孝惠四年除挾書律然公卿大臣絳灌之屬咸介冑武夫，莫以爲意。楚漢春秋曰漢巳定天下論群臣破敵禽將活死不衰絳灌樊噲是也功成名立臣爲爪牙世世相屬百世無邪絳侯周勃是也然絳灌自一人非絳侯與灌嬰至孝文皇帝，始使掌故晁錯從伏生受尚書。史記曰伏生者濟南人也故爲秦博士孝文聞伏生修尚書年九十餘老不能行詔太常掌故晁錯往受之尚書初出於屋壁，朽折散絕。漢書曰秦燔書禁學濟南伏生獨壁

漢書補注引錢大昕語駁李注以絳灌為一人之非

儒林傳注引衛宏定古文尚書序云伏生老不能正言言不可曉也使其女傳言教錯齊人語多與潁川異錯所不知者凡十二三略以其意屬讀而已

章太炎云荀卿隆禮義殺詩書報則伏生删百篇而為二十九齊詩云設五際六情廢以與國風而舉二雅又云尚書大傳明言六誓五誥其以篇具在伏書伏生所無此湯誥者獻序在百篇而五誥不與焉以是知二十九篇伏生自定其目乃就百篇殺之特託其詞於孔子耳謂授讀未卒遽死者非也知殺詩書之說則通儒鄙言謂孔子本無百篇壁中之文皆劉歆莽賀篡言偽造者亦非也

藏之漢士失求得二十九篇也今其書見在時師傳讀而已詩始萌芽天下衆書往往頗出皆諸子傳說猶廣立於學官爲置博士在朝之儒唯賈生而已賈生賈誼也至孝武皇帝然後鄒魯梁趙頗有詩禮春秋先師皆出於建元之間漢書曰建元孝武皇帝年號也當此之時一人不能獨盡其經或爲雅或爲頌相合而成成一經也泰誓後得博士集而讀之七略曰孝武皇帝末有人得泰誓書於壁中者獻之與博士使讀說之因傳以教今泰誓篇是也故詔書曰禮壞樂崩書缺簡脫朕甚閔焉禮稽命徵曰文王見禮壞樂崩道孤而無主也時漢興已七八十年離於全經固以遠矣服虔漢書注曰漢與秦相去七八十年韋昭曰全經未焚書之時也及魯恭王壞孔子宅欲以爲宮而得古文於壞

巫蠱事在征和之世而安國卒在太初前

獻与遭難不同時也漢紀作孔安國家獻之語更明晰

劉申叔云春秋一書有事有義事有六籍記載之岐義有後儒傳說之岐孔子僅以經教授而其事其義均未及著之竹帛

古文有二本一為秘府所藏之本一為民間私行之本

脫簡者全脫其文脫編者顛倒其次

漢之作傳或闕編集當依此學官所傳本無傳也

桓公傳禮貫公傳左氏庸生傳書

壁之中逸禮有三十九篇書十六篇天漢之後孔安國獻之遭巫蠱倉卒之難未及施行漢書曰武帝末魯恭王壞孔子宅欲以廣官而得古文尚書及禮論語孝經孔安國者孔子後也悉得其書以考二十九篇得多十六篇安國獻之遭巫蠱事未列于學官天漢武帝年號也及春秋左氏丘明所修漢書曰仲尼以魯周公之國史官有法故有左丘明觀其史記丘明作傳皆古文舊書多者二十餘通藏於祕府伏而未發孝成皇帝愍學殘文缺稍離其真乃陳發祕藏校理舊文得此三事以考學官所傳經或脫簡或脫編漢書曰劉向以古文校歐陽大小夏侯三家經文酒誥脫一簡召誥脫二簡博問人間則有魯國桓公趙國貫公膠東庸生之遺學與此同抑而未施七略曰禮家先魯有桓生說經頌異論語家近琅邪王卿不審名及膠東庸生皆以教然

史記十二諸侯年表序云七十子之徒口授其傳指為有所刺譏襃諱挹損之文辭不可以書見也魯君子左丘明懼弟子人人異端各安其意失其真故因孔子史記具論其語成左氏春秋

漢書劉歆傳云左丘明好惡与聖人同

藝文志云丘明論本事而作傳

桓元子薦譙元彥表注引無此字愍作愍

大戴記小辯篇僕學之徒安知忠信

魏志王肅傳注引魏略云正始中議圜丘普延學士是時郎官及司徒領吏二萬餘人雖復分布見在京師者尚且萬人而應書與議者略無幾人又是時朝堂公卿以下四百餘人其能操筆者未有十人

不字義文據注及漢文刪

則膚生亦未詳其名也此乃有識者之所歎愍士君子之所嗟痛也往者綴學之士不思廢絶之闕苟因陋就寡分文析字煩言碎辭學者罷老且不能究其一藝信口説而背傳記是末師而非往古至於國家將有大事若立辟雍封禪巡狩之儀則幽冥而莫知其原猶欲保殘守缺挾恐見破之私意而亡從善服義之公心或懷疾妬不考情實雷同相從隨聲是非禮記曰無雷同抑此三學以尚書為不備謂左氏不傳春秋豈不哀哉臣瓚漢書注曰當時學者謂尚書唯有二十八篇不知本有百篇今聖上德通神明繼統揚業亦愍此文教錯亂學士若茲雖深照其情猶依違謙讓樂與士君

此不誦絕之之尚書是斯民直道高於此論是非援野言以譏先哲乎無等級以寄言也

子同之故下明詔試左氏可立不遣近臣奉旨銜命將以輔弱扶微與二三君子比意同力冀得廢遺今則不然深閉固距而不肯試猥以不誦絕之欲以杜塞餘道絕滅微學夫可與樂成難與慮始太公金匱曰夫人可以樂成難以慮始此乃衆庶之所爲耳非所望於士君子也且此數家之事皆先帝所親論今上所考視其爲古文舊書皆有徵驗內外相應豈苟而已哉夫禮失求之於野古文不猶愈於野乎漢書班固曰仲尼有言禮失而求諸野往者博士書有歐陽春秋公羊易則施孟漢書曰歐陽生字和伯千乘人也事伏生又曰樂陵侯史高言穀梁子本魯學公羊氏迺齊學又曰施讎字長卿沛人也從田王孫受易又曰孟喜字長卿東海人也從田王孫受易

漢之

然孝宣帝猶復廣立穀梁春秋梁丘易大小夏侯尚書漢書曰梁丘賀字長翁琅邪人也從京房受易又曰夏侯勝從濟南伏生受尚書勝傳從兄子建建又事歐陽高由是尚書有大小夏侯之學義雖相反猶並置之何則與其過而廢之寧過而立之傳曰文武之道未墜於地在人賢者志其大者不賢者志其小者論語子貢曰文武之道未墜於地在人賢者識其大者不賢者識其小者今此數家之言所以兼包大小之義豈可偏絕哉若必專己守殘黨同門妬道真違明詔失聖意以陷於文吏之議甚爲二三君子不取也

師古曰志識也

北山移文　孔德璋

蕭子顯齊書曰孔稚珪字德璋會稽人也少涉學有美譽舉秀才解褐宋安成王車騎法曹行參軍稍遷至太子詹事卒

見向注鍾山在都北其先周彥倫隱于此山後應詔出為海鹽縣令欲卻過此山孔生乃假山靈之意移之使不許得至

崖父云路或霧之訛蓋霧先訛作露再訛作路而驛路又屬常語遂莫知改也檢王子安集驛字每作動詞用則驛霧与馳煙爲對文非与山庭爲對文也焯記

王勃乾元殿頌壽出維陰驛霧馳烟疑即本此文驛与馳字爲對岑字為馳魂驛思是也

孫志祖說當指延陵季子拾遺金事詳論衡書虛篇云披裘而薪与此薪歌合

鍾山之英草堂之靈梁簡文帝草堂傳曰汝南周顒昔經在蜀以蜀草堂寺林壑可懷乃於鍾嶺雷次宗學館立寺因名草堂亦號山茨馳煙驛路勒移山庭夫以耿介拔俗之標蕭灑出塵之想楚辭曰獨耿介而不隨孫盛晉陽秋曰呂安志量開曠有拔俗風氣莊子曰孔子彷徨塵垢之外逍遙無爲之業度白雪以方絜干青雲而直上吾方知之矣孟子曰白雪之白也猶白玉之白也子虛賦曰上下青雲若其亭亭物表皎皎霞外芥千金而不眄屣萬乘其如脫爾雅曰芥草也史記曰秦軍引去平原君乃置酒酒酣起前以千金爲魯連壽魯連笑曰所貴於天下之士者爲人排患釋難解紛而不取也即有取者是商賈之事而連不忍爲也遂辭平原君而去淮南子曰堯年衰志閔舉天下而傳之舜猶却行而脫屣也許慎曰言其易也劉熙孟子注曰屣草屨可屨聞鳳吹於洛浦值薪歌於延瀨固亦有焉列仙傳曰王子喬周宣王太子晉也好吹笙作鳳鳴遊伊

雒之閒薪歌延瀨未聞豈期終始參差蒼黃翻覆淚翟子之悲

慟朱公之哭終始參差歧路也蒼黃翻覆素絲也翟墨翟也朱楊朱也淮南子曰楊子見歧路而

哭之爲其可以南可以北墨子見練絲而泣之爲其可以黃可以黑高誘曰閔其別與化也乍迴跡

以心染或先貞而後黷何其謬哉蒼頡篇曰黷垢也嗚呼尚生

不存仲氏既往山阿寂寥千載誰賞尚生子平也已見上文范曄後漢書

曰仲長統字公理山陽人也性俶儻默語無常每州郡命召輒稱疾不就世有周子雋俗之

士蕭子顯齊書曰周顒字彥倫汝南人也釋褐海陵國侍郎元徽中出爲剡令建元中爲長沙王後軍參軍

山陰令稍遷國子博士卒於官既文既博亦玄亦史然而學遁東魯習

隱南郭莊子曰魯君聞顏闔得道人也使人以幣先焉顏闔守陋閭使者至曰此顏闔之家與顏闔對

曰此闔之家使者致幣顏闔對曰恐聽謬而遺使者罪不若審之使者友審之復來求之則不得矣又曰南郭

此篇殊多佳段

子綦隱机而坐仰天嗒然似喪其偶郭象曰荅焉解體若失其配匹也荅土合切偶吹草堂濫巾北岳偶吹即吞竽也偶匹對之名巾隱者之飾東觀漢記曰江革專心養母幅巾屣屩誘我松桂欺我雲壑雖假容於江皐乃纓情於好爵楚辭曰將馳騖兮江皐周易曰我有好爵吾與爾縻之其始至也將欲排巢父拉許由傲百氏蔑王侯風情張日霜氣橫秋或歎幽人長往或怨王孫不遊周易曰幽人貞吉西征賦曰悮山潛之逸士悼長往而不反楚辭曰王孫遊兮不歸春草生兮萋萋談空空於釋部覈玄玄於道流蕭子顯齊書曰顒汎涉百家長於佛理著三宗論兼善老易釋部內典也漢書曰道家流者出於史官歷記成敗存亡禍福古今之道也務光何足比涓子不能儔列仙傳曰務光者夏時人也耳長七寸好琴服蒲韭根殷湯伐桀因光而謀光曰非吾事也湯得天下已而讓光光遂負石沈窾水而自匿列仙傳曰涓子者齊人也好餌朮隱於

殯字不誤或作擯乃誤耳

宕山能風及其鳴騶入谷鶴書赴隴如淳漢書注曰騶馬以給騶使乘之臧榮緒晉書曰騶六人蕭子良古今篆隸文體曰鶴頭書與偃波書俱詔板所用在漢則謂之尺一簡髣髴鵠頭故有其稱形馳魄散志變神動爾乃眉軒席次袂聳筵上焚芰製而裂荷衣抗塵容而走俗狀楚辭曰製芰荷以爲衣集芙蓉而爲裳王逸曰製裁也風雲悽其帶憤石泉咽而下愴望林巒而有失顧草木而如喪至其紐金章綰墨綬金章銅印也漢書曰萬户以上爲令秩千石至六百石又曰秩六百石以上皆銅印墨綬跨屬城之雄冠百里之首蔡邕陳留太守行縣頌曰府君勸耕桑于屬縣漢書曰縣大率百里張英風於海甸馳妙譽於浙右阮籍詠懷詩曰英風截雲霓字書曰江水東至會稽山陰爲浙右道帙長殯法筵久埋敲扑諠囂犯其慮牒訴倥偬裝其懷過秦論曰執敲扑以鞭笞天

下楚辭曰悲余生之無歡兮愁倥偬於山陸王逸曰倥偬困苦也琴歌既斷酒賦無續董仲舒集七言琴歌二首西京雜記鄒陽酒賦常綢繆於結課匪紛綸於折獄廣雅曰課第也然今考第爲課也尚書王曰哀敬折獄明啓刑書籠張趙於往圖架卓魯於前籙漢書曰張敞字子高稍遷至山陽太守又曰趙廣漢字子都涿郡人也爲陽翟令以化行尤異遷京輔都尉范曄後漢書曰卓茂字子康南陽人也遷密令視人如子吏人親愛而不忍欺又曰魯恭字仲康扶風人也拜中牟令蝡傷稼犬牙緣界不入中牟希蹤三輔豪馳聲九州牧漢書曰內史武帝更名京兆尹左內史更名左馮翊主爵中尉更名右扶風是爲三輔左氏傳王孫滿曰夏之方有德也貢金九牧杜預曰九州之牧貢金也使我高霞孤映明月獨舉成公綏鷹賦曰陵高霞而輕舉青松落陰白雲誰侶磵戶摧絕無與歸石逕荒涼徒延佇至於還飇入幕寫霧出楹蕙帳空兮夜鵠

遣　別本

怨山人去兮曉猨驚昔聞投簪逸海岸今見解蘭縛塵纓投簪疏廣也東海人故曰海岸也摯虞徵士胡昭賛曰投簪卷帶韜聲匿跡蘭蘭佩也於是南岳獻嘲北壟騰笑列壑爭譏攢峯竦誚慨遊子之我欺悲無人以赴弔禮記曰凡訃於其君之臣曰某死鄭玄曰訃或作赴赴至也故其林慙無盡㵎愧不歇秋桂遣風春蘿罷月騁西山之逸議馳東皐之素謁馳騁猶宣布也逸議隱逸之議也素謁貧素之謁也史記伯夷叔齊詩曰登彼西山兮採其薇矣阮籍奏記曰將耕東皐之陽稚珪集訓張長史詩曰同貧清風館共素白雲室杜預左氏傳注曰謁告也謂告語於人亦談議之流今又促裝下邑浪拽翊制上京楚辭曰漁父鼓拽而去王逸曰船舷也浪猶鼓也韋昭漢書注曰拽楫也雖情投於魏闕或假步於山扃呂氏春秋曰中山公子牟謂詹子曰身在江海之上心居魏闕之下高誘曰魏闕象魏也說文曰扃外閉之關也豈可使芳杜厚

顔薛荔無恥尚書曰余心顔厚有忸怩碧嶺再辱丹崖重滓塵游躅

於蕙路汙淥池以洗耳皇甫謐高士傳曰巢父聞許由爲堯所讓也以爲汙乃臨池而

洗耳宜扃岫幌掩雲關斂輕霧藏鳴湍截來轅於谷口杜

妄轡於郊端於是叢條瞋膽疊穎怒魄或飛柯以折輪

乍低枝而掃跡請迴俗士駕爲君謝逋客孔安國尚書傳曰逋亡也

晉灼漢書注曰以辭相告曰謝

文選卷第四十三 初三夕 侃誦